風雪
夾邊溝

趙旭——著

序（一）　一部揭示血淋淋的真實的「野史」
——趙旭《風雪夾邊溝》序

錢理群

（一）

本書是小說，又不是小說：在某種程度上，我是把它當作歷史來讀的，而且是比中國大陸現行的歷史教科書和某些歷史著作要真實得多的歷史。

因為本書真實地描述了中國當代歷史上的三大歷史事件：一九五七年的反右運動，一九五九至一九六一年的大饑荒，以及一九六六至一九七六年的文化大革命。而在歷史教科書和某些歷史著作中，或者有意迴避（反右，大饑荒），或輕描淡寫（文化大革命）：這都是歷史研究和歷史敘述、歷史教育的禁區，「強迫遺忘」是中國當局既定文化、學術、教育政策。

還因為本書描述了普通人在三大歷史事件中的個人命運，展現了他們的內心世界。而我曾經說過：「在我們的歷史視野裏，只有歷史事件而無人，或者有歷史偉人（大人物）而無普通人（小人物），有群體的政治，而無個人的心靈世界」（《六十劫語。遺忘背後的歷史觀與倫理觀》）。

正是在這兩個方面，本書都顯示了它的特殊意義和價值。

魯迅曾說，中國「官修」和「欽定」的「正史」對歷史真相的遮蔽太多，不如去讀「野史」，「看往事卻可以較分明」（《華蓋集。這個與那個》）。

你要真正瞭解中國的當代歷史，中華人民共和國的歷史嗎？請讀本書這樣的「野史」。

（二）

但我又無法將本書當作一本給我以歷史知識的教科書來讀，我是用心去讀的，或者說本書給我的是一種心靈的震撼。

我首先注意到，並心為之一動的，是本書作者的「身份」。在書中這樣介紹作者：「三歲時成了右派狗崽子，於是坎坎坷坷上完了小學，沒有讀完中學。文化大革命遣送十種人，大年三十與父母一起押送農村整整十年」。簡短的數十言的背後，是一部心酸的歷史。我立刻想起了：在剛剛參加的一次有關反右運動的討論會上，一位「小右派」的帶血的傾訴——

序（一）

一九五七年，我在媽媽肚子裏當上小右派。

全國有一百五十萬個和我同命運的小右派。

我們的父母受迫害，我們跟著倒楣。他們是冤枉的，是政治運動的受害者，但他們或多或少說了點什麼。而我們這些根本不懂事的孩子，什麼也沒說，沒做，什麼人也沒得罪，卻受到和他們類似的身心迫害，那種凌辱和磨難留下終身的創傷。

我們別無選擇地生，又別無選擇地變成小右派，僅僅因為作出選擇的父母。我們只能看著父母受難，和他們一起承擔苦難，忍受非人的折磨。我們用清純天真、惶恐不解的眼光看紛亂的世界，靠生存的本能在社會底層活著。

我們這些小右派學會了不再用自己的大腦思考問題，不再用自己的嘴巴說真話。反右運動不僅讓一代知識份子成為後天的啞巴，也讓他們的下一代成了先天的啞巴。

而我們這些小右派，又向誰去討公道，要賠償？誰來為我們平反？我們失去的童年、青少年、生命，誰能夠償還？誰能夠撫平我們心靈的創傷？「（巫一毛：《我們這些小右派》。作者寫有《暴風雨中一羽毛——動亂中失去的童年》的自傳，英國藍燈書屋出有英文版，香港明報出版社出有中文版）

在這些無辜的孩子的追問面前，不僅罪惡的製造者，而且我們每一個人的良知，都受到了審判。我因為自己在此之前，在研究反右運動時竟然忽略了這些「小右派」所承受的歷史苦難，而感到羞愧，不安。

就本書的閱讀而言，這是一個重要的提醒：要讀懂本書，就必須先讀懂（瞭解，理解，體會）「書外」的這一「小右派」的心靈史。

據我所知，本書的作者還沒有寫下個人的這段歷史，而是首先把注意力轉向父輩的歷史：他早在一九八五年就因自己的尕爺爺餓死在夾邊溝，而開始走訪活著出來的人，於一九九四年寫成紀實作品《夾邊溝慘案訪談錄》，打破了禁區，在全國首次披露了夾邊溝勞教農場的血腥的歷史。並頂著各種壓力，經過長達八年的努力，於二〇〇二年寫出了《風雪夾邊溝》這本嘔心瀝血之作，五年後又再作修訂出版。作者顯然懷有歷史的責任感：父輩被遮蔽的歷史，後代來書寫，父輩沒有說出、不允許說出的話，後代說出來；父輩的血不能白流，父輩的苦難要轉化為精神資源，父輩的精神傳統要一代代地傳下去。

這是歷史的命令，是父輩生命的囑託，更是自己內在生命的需要：可以看出，作者正是通過本書的寫作，而使自己擺脫了體制製造的先天「失腦」（不會獨立思考）和「失語」（不會說自己的話）的狀態，第一次「用自己的大腦思考問題」，「用自己的嘴巴說真話」。——我正是為此而感到了震撼：「一代先天的啞巴說話了！」，這意義實在是非同小可的。

作者在本書的結尾特地寫到，小說的主人公楊鵬劫後餘生回到當年的墳地，「把熱身子貼在地上，好似感受到了地下難友們的血在我的心臟和血管裏流動」。這其實也是作者的心聲：他通過本書的寫作，同樣感受到父輩的血在自己「心臟和血管裏流動」：這實際上是完成了真正的精神的，生命的傳遞。這意義同樣是非同小可的，因為它宣佈了「強迫遺忘，割斷歷史」的體制意圖的無用和無效。

「誰能撫平我們心靈的創傷？」——「從來就沒有什麼救世主，全靠我們自己！」

（三）

本書的描寫，最引人注目，最驚心動魄之處，自然是關於在大饑荒年代，在夾邊溝裏，所發生的「人吃人」現象：作品中的幾乎每一個人都參與其中，不僅「韓胖子」，連小說中的重要人物賴世俊，以至男女主人公楊鵬和雷燕，都有意無意地吃過人。而小說中的多才多藝的上海小夥子馬豐的臨終遺言，竟然是希望自己死了以後，難友們吃了他的肉，以便活下去，有一天能將自己的死訊告訴父母！

這使我再一次想起了中國第一篇現代白話小說，魯迅的《狂人日記》裏的曾經震醒了幾代人的一大發現——

「我翻開歷史一查，這歷史沒有年代，歪歪斜斜的每葉上都寫著『仁義道德』幾個字，我橫豎睡不著，仔細看了半夜，才從字縫裏看出字來，滿本都寫著兩個字是『吃人』！」

我曾經說過，魯迅這裏所說的「吃人」是包括了兩個方面的含義的。首先是實指，即本書所描寫的這樣的真的吃人。在人類社會，特別是原始社會的歷史中，都有因戰爭或災荒而「求生性吃人」的記錄。但中國的特點，一是這樣的「求生性吃人」事件特別多，一是還有「習得性吃人」，即「理論指導下的吃人」。有學者根據《清史稿》的記載，統計出清王朝有三百五十二次災荒，發生了十九例人食人事件，都不是吃一個人，而是大規模的相互吃；這就是說，清朝統治的兩百五十年間，大約每十五年就發生一次人食人的事件。（參看《拒絕遺忘。說「食人」》）。而本書所描寫的人食人事件，卻發生在人民共和國剛建國十年之際，而十年後的文化大革命期間又在廣西等地發生，這個事實是觸目驚心的。還要指出的是，文革中的廣西吃人，是在所謂「階級鬥爭，路線鬥爭」的革命旗號下發生的，是典型的有理論指導的「習得性」吃人；而本書所寫到的夾邊溝的吃人，其表現形態主要是「求生性吃人」，但其背後卻依然是有「理論指導」的，即所謂「社會主義建設、革命的犧牲論與代價論」。本書寫到，夾邊溝農場場長劉宏因死人太多，且出現吃人現象而感到壓力，向地委書記商震彙報時，竟遭到了怒斥：「你這是右傾。國家暫時遇到了困難，你一個共產黨員不應該說這話，這是個立場問題。該死的娃娃屎朝天，搞社會主義呢，死了一些人，尻子就鬆了嗎？」——在當政者眼裏，在「社會主義」的「最高目標」面前，人的個體生命是微不足道的。這樣的高論，越是理直氣壯，越令人恐怖。

（四）

我們因此不能不注意到，夾邊溝事件發生的時代背景。本書對此涉及不多（這可能是一個弱點），只有一處點到，就特別值得注意。據說勞改農場後來從夾邊溝轉移到高臺縣明水灘，是因為中共甘肅省委要在那裏，「聯合酒泉一帶的十一個農場，讓它成為共產主義的基地，成為甘肅省的一個米糧倉，以便甘肅在糧食問題上完全自給自足」。——原來在歷史的空前慘劇上面，還蒙有一層理想主義的，浪漫主義的神聖光圈！其時也正在河南農村（那裏也出現了人食人的現象）勞改的右派，著名的經濟學家顧准，一語道破這樣的所謂「跑步進入共產主義」的「大躍進」的浪漫空想的實質：不過是要建立「地上天國」（參看《顧准日記》）。這正是典型的「國家烏托邦主義」。而這樣的「地上天國的社會主義觀」，和反右運動以後極大地強化了的，拒絕科學決策，缺乏制約和調節功能、糾錯機制的高度集權體制，不受限制，不受監督的絕對權力結合起來，就必然導致災難性的後果：三千多人的勞教犯，最後只剩下五六百人的「夾邊溝事件」，不過是其中的一個典型事件。在一九五九至一九六一年三年內，全國死於由「大躍進」導致的「大饑荒」中的人數，至今官方還沒有提出準確統計，但據學者的研究，總在一千萬至四千萬之間。

這真是血的教訓：「地上天國的社會主義」的浪漫空想，在專制體制下，它的現實實現，只能是「人間地獄」。這正是我們所面對的「夾邊溝事件」的實質。

（五）

最後，還要說到魯迅所說的「吃人」含義的另一面：那是一種象徵，指的是「精神上的吃人」，即饑餓的懲罰之外，還加以精神的迫害與控制，使「人」不成為「人」。

於是，我們注意到，本書在結構上的一個特點。它有兩條平行線索：一條是主人公楊鵬和藏族姑娘桑傑卓瑪的愛情故事——他們在青海興海縣的「鬼山」上相遇，其時桑傑卓瑪正戴著「法王」所強加的「黑帶子」，被視為「鬼」；正是時為共產黨縣長的楊鵬，將她「從鬼變成人」，並在這一過程中結出了愛情的果子；而另一條主線，卻是楊鵬無端被打成右派，送到夾邊溝接受「改造」——而所謂「改造」，就是要「從人變成鬼」。人們自然要聯想起我們那一代就很熟悉，今天年輕人也時有接觸的《白毛女》的著名主題：「舊社會把人變成鬼，新社會把鬼變成人」。那麼，我們也可以將本書看作是《白毛女》的續編：「新社會又試圖把人『改造』成鬼，而人卻要堅持為人」，於是，就有了「改造」與「反改造」，「人」與「鬼」的反覆較量：這構成了本書的基本情節故事與內容。

這裏不準備具體分析本書對形形色色，個性各異的「人」與「鬼」的形象以及他們之間的曲折鬥爭的生動描述——作者一點沒有把複雜的生活與人性簡單化，而是如實地寫出了：「鬼」中尚存的「人氣」（當然也有毫無人氣的「鬼」），「人」中沾染的「鬼氣」，看似墮落為

「鬼」，卻在堅守「人」的根本的「人」，以及「人」擺脫「鬼」的誘惑、糾纏的鬥爭……等等。我想要強調的是，儘管外在環境的一切條件都在逼人為鬼，但夾邊溝裏的大多數人，都堅守住了「人」之為「人」的底線，並且正是在漫漫無盡的苦難中，維護了人的尊嚴，理想，獨立思考的權利和精神自由，從而閃現出人性的光輝。這又是一個重要的提醒：我們不能把作為本書描寫對象的右派，僅僅看作是歷史的受難者，更要珍惜他們身上所積澱的民族精神財富。《風雪夾邊溝》和作者另外兩部長篇小說《大饑餓》、《血戀》是作者的血淚三部曲，它們以獨樹一幟的風格和對當代歷史的關注奠定了其在中國文學史上的位置。本書的作者，作為一位右派的後代，正是從他的前輩那裏，吸取了寶貴的精神滋養，從而挺身為「人」的：這三部作品就是一個最好的證明——這或許是我從中獲得的最大的啟示。

二〇〇七年八月八日

（錢理群，著名人文學者，魯迅、周作人研究專家。北京大學中文系教授，現代文學專業博士生導師。）

序（二）

李焰平

歷史是這樣創造的：最終的結果總是以許多單個的意志的相互衝突中產生出來的，而其中每一個意志，又是由於許多特殊的生活條件，才成為它所成為的那樣。這樣就有無數互相交錯的力量，有無數個力的平行四邊形，而由此產生出一個總的結果，即是歷史事變，這個結果又可以看作一個作為整體的、不自覺地和不自主地起著作用的力量的產物。

——恩格斯

文學應該從人類的暗部去發現光明的一面，給人以力量，讓人更信賴人。

——諾貝爾文學得主　大江健三郎

（一）

一個人、一個民族、一個國家都會有過暗淡的、不光彩的甚至是恥辱的荒誕的歷史面孔。保持良知和理性，哪怕這良知和理性只作短暫的閃現，也會有助於人類自己走出暗淡無光的歲月，重新沐浴風雨雪霜之後的陽光雨露。

共和國五十多年的歷程是風風雨雨的歷程，是轟轟烈烈的歷程。共和國的公民程度不同地承受過痛苦的磨難，經歷過災難性的洗劫。有「反右」沒有寫反右史，有「文革」也沒有寫文革史。現在，許多年輕人不知道「反右」、不知道「文革」到底是怎麼回事？然而，這是新中國建國後兩個特殊的「歷史單元」，如果當代青年不瞭解這兩個特殊的「歷史單元」，它將是歷史前進過程中的空白。羅馬政治家西塞羅說過：一個不知道自己出生前所發生的事情的人，永遠也長不大。當然，我們不要為古人而談歷史，要為今人和後人來讀歷史；也不要為古人而寫歷史，要為今人和後人來寫歷史。因為這是「前事不忘，後事之師」之理。

每個時代有每一個時代的特殊問題。一個時代有什麼樣的問題，也就會有解決這些問題的人應運而生。繼尤鳳偉的《中國1957》，楊顯惠的《夾邊溝記事》問世後，趙旭的《風雪夾邊溝》隨即與讀者見面。兩部作品雖是以夾邊溝同一真實史事為題材，但寫作風格各異。《風雪夾邊溝》站在歷史的高度，把民族的興衰，把人民的痛苦，作為自己義不容辭的責任，它通過眾多人物形象描寫了一代知識份子可歌可泣的時代精神。《風雪夾邊溝》之所以吸引人，在於對人性的真實揭示和細節描寫上的真實、逼真。馬克思主義認為，人性是在一定的社會制度和一定的歷史條件下形成的人的本性。如楊鵬、劉作成、傅玄、薛榮、賴世俊、雷燕等等，這些人物形象有愛有恨、有情有欲，以不同身份、不同性格在那個特定的年代演繹各自的故事，這些都有著極為深廣的社會內涵，他們不僅是建國前後的知識份子，而且大多為建國前後的共產黨員、中層領導幹部。透視共和國的歷史，有兩代知識份子是在血與火的煉獄中淨化了靈魂的：一代是在舊中國接受教育，還有些並曾在抗日戰爭和解放戰爭加入中國共產黨的；另外一代是生在舊中國，長在紅旗下，新中國培養的第一批知識份子。以作品中的楊鵬、雷燕為例：楊鵬一九四五年在黃埔軍校加入了中國共產黨，一九四九年任解放軍獨立團團長，轉業到地方任青海省興海縣縣長，一九五七年在甘肅省民樂縣農林局任局長時被打成右派。他從夾邊溝勞教農場死裏逃生出來，「文革」中又被投入監獄，直到一九七八年平反昭雪。而雷燕是新中國成立後培養的第一批女大學生，畢業於浙江大學中文系，父母都是西北師範學院的教師。一九五六年自願要求支援大西北，分在蘭州某廠任宣傳幹事。五七年鳴放時，提了「男女同酬」在該廠沒有認真落實的意見，色狼廠長找雷燕「談話」動手動腳，博得雷燕一記耳光。因此，廠長送給雷燕一個「右派」指標，並被押送到夾邊溝進行勞動教養。「文革」初，因雷燕說了彭德懷是光明磊落的馬克思主義者，她被捲進文化大革命的風暴，一夜之間由右派升格為現行反革命關進了牢獄，後又因認為「文化大革命是錯誤的」「林彪是奸臣」之罪，結果像革命烈士張志新一樣被割斷喉管而後殺害。這就是兩代知識份子苦難歷程中被顛倒了的歷史所產生的典型，這種是非顛倒的歷史怎能不喚起讀者深深的思索和無比的憤慨和悲歎？

（二）

《風雪夾邊溝》的每個右派形象都是在深厚寬廣的歷史文化背景下產生的，從而反映了特定的歷史時代特有的政治特徵。每個人物命運的歷史與社會發展的歷史和共和國命運的歷史同步進行，這孕育著《風雪夾邊溝》具有史詩性的意義。作者通過人性的被扭曲——為了生存，偷吃豬食，為了生存，割吃同伴屍體，反映了那個可怕的、駭人聽聞的荒誕年代。

《風雪夾邊溝》的社會歷史意義，在於它通過作品中各種人物的心理特徵，深刻而又生動地反映了民族歷史文化的心理積澱。楊鵬與藏族姑娘桑傑卓瑪從相愛到別離，一條幽深的溝壑使他們天各一方。但是一種刻骨銘心的愛情力量，一種如醉如癡對生命的渴望，使他在那魔窟裏逃了出來。然而，楊鵬那複雜多思、充滿矛盾的心理特徵和雷燕性格剛毅、心地善良的內心世界，卻形成了鮮明的對比，但都無不打上民族和歷史的烙印。中國的知識份子受中國傳統的影響，「先天下之憂而憂，後天下之樂而樂」，他們那種忍辱負重的使命感，在《風雪夾邊溝》中得到了充分的體現和張揚。沙漠研究員薛榮在險惡的生存環境中，仍然不忘治理沙漠的崇高使命。人學教授劉作成在被開除黨籍，遭到非人的折磨和蒙受不白之冤的時候，始終沒有忘記自已是一名共產黨員。總之，傳統的道德習俗，在被時代扭曲的右派靈魂中，有時沉穩、縝密，有時清高、孤傲，有時膽小、怯懦，有時反復無常。這，無不反映著他們身上的歷史文化心理的積澱。即使楊鵬與桑傑卓瑪的愛情，雷燕與賴世俊的愛情，也是深層文化的一種心態表現。

《風雪夾邊溝》的社會歷史意義還在於對這個特定歷史單元血的教訓的探索。作品寫到：「當我們到達三十年前我們生存的明水山水溝，只見荒草淒淒，望不到邊的棄耕地泛著白花花的鹽鹼，成片的灌木枯萎死亡，冷颼颼的風掠過乾枯的沙棗樹梢，發出淒厲的嘯聲」。「沙梁後面一望無邊的墳地」，「到處是被家人起了屍體的坑穴」，「雙桂（死者海全的妻子）一臉嚴肅，面對跪在地上的幾個孫女說道：娃娃們聽著，你們以後要找就找莊稼人，千萬不要嫁念書人了」！「全國那麼多右派，以及他們的子女，所遭受的痛苦和磨難，家破人亡，只說個『錯劃』就完事了」？「活著的人活下來了，而誰又對死去的人評個是非公道？文化大革命可以徹底否定，反右運動為什麼不能夠徹底否定呢？」所有這些描述和慨歎，都是對那個可怕的特殊歷史單元無情的批判，和對過去歷史的深刻反思。

魏巍寫的《誰是最可愛的人》這篇通訊，曾經是中學語文的教材，文中所記志願軍英雄張立春的真實事蹟，幾乎世人皆知。一九四五年，這位戰鬥英雄參加中國人民解放軍才十九歲，在長春和四平戰役中，在抗美援朝的戰鬥中，先後立過五次大戰功。一九五三年十月，隨著抗美援朝戰爭的結束，張立春回到了丹東，被定為二等乙級傷殘。當組織安排他的工作時，他表示「到最困難的地方去」。就是這樣一位戰功赫赫的功臣，在極左的年代，被朝陽市公安局長定性為「壞分子」，坐牢五年。此後，在街頭修鞋，不懈上訪，二十一次走進北京上告無果。這位共和國的英雄，「最可愛的人」，在朝陽市新華廣場紮根修鞋達三十五年之久。一九七九年平反後，他仍然在廣場修鞋。所不同的是，平反前是為了養家糊口，平反後則是為人民群眾服務。回首壞人掌權好人遭罪的過去，這難道不令人震驚嗎？

在那個扭曲了的年代，所謂的「右派分子」，所謂的「壞分子」，所謂的「階級鬥爭」，所謂的「思想改造」，許多被歪曲了的概念，被顛倒了的是非，被「左」化了的認識，雖然經過三中全會，已「撥」其「亂」，「反」其「正」，但仍需要認真反思啊！特別需要政治的和文化的深刻「反思」！

（三）

文學作品的創作，不在於寫什麼，而在於怎樣寫。題材有大有小，主題有新有深，有高低之分，無貴賤之別，能否卓然成家，精製珍品，不全在於作家藝術技巧的高下，還在於作家是否具有使命感和社會責任心。即使說，作家除了自由意識之外，還必須有高度的使命意識，這種使命意識是指作家的心靈須與歷史時代的脈搏相溝通；作家的自我實現，必須通過自己的作品去關心人民的疾苦，關心人民所關心的切身利益，去提高人民的精神境界，去塑造人類聖潔的靈魂，去鞭笞人類醜惡的行徑，教育和激勵全體人民從沉淪的世俗世界的邪惡中超越出來，重新創造人間美好生活的未來。

趙旭在同時代的作家中，是較為清醒地意識到自己履行的歷史使命和社會責任。他勇往直前，排除阻力，克服困難，奮發努力，不斷開拓自己的創作道路。他的坎坷經歷賦予了他創作《風雪夾邊溝》的基因和動力。趙旭生在甘肅，長在甘肅，從幼年起經歷了世間的痛苦和磨難。三歲時其父和他的尕爺被打成右派。他的尕爺趙廷祺被押送夾邊溝勞教農場，活活餓死在了那裏。「文革」中，他又隨父母一起遣送到農村，拉家糊口，忍饑挨餓，風風雨雨中磨練了整整十年。由於他尕爺死在了夾邊溝，他帶著這種對夾邊溝的神秘和好奇，從一九八五年起走訪了七八十個從夾邊溝活著出來的右派。這些右派提起夾邊溝勞教農場，如同走出無底的魔窟，不願再去回憶那可怕的過去。趙旭根據這些右派們提供的事實開始了《風雪夾邊溝》的創作，因種種原因延至今日才得以出版。阿爾溫•托夫勒說得好：「在任何一個穩定的社會中，任何一個佔優勢的變革浪潮，其未來發展的圖景是比較容易看得清的，作家、藝術家、新聞記者和其他對未來浪潮的發現者，承擔了這項使命」。誠然，文學也是對生活的一種發現。作家趙旭就是善於在歷史中發現文學，又善於在文學中描述歷史；善於發現生活中人們常常迴避的歷史沉澱，或者別人有所發現卻未表現出來的過去，而他，卻體會到了，感受到了，理解到了，而且表現出了新的創造，從而使這部小說顯得獨特且富有魅力。在《風雪夾邊溝》的作品裏，趙旭通過特定時代的折射和人物內心的自我剖析，暗示了那個扭曲時代的駭人事實，通過藝術的描繪和歷史的反思，告訴今人和後輩：一個人性被扭曲的畸形、病態年代是多麼殘酷！如果那場「反右派鬥爭」一旦重演，華夏民族、後代子孫將會是怎樣一種命運和前途？共和國的命運又會是一種怎樣的前途？

不正常的社會背景造就了一批人面怪物，人性中多種可怕的罪惡本能和利己欲望在特殊環境中全會被誘發出來。作品中描述的趙耀祖、劉宏、白鑫這些農場領導，就是人性中罪惡本能和利己欲望的典型。這，就是環境的異己力量剝奪著「人」的屬性，把「人」還原為動物的荒唐時代。

總之，在《風雪夾邊溝》的作品裏，寫了時代的陰暗面，寫了右派們的生存欲望，寫了右派們對愛情的渴望和大膽的追求，寫了「在無產階級專政下」人性的被扭曲，寫了那個封建加法西斯的雲霧籠罩下的特殊歷史單元的愚昧、野蠻、殘暴和專制，而作家趙旭正是在這一切中寫出了苦難歷程中的悲壯和內在的理性濃烈的情感，寫出了社會主義事業不管經歷多麼艱難坎坷也會勝利的信心。這裏，可以借榮格的一句名言：「不是歌德創造了《浮士德》，而是《浮士德》創造了歌德」。《風雪夾邊溝》是成功的，是及時的，趙旭以曲折離奇的真實故事將古典文學和民間藝術融為一體，用他獨具風格的藝術之筆，用一位作家淳樸的良心為中國當代文學的百花園裏又添了一朵罕世奇葩。但是，如果作為史詩，作家描述和展現右派在勞教農場肉體上的磨難和精神上的痛苦，勝過宏觀的、全面的反右派鬥爭過程，也許這是作品的不足。

只要是歷史，歷史不會忘記夾邊溝！是為序。

二〇〇二年七月二十八日於甘肅省委黨校

（李焰平，甘肅省委黨校教授。）

目次

目次 content

第一章

今人不見古時月，今月曾經照古人，
古人今人若流水，共看明月皆如此。
——李白《把酒問月》

當我拿起筆回憶這段往事的時候，我感到我的筆猶如千鈞般的沉重。歲月如煙，滄桑巨變，過去的已經過去，可掩埋在河西走廊的那許許多多中華民族的英魂不願散去，因為，他們的冤未訴，他們的情未了，歷史沒有給他們一個正確的回答。天地良心啊！我再也不能沈默，我要為夾邊溝死去的難友們鳴出心中的不平，為那些活著回來的人們撫平心靈的創傷。我也是一個活著出來的人，我之所以能夠從那地獄般的魔窟裏活著出來，是因為我用我同類的屍體苟延了我的殘喘，熬到了冰雪消融的今天。我的身上有我十二個難友給我的能量，我不僅僅是我自己，我是要用十二個冤魂給我的力量去完成這一歷史的使命。請讓我代表他們，高舉酒杯去酹祭中華民族的一代英靈。

安息吧，夾邊溝、安西、邊灣、飲馬、小宛、十工、四工、黃泥鋪、酒泉城郊、城灣、敦煌棉花、新華鎮、高臺、玉門黃花、下河清、丁家壩、長城等農場，以及在鴛鴦池水庫、蘭新鐵路線這些在河西走廊被天災人禍奪去性命的右派難友們。

我是一九五八年八月十八日來到夾邊溝勞教農場的。當我從酒泉下車，坐上一輛順路的馬車踏上這塊戈壁沙漠時，我並沒有被藍天白雲下那浩瀚的沙漠和那長著一叢一叢駱駝草的戈壁荒灘所驚奇，而是被農場場部牆上赫然映入眼簾的八個大字「低頭認罪，脫胎換骨」所震撼。

在火車上，押送我的這位農林局的保衛幹部就說過，楊鵬，你以為你還是局長呀？你錯了，從今以後你就是一條狗，是一條斷了脊樑骨的癩皮狗，老老實實低頭認罪才是你唯一的出路。

他說這話，是因為他讓我去給他打洗腳水，我沒有去。我想，你狗日的去年還是農林局打雜的一個臨時工娃娃，就因為你是一個沒有爹媽的孤兒，我同情你才把局裏唯一的轉正指標給了你，就因為這一點，你也不應該這樣對待我。然而，我錯了。他瞅了瞅我的臉咬著牙狠狠地說道，你以為我記你的恩嗎？呸！你把我當成叫化子了，我恨你們這些當官的。

這時，一隻拖著尾巴的灰毛狗從那八個大字下面匆匆跑了過去。

我看到那八個大字寫得雄渾神奇，蒼勁有力，這是一個很有書法功力的人寫的，它凝聚了我們這些右派的一個共同心願，在這裏好好改造，爭取早日摘掉右派分子的帽子。

馬車還在往前走著，無遮無掩的太陽光直射到大地，蒸騰出一股熏熏的熱浪，熱浪拍擊著我的臉龐，我感到頭有點發暈。

突然，我看見前面圍著好多人。

我們的馬車向人群走去。

我從馬車上看到人群中央躺著一個身穿呢子制服的人，這人身上沾滿了污垢，臉白的有點發灰。

只見一個手提麻繩的大鬍子朝地上躺著的那個人瘋狂地抽打著。「呼呼」繩子聲音與大鬍子的破口大罵攪在一起，讓邊上一些破衣爛衫的人們屏聲禁氣個個木然地站著。地上躺著的那個人好似沒有一點知覺，只是將身體朝右邊稍微翻了一下。

大鬍子一看這樣，跳了起來說道，我讓你裝死，我讓你再裝死。

大鬍子手中的麻繩沒頭沒臉地直往地上躺的那個人身上落去。

地上躺的人慢慢睜開了眼睛。這時，我才看清這人瘦削的臉上竟有這麼光亮的一對大眼睛，這是一雙毛茸茸的雙眼皮大眼睛，那眼睛帶著一種倔強和一種怨恨，緊緊地盯著那個大鬍子。

大鬍子中等身材，略微有點胖，年紀雖只有三十歲左右，可頭頂已經光禿。他往後退了一步說道，傅玄，你這個雙料貨把自己掂著點，只許你規規矩矩，不許你胡說亂動。

只見那個叫傅玄的人爬了起來，坐在地上說道，趙股長，我不是反革命也不是右派，我是一個水利工程師。傅玄說這話時不緊不慢，不卑不亢，那俊秀的臉顯得那樣的剛毅，把大鬍子氣得大聲喊道，把這狗日的給我拉起來。到這裏來是讓你改造的，不是讓你來耍死狗的。

隨著大鬍子的喊聲，只見那破衣爛衫的人群中一個年輕人走了出來，把一條草繩往傅玄的脖子上一套，二話沒說，一把將傅玄從地上提起，牽著草繩就往前跑。

我看見傅玄個子很高，兩手向前攥著草繩，高一腳低一腳地跟著那個年輕人往前跑。這時的我又驚又怕，我清楚這個叫傅玄的人是和我同樣命運的右派分子，因為他灰白的臉上跨著一個度數很深的眼鏡。

我多麼想下去扶他一把，可我不敢。

「站住！」

隨著喊聲，我看見人群中走出了一個臉曬得黑裏透紅的漢子。

那位牽著傅玄的年輕人站了下來，傅玄則一屁股坐在地上，爬在地上呼呼直喘著粗氣，嘴裏微微發出聲音，不是我不幹活，我已經三天沒吃飯了。

紅臉漢子向那位叫趙股長的大鬍子走了過去，說道，趙耀祖，你沒見傅玄都餓得沒有了人樣，這樣會出人命的。

趙耀祖看來對紅臉漢子有點心怯，說道，老賴，不是我逼他幹活，這人也太不自覺，三天不出工也不請個假，還以為是國民黨的師長呢？

趙耀祖說這話時將「國民黨」三個字咬得很重。他接著說道，高泉，把傅玄放開。那個叫高泉的年輕人個子不高，長得圓頭圓腦，一對小眼睛上跨著一副白眼框眼鏡，他把草繩從傅玄的脖子上取了下來，臨走時朝傅玄的屁股上狠狠地踢了一腳。

我們的馬車徑直朝場部走去。這是一個四合大院，磚砌的大門，裏面東西南北四面都是房子。進了院子，有兩個年輕人把我們領到場長辦公室。

我望了一眼這位叫劉宏的場長，細條個，黑瘦黑瘦的臉，八字眉下一對圓溜溜的大眼睛。劉場長拿著一張報紙，見農林局的保衛押著我走了進來，把頭點了一下，示意保衛坐下。保衛做了自我介紹之後，劉場長說道，等一下趙股長，來了向他交待。於是，我們從屋裏走出，到院子裏一處蔭涼處坐了下來。

等了大約有十來分鐘，大鬍子趙股長來了，與他一起來的還有那個紅臉漢子。這時我才看清紅臉漢子足有一米八的個頭，國字臉，掃帚眉，說起話來聲音有點沙啞。

保衛過去與趙股長打了招呼。這位趙股長乜斜著眼將我上下打量了一下，說道，是個好勞力。

這時，我才從他的臉上看到了一絲令人心悸的微笑。

這就是我們夾邊溝農場的管教股長趙耀祖對我最初的評價，這句話我至今還記憶猶新。

趙股長喊來一個戴近視眼鏡的中年人，讓他檢查我的行李。他讓我將被褥、挎包全部打開，把身上所有的現金、票證、工作證、小刀、小剪子、鑰匙、手錶全部上繳。凡是能證明身份的，如工作證和軍人徽章等統統放在地上。然後一一造冊，但不給開收據。被褥裏子都要摸一摸、抖一抖，看有沒有其他東西，最後就連捆行李的繩子也被收掉。我的英納格手錶也被沒收了去。隨後，向我宣佈紀律，不准到其他宿舍串號，不准交談，寫信不能超過兩百字，寫好交到帶工小隊長處，由小隊長收來後統一發出。晚上，不准出大院，否則按逃跑論處。因為我從來沒有經歷過這種場面，心中不免有一點抵觸的情緒，但我不敢有絲毫的表露。心想，怎麼把我像犯人一樣對待？

只見紅臉漢子從西房裏抱出一個西瓜來，用窗臺上的一把刀「嚓，嚓」幾下把瓜分成了八塊。他給我先遞了一塊，然後對押送我的那個保衛說道，年輕人吃上一塊降降火，天氣熱得凶啊！

我捧著那塊西瓜不知如何是好。自從我被打成右派分子之後，已經沒有人把我當人看了。一股酸楚的淚水從我的眼眶裏流了出來，我趕忙用衣袖擦了擦。

這時的我，淚水和汗水完全攪到了一起。

對我情緒的變化，沒有引起任何人的注意，但我記住了紅臉漢子的名字，他叫賴世俊，是我到新添墩作業站基建隊的隊長。

母親生我的時候做了一個夢，夢見一隻白色的大鳥落在了我家的房檐上。父親用粗糙的大手撫摸著母親圓圓滾滾的肚皮說道，這夢真好，我們的孩子將來肯定是一個大富大貴之人，大富大貴之人到了楊家，楊家要興旺發達的。於是，當我呱呱落地之後，父親就給我起名為鵬，他希望他的楊鵬飛黃騰達，展翅翱翔在遼闊的天空，一展他終身未盡的抱負。

我三歲的時候，父親就給我請了私塾先生教我唸書寫字，不是因為我靈性過人，而是父親對他五十歲上得的兒子寄予了很大的希望。八歲上我進了皋蘭小學上學。但我沒有按照父親給我鋪就的紅地毯一直往前走去，小學畢業後，我偷偷考了黃埔軍校。

紅榜一下來，全家老少都傻了眼，奶奶哭，父親叫，母親則悄悄把我拉到房裏撫摸著我的臉說道，你真想去當兵？

我說，我要離開這個家。

離家的願望如此強烈，使我做出了關係終身命運的決定。

第二天，縣太爺坐著馬車被一幫人擁著，人們敲鑼打鼓到了我家。縣太爺親手給我披了紅，戴了花，我就這樣在一陣喝采聲中離開了奶奶、父親和母親，步入了我軍人的生涯。

軍旅生活是一個不平常的生活，這裏所有的風景都可裝入心兜催人成熟。當我從訓練嚴酷的黃埔軍校走到部隊以後，一個個關於我的學長們叱吒在抗日戰場的經歷讓我激動不已，那些屠殺西路紅軍的傳聞也在我耳際迴響。我知道我的理想和我雄心勃勃的抱負將要從殺人開始。因為，在我身邊的那些戰友和我的上級都是靠殺人戴上一頂頂桂冠而步步登高的。在這個亂世年代，我所崇尚的軍人，不是我殺掉你青雲直上，就是你殺了我成為一抔黃土。

當我第一次看到了那麼多的屍體和汙血，嗅到令人噁心的汙血味時，胃囊裏的食物一陣陣朝喉嚨裏翻湧，渾身好像爬滿了毛毛蟲似的刺癢。我甚至不敢正眼去看那些死者可怕的面孔。這時候，軍校裏一個同學介紹我加入了中國共產黨。我知道這一切是多麼的危險，然而，對共產主義的信念可以使人把一切置之度外。我少年得志，很快登上了營長的寶座。

我以兩種面孔在這個世界上生活著。表面上是國民黨軍隊的少校營長，春風得意，日月中天。暗地裏我在做著一種充滿風險，赴湯蹈火的崇高事業。

在我二十二歲生日的那天，父親感到無比欣慰。他拍著我的膀子說道，兒子，你媽生你的時候夢見了一隻白色的大鳥，我早知道楊家要出人物了。果然不錯，哈，哈，哈哈——。

父親的笑聲爽朗而又激越，驚起廊簷下的一群鵓鴿向東面飛去。

我望了一眼父親，父親確實老了。花白的頭髮，臉上佈滿了皺紋，背也更駝了。然而，他卻笑著，頑童般的笑聲在大廳裏迴盪。

他說，兒子，你該有個家了。

我理解父親的心情，他是想在有生之年看到楊家子孫滿堂，興旺發達。

就在這一年的冬天，父親去世了。他沒有看到他的孫子，就連他的兒媳婦是什麼樣子也沒見到。

軍人的生涯離不開戰爭，戰爭鑄造了鐵一樣的軍人。一九四九年六月，我已升為團長，我拉著全團士兵入了解放軍，我一下從國民黨的團長成了中國人民解放軍獨立團的團長。

那年我上新疆，進青海，清剿馬步芳部隊的殘餘，後來又被政府安排到青海省興海縣當了縣長。

在這個縣上我認識了桑傑卓瑪。那天我在牧人的帳房裏忽然聽到雲中傳來一首雪山下的牧歌：

我遙望過無數大小的雪山，
只有你能擎托碧藍的天空；
我騎馳過不少驕捷的駿馬，
只有你能走完艱難崎嶇的歷程；
我相識過不少英俊善良的少年，
只有你長著搏擊風雲、
迎來黎明的翅膀。

我騎上白蹄小青馬朝山上奔去。馬蹄噠噠我像長了翅膀的小鳥不一會兒就飛到了山頂，我看見了一個牧羊姑娘，她的脖子上繫著一根黑色的綢帶子，坐在草地上望著西邊落日的餘暉。啊！

多麼美麗的姑娘。細條條的身材，高高的鼻樑，彎彎的眉毛，長長的睫毛，大大的眼睛，光潔透明的皮膚，婉轉流暢的歌聲，簡直是仙女下凡來到了這碧綠的草原。

我走到她的跟前，她微微抬起頭來，我看見她一對憂鬱的眼睛發著令人心悸的寒光，那孤傲的神情使我如醉如癡，半天回不過神來。

我向她打招呼，她沒有吭聲，而是轉過身去。

我沮喪地朝山下走去，神情恍恍惚惚。

牧人們告訴我，前些年這裏每年都要在山的北面舉行盛大的宗教法會。法王坐在很高的寶座上，給來自四面八方的善男信女摸頂祝福。人們排成長隊，一個一個地從法王座前經過，他用手或帶子碰觸她們的腦袋，聲音低沉地念一兩句禱詞，然後賜給一根紅色的絲帶。這些絲帶經過法王加持，據說保佑眾生死後不落入地獄。然而，在這樣的法會上，隨時都會有非常可怕的事情發生。法王正給某個女子摸頂，突然把手縮回，神色大變，語言冷峻，宣稱這個女子就是混在信徒中的女鬼，如果不趕快降伏，將帶來種種災難，甚至在夜深人靜時到處吃人。所以，法王的侍從會立刻拿出一條黑帶子，繫在女人的脖子上，表示魔女被當場擒獲。這以後，被捉到的鬼只有時時在脖子上繫上黑帶子，才能在人群中生活。

據說煨燒動物的油脂，就能發現女鬼。在一年一度的跳神大會上，成千上萬的男人和女人到了這裏。跳神場周圍煨燒大量的山羊脂肪，氣味非常難聞，有些女人因此而噁心嘔吐，甚至無法忍受而喊叫起來。這一下不得了，黑色的帶子就會繫到她的脖子上，轉眼之間她就會從天上掉到地下，由人變成一個人人生畏的厲鬼。

我被人們的訴說震驚了！怎麼會是這樣？多麼美麗的姑娘怎麼會有這麼可怕的命運！我非常同情牧羊女桑傑卓瑪，我發誓要拯救她脫離苦海。然而，這裏的規矩，若要使這些鬼變成人，必須脫胎換骨，成為貴人家的千金。

第二天，我又去了鬼山，我見她一個人躺在綠油油的山坡上，癡癡地望著天上的白雲。白雲像地上的羊群，緩緩地在天上移動。

桑傑卓瑪。我輕輕地叫了她一聲。

她聽見了我的聲音，看了我一眼。

她想，這是叫我嗎？桑傑卓瑪不是在人們的心目中早已死去了嗎？

把你那黑帶子給我。

我說著就去搶她脖子上的黑帶子。

你要幹什麼？她憤怒地望著我說道。

她一骨碌從地上爬起，一隻手緊緊護著那條黑帶子。

給我，把它扔了。

不行，扔了這條帶子要被法王打入十八層地獄，被油鍋炸的。她往後退了幾步說道。

我說，別信這一套，你別再這麼折磨自己了。

不！法王無處不在，他用他的眼睛時時盯著我們。桑傑卓瑪往後又退了一步說道。

桑傑卓瑪的這一句話，使我震驚萬分。可怕啊！捉鬼的人對人精神上的控制和欺騙，更甚於對人肉體上的摧殘和折磨。

我在桑傑卓瑪的跟前坐了下來。

我抓住了她的手，她驚奇地望了我一眼。

突然，她撲到我身上大哭了起來。

我看不見她的眼睛，只見她痛不欲生的渾身顫抖著，失聲斷氣地大聲抽泣著，好像要把這一肚子的苦水完全倒出來。

我想，讓她好好地哭吧，把心裏的苦水往外倒吧，她就是哭上三天三夜心裏的苦水也倒不完的。

只見桑傑卓瑪越哭越兇，眼淚從她那凝滯的眼裏像泉水般地流溢出來，哽咽的上氣不接下氣，半天氣都上不來了。

我用手摸著她一根根細溜溜的髮辮，說道，哭吧，痛痛快快地哭吧。

她見我這樣說，哭聲止了，但還是大聲抽泣著。

你原先就在紮措莊嗎？我盯著她的眼睛說道。

她說，我就是紮措莊的人。

她告拆我，她從小就生活在這個村裏，那些姐妹們都是和她一塊玩大的，而且，她媽媽和她妹妹現在還在村裏。可是，那次可怕的法會，一瞬間改變了她的命運。她由於聞見油脂味噁心的吐了，她被法王揪了出來，脖子上套了黑帶子。從此，姐妹們不敢見她了，就連她的媽媽和妹妹也不讓她再進那個家門。她成了一個鬼，一個令人生畏吃人肉喝人血的魔女。她被趕上了鬼山，住在山頂的一個窯洞裏。

我說，你應該去找政府。另外，你要相信你不是鬼，是法王強加在你身上的鬼話。

她說，我是鬼，法王不會看錯的。

我望著她那俊秀的瓜子臉，不知如何是好，心想，在這山高皇帝遠的地方，政府的作用太小了，而這些人們又中的毒太深了，我這個縣長要深入到紮措莊來，我要說服村上人，說服桑傑卓瑪，一定要讓她從精神到肉體徹底脫離苦海。這時，太陽已經偏西，西邊天上被血紅抹成了一片。我向她揮了揮手，就往山下走去。

第二章

我知道我被劃為右派分子，全是我這張嘴啊。一九五七年五月一日，中共中央在報紙上公佈了〈關於整風運動的指示〉，當時報紙廣播聞風而動，鼓動知識份子及民主黨派幫助中國共產黨開展克服共產黨內官僚主義、宗派主義、主觀主義的整風運動。《甘肅日報》上反覆動員要〈大膽地「放」，大膽地「鳴」〉，一九五七年五月二十一日《甘肅日報》的頭版還登了省委書記張仲良和工程師親切談心〈鼓勵鳴放，支持鳴放〉的文章。我在此時非常清醒，只是動員別人提意見，而我則一言不發。後來，在內部傳達毛澤東關於「我們還要讓他們倡狂一個時期，讓他們走到頂點」的指示時，我對我的判斷感到非常慶倖。六月八日，毛澤東又再次為黨中央起草黨內指示，〈組織力量反擊右派分子的倡狂進攻〉一文中說道，「省市級機關和高等學校大鳴大放的時間，大約十五天左右即足。」並且還說，「向黨提意見，儘量使右派吐出一切毒素來。」

我此時對共產黨非常忠心，眼睜睜看著一些知識份子不斷吐出毒素來，暴露在了光天化日之下。在整個反右運動中，單位上幾十號右派全是經我的手給定的，我始終掌握著單位反右運動的航船。然而，我並不知道這是「陰謀」還是「陽謀」，但我打心眼裏對這場運動是有看法的，農林局百十號人，有幾個是有真才實學的，就那麼幾個大學生和從農校分來的中專生一個個進了埋伏圈，全被誘了出來成了右派分子。敵人一個一個跳出來了，可這樣就天下太平了嗎？我想，到底是些書呆子，他們怎麼能夠識透熟諳孫子兵法、身經百戰的偉大領袖的深謀遠慮呢？有能耐的人都成了右派分子，誰去幹工作？然而，那時候沒辦法，每個單位按百分之五的比例分攤右派任務，不是張三當，就是李四當，劃來劃去那些家庭出身不好，或參加過國民黨三青團的大學生、中專生都成了右派分子，於是農林局裏就沒幹工作的人了。

那是一九五八年七月的一個下午，我到基層檢查完工作喝了點酒，回來的路上我對農林局和我最要好的一位朋友說道，世上的事別看得那麼認真，什麼知無不言言無不盡、言者無罪聞者足戒，那全是騙人的鬼話，反右運動是個圈套，什麼大鳴大放、開門整風，那是誘虎下山、聚而殲之。

話一出口，當時我就有些後悔，因為我平時說話是相當謹慎的。但我想，既然對朋友說了幾句實話，說了就說了吧。

第二天我一上班，就見上百張大字報鋪天蓋地貼到了我的辦公室門前。而最醒目、對我殺傷力最大的就是我的那位朋友貼的大字報，他用馬列主義毛澤東思想對我的言論進行了深刻的批判，對我的靈魂進行了精闢的分析，其中就有「低頭認罪」和「脫胎換骨」這樣的字眼，所以，我在夾邊溝又見到這種語句的時候，就會神經質地產生如此大的顫慄。

就在給我貼大字報後的第三天，省農業廳來了人，我被停職反省，隔離審查，不上半個月我就被打成了極右分子，開除了公職，並被押送到了夾邊溝勞教農場。

在這些日子裏我想了很多很多，我想到了報復，也想到了自殺，我也想領著我的桑傑卓瑪逃到草原深處去，面對白雲藍天。但我最後還是否定了一個又一個的想法，毅然面對命運對我的隨意安排。因為，我相信共產黨是不會冤枉一個好人的。

夾邊溝農場地處巴丹吉林沙漠，在甘肅酒泉縣東北方向的戈壁沙漠邊緣，離縣城約三十多公里，與金塔縣毗鄰。場部的西邊是一道綿延數里的沙梁，叫毛家山，其餘三面都是黃沙滾滾的沙漠和一望無際的戈壁灘。從場部沿著毛家山沙梁北麓往西走十五六里就是新添墩作業站。那裏有幾間土房，建在一片戈壁灘上，戈壁灘上長著一些駱駝草、芨芨草，鷂鷹在空中悠悠的盤旋徘徊。土房跟前有一個吃水的澇壩，澇壩水面上漂浮著一些碎枝爛草。由酒泉銀達公社清水水庫流下來的清水河除灌溉夾邊溝和新添墩的土地之外，還將水蓄到澇壩裏，供人飲用和澆灌土地。往北望去，沙浪綿延，一段殘斷的城牆和烽火臺時隱時顯在茫茫的戈壁沙漠和夾山口上。

場部東面走十里左右是夾邊溝村，這裏的農民靠天吃飯。原先村上祈雨求神的龍王廟，大紅的樑柱，一色的琉璃瓦，就建在村的中央。一九五四年，這裏創建夾邊溝勞改農場，也就是甘肅省第十八勞改管教隊時，勞改犯們遷到了原先解放軍第三軍軍墾農場的所在地，他們在村上拆了廟，在離村不遠的地方蓋了房，待到五七年遷走勞改犯，而改為勞教農場關押由各單位送來的右派分子、反革命分子、壞分子和反黨反社會主義分子時，這裏已蓋起了一排排平房，周圍的樹苗已經長大，人們已經感覺不到昔日的荒涼和寂寞了。然而，原有的監獄設施雖然不用了，但未拆除，場部周圍仍然大牆環繞，四角處還有巡視的崗樓。

到夾邊溝新添墩作業站後，和我同住一個房間的除有高級工程師傅玄和大學生高泉外，還有西北師範學院歷史系教授大個子劉作成，中學教師胖子韓起龍，還有畫家瘸子馬豐和蘇聯留學副博士沙漠研究所的研究員薛榮。

我們共是七個人。大個子劉作成年齡最大四十五歲，下來就數我和傅玄剛過不惑之年，其他四個人都是二三十歲的年輕人。大學生高泉只有二十歲。

初來乍到，我們誰也不理誰，誰也不問誰，只是偶爾點一下頭，歲月的艱辛已經磨平了我們的棱角，也讓我們多了一點防範人的心眼。

第二天早上，天剛麻麻亮，我們就去翻地，每人每天的任務是翻一畝地。白日裏天氣炎熱，到了中午太陽像火烤著大地，我們就趁著早晨涼爽去多翻一點。

我學著別的右派，右腳上也套了一雙皮鞋，提著一把鋒利的鐵鍬。

我暗暗下著決心，我一定要超過別人，憑著我的體力我肯定能超過別人，哪怕拼著命也要在夾邊溝摘掉右派分子的帽子。

不戴這頂帽子的時候，我不知道這帽子到底有多厲害，當我自己戴上了右派分子的帽子之後，我才發現這一著確實厲害。我不敢說，不敢動，不敢有自己的想法，我的一切行為好似都被這頂帽子緊緊地約束了起來。小時候，我讀《西遊記》的時候，看到觀音菩薩給孫悟空戴了緊箍咒，當時我不甚明白，現在自己也戴了這麼一頂帽子，我一下子知道了這頂帽子的份量。

我望了一眼藍藍的天，火辣辣的太陽照在沙子上有點發燙，一天下來大汗淋漓十多個小時，不要說我超過別人，我連自己一畝地的任務也完成不了。

但我和這裏的其他右派一樣，都有一個心願，就是好好勞動，爭取早日摘掉右派帽子，重新回到人民隊伍中去，重新回到原單位去工作。此時的農場領導也摸透了我們的心理脈搏，大會講小會說鼓動我們拼命幹活，爭取早日從這黃沙野灘裏改造出去。因為，雖然當時我們對別人誣陷我們反黨反社會主義不服氣，但都認為自己從舊社會來，確實有資產階級的思想，都認為自己身上有剝削階級的東西，有舊的社會和舊的學校、舊的家庭給我們的思想打上的深深烙印。

對農場來說如何改造這片荒土，首先想到的也是如何改造人。就是怎樣使用好這一批無償勞力，讓它們發揮最大的效應。

但我對剛來時的一切是很滿意的，只要能吃飽肚子，苦點累點沒有什麼。「只要有美麗的大草原，就不怕沒了牛羊。」這是桑傑卓瑪對我說的。

我與其他人的想法不太一樣，他們都帶了書籍繼續學習，想出去後為祖國貢獻力量，而我只想好好勞動儘快出去。我對政治已非常厭倦，我討厭那些口是心非兩面三刀的偽君子，我也對自己領導農林局的反右運動整了那麼多人而感到懺悔。我再也不當什麼局長了，我要到大草原上去，那裏的人們直爽、豁達、心地善良，那裏的天空晴朗、淨麗、碧藍明亮，我要與我的桑傑卓瑪一起自由地馳騁在藍天白雲下面，去唱我們共同的拉伊。

這是九月，高原的九月似喝醉了酒的牧人，天空和大地抹了一層淡淡的紅色，透出微微的酒氣。

草原上刮著輕輕的風，風兒打著滾在我耳邊呼呼地響。這天，當我離開縣政府，來到這片綠色草地上時，我感到渾身舒展心情格外的明亮。我想，如果有人讓我在權利、金錢、榮譽、自由裏只選擇一樣，我會毫不猶豫地擁抱自由。

我騎著白蹄小青馬抱著桑傑卓瑪在鬼山上的大草灘奔馳，這是我們倆人第一次無拘無束地狂奔。

桑傑卓瑪那天大哭之後，她一下子變得開朗活潑的多了，這時我才發現她是一個非常頑皮的姑娘。

我緊緊夾著馬肚子把韁繩緩緩拉扯，因為，前面出現了一道小河。這條小河是不能過去的，桑傑卓瑪只能在小河和溝坎圍起來的這座鬼山上生活。

我知道我們又該往回走了。但我不願意就這樣匆匆回去，我下了馬和她一起慢慢地走。這裏除了河邊上的蛙鼓和草隙裏的蟲鳴，再就是我和桑傑卓瑪。黃昏，被寂靜所籠罩，被灰濛濛的紗幕所遮蔽。

我牽著她的手凝視眼前無聲無息的小河，凝視著水面上餘暉灑下的粼粼波紋，凝視著那風兒吹動的輕顫，我凝視得出神了，忘形了。

我朝著河的對面大聲吼道，天哪！她到底幹了什麼，你們為什麼要置她於死地？沒有人的回答，只有河的歎息，風的哀鳴。

我說，桑傑卓瑪，不要想那麼多了，勇敢地活下去。

她點了點頭。

然而，當我要扔掉她的黑帶子時，她還是用兩隻手緊緊地護著。

她說，這樣做不得，那會天打五雷劈遭到法王更嚴厲的懲罰。

我說，法王他在哪裡？

她說，法王的話是金子做的，它已經深深刻在了人們的心上。就是我到了天涯海角，還是逃不脫他的手心。

你唱得拉伊真好。我笑著說道。

她笑了笑，然後說道，我再給你唱一首拉伊。

說到這裏她神情有些黯然，用那憂鬱的歌喉唱了起來。

我孤獨痛苦的心，在歌聲中慢慢舒暢多了。我想，這世界本身是多麼美好，它給每一個人供給陽光、空氣、糧食和水，為什麼人與人之間命運竟有如此大的差異，其原因到底在哪裡？我望著天，天上已佈滿了星星，我忽然覺得黑暗有時竟是那樣的美好。

我開始懷疑人們對黑暗的詛咒，開始懷疑人們對陽光的讚美。我不是希望黑暗，而是光明給桑傑卓瑪帶來了那麼多的苦難。

我和桑傑卓瑪坐到草地上，我把她摟到懷裏。

風呼呼地吹著，天上閃耀著大大小小的星星，燦爛的夜空凝視著無邊無際的夜空。草原的夜色真美。我在她耳邊輕輕地說道。

她說，這裏晚上狼特別多，千萬要小心呢。

狼比人好，人才是最可怕的。我自言自語地說道。

她好像沒理解我的話，細細地盯著我的臉。

我說，你為什麼要護著那條黑帶子。

我要等法王回來，親手給我摘掉這條黑帶子。她堅決地說道。

你還這麼傻，他給你戴上黑帶子，就是為了顯示他的偉大，你還盼他給你來摘黑帶子呢。你太傻了。

她不願聽我這樣說。

她說，我害怕。

我把桑傑卓瑪緊緊摟在懷裏，我要用我的愛鼓起她生活的希望和勇氣。

月亮升上來時我回了紮措莊。

莊人們聽見了馬蹄聲，都從帳房裏衝了出來。他們把我推到帳房裏像數落孩子一樣地說道，楊縣長你瘋了，你怎麼像夜遊神一樣逛了一夜，把人都要急死了。我像孩子一樣地笑著，我喜歡他們對著我大喊大叫。自從來到紮措莊，我看到的只是他們的笑臉和畢恭畢敬，沒見過他們的發怒與吼叫，當又一次看見他們紅著臉兒把手不斷地搓磨，對著我大聲叫喊時，我感到了從來沒有過的親切。

他們說，楊縣長你再不能到山上去了，那個鬼會吸了你的血，吃了你的腦髓，你會被她咂乾了血慢慢死去的。

我聽了他們的話沒有吭聲，我不願向他們解釋。他們讓桑傑卓瑪一個人待在山上，誰也不敢去看她，就連她的家人也害怕她，歧視她，我不關心她，愛護她，她能活著下去嗎？

他們給我熬上酥油茶，煮上肥羊肉，一個個爭著讓我吃。然而，當我想到孤苦伶仃的桑傑卓瑪，我怎麼能吃得下去呢？

我說，你們也太狠心了。

我一個人悶悶不樂地躺在鋪上，他們都圍了上來說道，是不是中邪了。

我沒吭聲。

於是他們就七手八腳地對我又揪又掐，點著清香為我祈禱。

我的眼裏湧著淚水，心如刀絞般疼痛。我感謝他們對我的關懷，可我反感他們對桑傑卓瑪的折磨。

我說，你們好狠心啊！桑傑卓瑪是你們的姐妹，你們想過她一個人受得苦嗎？

楊縣長不要再提她了，她是法王揪出來的魔鬼。桑傑卓瑪的媽媽說道。

你們看她在哪一點上是個魔鬼。我對她們說道。

她們聽了我的話「嘿嘿嘿」地笑了起來，紛紛說道，一般人是認不出魔鬼來的。

一個年紀大一點的女人說道，你看她長得有多妖，這種鬼尤其愛勾引男人，楊縣長你可要小心啊！

莊人們聽到這話都笑了起來。

然而，我的心裏卻像針扎了一般的難受。

第三章

夾邊溝勞教農場一九五八年五月以前只有一個隊，後來劃分成了農業隊和基建隊，從五八年的年底開始又建了新添墩作業站。我到新添墩作業站基建隊後，正趕上挖排堿溝。這是一種深五米，上寬五米，底寬一點五米的大渠。它從新添墩作業站一直挖到離夾邊溝總場七米一個叫爛灘的地方。主要為的是用水去沖刷鹽鹼地面上的白堿，改良這裏不長莊稼的鹽鹼地。

夾邊溝流淌的清水河水在乾渠裏由西向東，流到支渠後由北向南，再送到毛渠後由西向東。排堿溝則是與支渠並列在一起的渠道。

夾邊溝這地方，不是沙漠，就是寸草不生的鹽鹼地，只有少量能長莊稼的土地。戈壁灘上結著一層厚厚的白霜，一起風就捲起漫天的白灰。

場裏這時大會小會領導動員，大報小報不斷宣傳，說誰勞動好，就可以提前摘帽，儘早回到人民的隊伍裏。而且組織打擂臺，進行評比，好的獎勵，差的扣飯。所以，當時的犯人們都是拼命爭取早日回家。

我每天赤著腳站在城水沙泥裏，像一個彎曲的大蝦晃著膀子拼命幹，把一鍬鍬沙子扔到二階台，再由另外一個右派扔到溝沿上。汗從我剛剃得光頭上順著脊樑往下流，腿下卻是冰冷的城水。三天下來，我沒換了骨，卻脫了一層皮，臉曬得黑裏透紅，拿上鏡子都不認識自己了。

然而，心中不泯的希望之火一直燃燒著我，我暗暗下定決心，要好好改造，爭取早日摘掉右派分子的帽子，我要早日出去，我要去找我的桑傑卓瑪。我不知我的桑傑卓瑪現在是否還好，但是我相信，無論我們相距咫尺，還是遠隔天涯，我們的心是永遠連在一起的。

有一天下工後，一回到宿舍我就累得躺在了草鋪上。胖子韓起龍過來坐在我的旁邊悄悄說道，老楊，我看你也是個老實人。幹活不能這麼幹，一天十幾個小時的勞動，這麼幹把人累壞呢。你瞅見了吧，農業隊的齊光剛來的時候比你還精神，現在怎麼樣，只能爬著走路了。

說起齊光我是很清楚的，每日裏早晚到食堂打飯，兩個膝蓋上各綁著一塊皮掌子，雙手拄地往前挪。但是，我並沒有把韓胖子的話當一回事，這人長得肥頭大耳，說起話來咬文嚼字，引經據典，還帶著點娘娘腔，我對他有一種說不上的反感。

老韓，你是咋做著呢？

慢是慢，別叫站。韓胖子狡黠地說道。

隊長收工時，不是還要量方驗收嗎？我望著韓胖子說道。

具體問題具體對待，你挖溝時要多留心看看別人。另外，你見過臘肉吧，那就是在鹽水裏泡的，你要設法弄一雙膠鞋，不然你以後也會和齊光一樣的。

這以後我才清楚，基建隊一塊勞動的人，面子上不說，然而人們都心照不宣互相關照。這幾日我一個人拼命地挖沙，挖得周圍的幾個人一天也不敢鬆懈，不然，下工檢查時，管教就會拿我與別人相比。於是，他們在背地裏都暗暗抱怨我說，又遇了一個二百五。

以後的日子裏我就悠著點了，也找了一雙舊雨鞋。可是隨著天氣的一天天寒冷，站在泥沙混雜的溝底裏，堿水進了雨鞋腐蝕爛了我的腳，一股鑽心的冷氣順著腿肚子往上爬，我的膝蓋也疼了起來。這時，我才恍然大悟，明白齊光為什麼站不起來的原因了。

夾邊溝別看到處是荒漠戈壁，可地下水並不少，往下挖不到三米就會冒出水來。冷月寒天的站在泥沙裏，將一鍁鍁泥沙往溝沿上扔，你心再急，你有天大的本事，條件制約著你根本幹不快。這時我才明白，到了夾邊溝想用體力爭取表現，只會將人活活累死，我也明白了韓胖子說的「慢是慢別叫站」的勞動訣竅，是多麼的精闢。

我們基建隊的隊長就是賴世俊，這是個原夾邊溝勞改農場留下來的二勞改。四十二三的年紀，個子雖大可腰有點駝，紅紅的臉上佈滿了皺紋，腿還略微有點跛。他顯得粗壯結實。兩眼炯炯有神，說起話來乾脆俐落。第一天挖排堿溝時，我就感到了這人沒架子。

那天，一輪紅日剛剛跳出東面的沙窩子，我們就來到場部東面的鹽鹼地，挖了沒一個時辰，我們個個累得已經氣喘吁吁。這時我多想坐一會，喘一口氣。賴世俊看出了我們的想法，喊道，休息一會。大家聽到喊聲，都東倒西歪地坐了下來。

人們說，隊長唱個花兒。

我在青海時聽過這種流行在大西北的民間歌謠，但我並不瞭解這種民歌的深刻內蘊。只見他手扶耳朵緩緩唱了起來：

丟下個尕妹了走西口，
再不說難寒的話頭；
我的心不是個鐵石頭，
硬逼著火海裏闖走。

人們聽著他唱，悠揚動聽一波三折，一個個把頭垂了下來，花兒本是西北人唱的，他一個山東人竟唱得如此地道，如此辛酸。我們這裏哪一個不是被這殘酷的政治運動逼到了千里戈壁火海，哪一個不是丟下自己的親人到了這西口之外。我驚奇這花兒的詞竟然寫得這麼形象，我為勞動人民豐富的想像力而驚歎不已，這首花兒也深深地刻在了我的腦海裏。

以後的日子裏，我聽到了很多關於賴世俊的傳說。賴世俊年輕時在東北軍當過偵察員，西安事變後他和東北軍的弟兄們都被蔣介石改編。抗日戰爭時，在一次執行任務中，他被日本人抓住，關在一座臨時監獄裏。日本人根本不把中國人當人看，更何況是他們的敵人。被日軍抓來的有幾十名軍人，幾乎天天挨皮鞭，逼問他們是不是中國軍人。如果說「是」，馬上拉到門外槍斃；如果說「不是」，馬上就遭到拳打、腳踢、鞭子抽。一天給兩頓發黴的豆餅、包穀團，根本吃不飽。賴世俊在這裏被關押了一個多月，親身感受到了亡國奴是什麼滋味。一天晚上，他悄悄出去小便時，偶然聽到牆外的翻譯和漢奸在說話，他才明白，監獄裏的全體中國人都是共產黨嫌疑分子。明天早飯後，皇軍要轉移地方，決定把這些人統統槍斃，以免留下後患，也是為了卸掉包袱。當晚半夜，他捅開房頂的氣窗逃跑了。後來聽說，全監獄的人都被日本人用刺刀戳死了，死得非常悲慘。

一九四零年，賴世俊參加了八路軍。一次打仗時他負了傷，被國民黨軍隊抓住關進了監獄。監獄裏又臭又臟，到處都是臭蟲、蝨子；幾十個人擠在一個監號裏，喘不過氣來。睡得通鋪板，睡覺時像加楔子般地一個一個往裏塞，誰也不敢翻身，否則兩邊的犯人就擠過來了，你就別想仰著睡覺。關押了三個月，他被抽壯丁抽去當了胡宗南的兵。解放前夕，他所在的師起義了，他也被安排了工作，然而，他成天想著淫邪的事情，雞奸幼童八人，被判了十五年徒刑。五四年，夾邊溝建勞改農場他就到了這裏。五七年，夾邊溝改為勞教農場，由於他有一套籠絡犯人的本事，被農場留了下來。

那天傍晚，天地間變成了銀灰色，半圓的月亮從大漠戈壁中悄悄爬起。我和薛榮吃完晚餐，就進了賴世俊的小屋。在新添墩作業站只有少數幾個頭頭可以住上這種單獨的小屋。賴世俊這人平時很講義氣，雖然是基建隊隊長，可人很隨和，我們有事沒事都喜歡到他那裏去。

我們是到他那裏下棋去的。賴世俊這人有三大愛好，下棋，喝酒，玩女人。夾邊溝這地方兩三千右派，女右派就那麼二三十人，他一個四十多歲的人，想玩女人沒那麼容易。於是，他閒時不是一個人喝酒就是找我們下棋。

我的棋下得不怎麼樣，可與他對壘還是綽綽有餘。然而，我們都不敢盤盤贏他，贏他一盤就要讓他一盤，讓時還不能露出一點馬腳。賴世俊贏了棋，就會放開嗓門哈哈大笑，笑得眉飛色舞，高興得手舞足蹈。

這天，薛榮和他下了一盤，我也與他下了一盤。他是先輸後贏，自然心情很暢快。要熄燈了，他讓薛榮先走，留住我還要與他下棋。

我說，管教要查房了。

他說，狗日的你讓他去查，他扣你的飯，你就說賴世俊讓我寫材料著呢。

我倆下了三盤棋後，他說你願意不願意到宣傳隊去？

我說，我也沒什麼特長，讓老傅去吧。

他說，傅玄讓劉場長盯住了，不好辦。這人脾氣倔，對上面領導軟硬不吃，人都眼看不成了，還不服軟。我看你的嗓子不錯，昨天場部讓抽個人到宣傳隊去，我就想到了你。我與你杣老傅都是行伍出身，不互相關照點，在這裏誰還能想到我們。你先去，老傅再瞅機會，能舒服一天就是一天，說不定還能拐上個大姑娘玩一玩呢。

我看見他說這話時眼睛裏放著光，頭一揚一揚的很興奮。說起女人來唾沫星子滿天飛，滔滔不絕。我想，這也不怪，打了一輩子光棍的男人，尤其在這多少天不見一個女人的地方，這種生理要求是很正常的。

我還是不斷地往鬼山上跑。

我走到鬼山山頂那眼泉邊，放下裝炒麵的皮囊，掏出炒麵用手捏了個炒麵娃娃。

我慢慢地咀嚼著炒麵娃娃，呼吸著草原散發出來的酒香。

我往周圍掃視了一眼，發現這裏是一個很美麗的地方。泉眼裏突突往外冒著清冽冽的泉水，邊上有很多各種顏色的鵝卵石，圍成一個盛開的蓮花，蓮花邊上是層層疊疊的樹木，遠處是開滿鮮花的草原。

我從來沒有陶醉在大自然中的經歷，不知怎麼今日裏卻心曠神怡，久久不願從這裏離去。

我想，多少藝術家苦苦追求了一輩子，想畫出唱出寫出美麗的大草原，可他們描繪的只是大草原的皮毛，他們根本沒有找到過大草原的精魂。

大草原不僅僅是白雲和藍天，牛兒和羊子，更重要的它是有包容天地與宇宙的胸懷。大草原是要用心來感受的。所以說，人們嚮往大草原，渴望那裏的平等與自由，民主與和諧，因為，大自然對人們的賜予都是公平的。

我是在大草原中發現桑傑卓瑪的。她今天頭上插滿了五顏六色的鮮花，穿著一身嶄新的藏裙躺在萬綠叢中。我踮著腳悄悄地向她逼近，我要給她一個驚喜，更重要的我不願打斷她美好的夢幻。

然而，當我剛坐在她的身邊，她突然轉身緊緊地抱住了我。她瘋狂地親著我，貪婪地用她小小的嘴唇吸住了我的舌頭。

我倆在草叢中上下翻滾了起來，天地間好像一切都化成了虛無。我們一會兒在天上遨遊，一會兒又進入了大海，我突然感到不知誰給了我這麼大的勇氣和力量，一股洶湧的浪潮把我緊緊裹在懷裏。

原來我認為只有烈酒才能忘掉痛苦，此時我才知道愛情更能夠化解一切苦難。

天上的雲彩悄悄為我們拉上了帷幕，大地為我們當了婚床，太陽是最好的大紅燈籠，馬兒的嘶鳴、牛羊的歡叫是為我們最好的喝彩。

這時，我突然聽到了白蹄小青馬的鳴叫，抬眼望去，只見小青馬挾著一股疾風跑了過來。

我知道山下肯定發生什麼事情了。

桑傑卓瑪，我去看看。

她依依不捨地緊緊抱著我說，我不想讓你離開。

我也將她摟得更緊，我深深地把她吻了一下。可是小青馬卻用嘴將我拉了一下。

我知道山下肯定有什麼事情。我跳上小青馬就向山下奔去。

原來，今日是沐浴節。莊人們為了過一個美好的沐浴之夜，都在忙活著。他們急著叫我，就是要讓我和他們一同去過這個快樂的節日。

這時，河谷中鮮花盛開，綠蔭匝地，到處流光溢彩，溫暖美妙異常。

到了晚上，莊人們開始注視東南方向的天空。當鬼山上那座蓮花般的山頂，閃現出一顆明亮的星星時，他們都跳了起來，奔走相告，歡呼沐浴節開始了。

他們告訴我，這顆謎一般的星星，每年只出現七個晚上，然後消失的無影無蹤。因此，紮措莊的沐浴節，也只進行在這七個晚上。

當暮色降臨的時候，全莊的大人小孩都出來了，不約而同地到了河邊上。

這條河大約四米寬，水不深，清澈見底，他們脫掉臃腫沉重的衣袍，浸入清純潔淨而又微帶寒意的水流之中，懷著一種虔誠而神聖的心緒，細心洗滌自己的身體和靈魂。他們歡笑著，互相打鬧著，那種舒暢、豁達、愉快、清新的美妙感覺，從他們身心深處油然而生，甚至感到此身已與藍色夜幕裏的雪山之水完全融為一體。他們相信，經過今夜的沐浴，能夠避免傷風感冒，不染瘟疫和惡疾，還能延年益壽，強健筋骨。

莊人們燃起了一堆一堆的篝火，鮮紅、明亮、閃閃爍爍，使紮措河畔蔚藍的夜晚，變得更加神奇瑰麗，那童話般的虛無縹緲，引人入勝。他們在火上熬著濃釅的茶，煮著大塊的肉，唱著拉伊，跳起鍋莊舞。唱了一曲又一曲，跳了一場又一場，人們在歡樂的笑聲和狂呼中，把我這個縣長圍在中間給我披上了紅色的斗篷。

茶的清香和肉的香味，流溢於紮措河畔，讓人垂涎欲滴。莊人們洗澡洗累了，都爬上石灘，鑽入河邊的柳林，去喝滾燙的酥油茶，飲清涼的青稞酒，啃肥嫩的羊肉和牛肉。

我在莊人們狂洗狂歡的時候，悄悄走到了樹林邊上，在一邊呆呆地坐著。我想，莊人們在這裏又歌又舞，洗著澡，吃著肉，他們中有誰能想到桑傑卓瑪一個人在山上的孤獨與苦痛。

聽桑傑卓瑪說，女人們在夏天不許在田野和草原洗頭、洗澡，因為這樣會得罪地方保護神和河神，天上就會降下摧毀莊稼的冰雹。到了秋天，雨季過去，洪水消退，江河澄清而潔淨，正是沐浴洗澡的好時節。據藏文天文曆書記載，初秋之水有八大功德：一甘、二涼、三軟、四輕、五清、六不臭、七飲時不損喉、八喝下不傷腹。夜浴雖然有些寒冷，但長期生活在高寒地帶的紮措莊人，還是可以忍受的。

我對桑傑卓瑪的話是信的，每年這七個夜晚的沐浴，會滌去人們身上的污垢，能夠增強人們皮膚的抵抗能力。

然而，桑傑卓瑪只能一個人待在山上？她只能一輩子和羊兒為伴？我望了望飄動的幡帕，說道，神靈啊，你不是最公平無私的嗎？你為什麼對這麼一個弱女子這麼殘忍，你就不能為她帶來一點歡笑？

第四章

傅玄這人是清華大學水利系的高材生，多才多藝，在大學裏時就喜歡演戲唱歌，還愛好唐詩宋詞，而且寫著一手好字。大學畢業後來到了蘭州。他來蘭州，是由他哥哥介紹給當時任甘肅建設廳的廳長張繼忠的。張繼忠是甘肅人，清華大學畢業後留學美國康奈爾大學，抗日戰爭時來到甘肅，興修水利，綠化蘭州徐家山，大辦事業，廣招人才。傅玄早就對張繼忠有所耳聞，大學畢業後就直奔蘭州，來後正趕上修建湟惠渠，傅玄真是如魚得水，痛痛快快地跟著張繼忠大幹了三年。

抗戰勝利後，張繼忠離開了甘肅，傅玄也就到他哥哥手下當了師長。解放後，傅玄因隨其哥哥起義，被政府安排到甘肅水利廳當了水利工程師。傅玄這時正趕上國家建設時期，他很快被聘請為水利廳副總工程師，他當時那個興奮啊，他知道他從此可以盡展其才華，甩開膀子大幹一場了。

當一九五七年的大門緩緩啟開時，全國上下都洋溢在一種歡快昂揚的氣氛之中。在剛剛過去的一年裏，國家完成了對農業、手工業和資本主義工商業的社會主義改造，新中國只用了六年時間就埋葬了延續達一千多年的封建制度，社會主義大躍進創造了人類社會發展史上一個個的奇蹟。傅玄此時對美麗的烏托邦憧憬著，他不願意思考這一個個奇蹟，他認為這幾年發生的一切都是真實的，他對前途充滿了信心，對共產黨充滿了希望，大鳴大放時他的一腔愛國情又被點燃了。他說要徹底克服共產黨內的官僚主義，就必須糾正黨天下，在中國施行多黨制，另外，他看了《光明日報》後給單位領導提了很多意見和建議，他說水利廳官僚主義、形式主義盛行，個別領導好大喜功，虛報浮誇，盡搞一些形式主義，置國家和人民的利益而不顧。

然而這短暫的鳴放竟來去匆匆，正在他看到了民主的曙光，躊躇滿志感到中國在共產黨的領導下就要騰飛的時候，他在一九五七年六月八日的《人民日報》上突然看到了就盧郁文受威脅事件發表的社論〈這是為什麼？〉，社論中寫道「有極少數人對社會主義是口是心非，心裏嚮往的其實是資本主義，腦子裏憧憬的是歐美式的政治，這些人就是今天的右派。他們企圖乘此時機把共產黨和工人階級打翻，把社會主義的偉大事業打翻，拉著歷史向後退，退到資產階級專政，實際是退到革命勝利以前的半殖民地地位，把中國人民重新放在帝國主義及其走狗的反動統治之下。」當他讀到這些話語時，頭上的汗一點一滴滲了出來，他感到這是一個信號，這是一場暴風雨就要來臨的先兆。什麼「開門整風」，什麼「言者無罪」，自己不知不覺已經掉進了一個深不可測的陷阱。他慌了，但一切都太晚了，隨後的日子裏他被打成了右派分子，送到了夾邊溝。

來夾邊溝的那天，傅玄穿著呢子制服，梳著油光光的大背頭，提著一個大皮箱子。由於路程的奔波頭上落了一層浮土，他無拘無束地走進場部就要和劉宏場長握手。

劉宏抬頭一看，這麼英俊瀟灑的一個男人，他把手縮了回來，這不是電影上面的「國民黨」嗎？他把臉一酸說道，驢屎面兒光，你還把你看成個人了，說著，把手一甩進了辦公室。傅玄並沒有生氣，他往院子裏的一塊石頭上一坐，順手從提包裏取出一包餅乾就啃了起來。他是那樣的大度且又大氣，直把劉宏氣得鼻孔朝天。劉宏讓管教股長趙耀祖把傅玄安排到了嚴管隊，也就是今日我所在新添墩作業站的基建隊。

劉宏想，你他媽的還耍你師長的派頭，我讓你三天變成個蔫蘿蔔呢。

嚴管隊是專為極右分子、不服管教、打架鬥毆或小偷小摸的勞教人員單獨成立的勞動隊，勞動強度要大於其他勞動隊，動輒受管教人員或帶隊農工的斥責打罵，使你精神上受到更大壓力，而且在你的勞教檔案裏添上一頁更加不光彩的歷史。

嚴管隊的勞動是特別重的體力勞動，農場為了擴大種植面積，提高單產的配套措施，新建、擴建中小型水庫，襯砌主幹渠道。嚴管隊就為修庫襯渠準備石料。

傅玄到了嚴管隊，他和其他犯人先把河床裏的石頭採集到一處，然後兩人抬筐運到工地，每筐足有四五百斤，摞成石方，由管理幹部量方驗收，完不成任務，加班加點將其完成。這項勞動比運肥積肥更為繁重，每人備有護肩，但勞動一天，肩膀還是腫得老高。他儘量低頭彎腰，使上背承接重量，以減輕肩痛，他的雙手被磨得像鑿鋸一樣粗糙，掌心結了一層厚繭，針扎也無感覺。可憑他多年的水利經驗，馬上發現了農場很多不科學的勞動生產，他給場裏遞了一份意見書。他說，挖排堿溝勞民傷財，根本無法利用。然而，這挖排堿溝，用水沖刷土地上的鹽鹼，是場裏根據大躍進的需要，專門讓到這裏勞動改造來的原蘭州大學副校長化學專家陳時偉，吸取當年蘇聯治理鹽鹼地的經驗炮製而成的。

他的這話可惹惱了劉宏。

劉宏說，你這是要擾亂人心。在人們鼓足勁大幹的時候，你是有意反對場裏的排堿治沙的決定。對他的這個意見，劉宏還讓在夾邊溝的《夾農簡報》上進行了批判。這件事以後，劉宏就事事處處刁難傅玄。而趙耀祖這人又是個勢利小人，他最善於觀察劉宏的好惡，他看傅玄左不是鼻子，右不是眼睛。一個在他們手裏改造的右派分子，怎麼能受得了他們的整治，不上三個月，傅玄臉色灰黑、衣裳髒汙破爛，整個兒沒了人形。

就在劉宏和趙耀祖合著夥兒整治傅玄的時候，人們紛紛來勸說傅玄服個軟，再不要使那個強脾氣了。

韓起龍說，在人屋簷下不得不低頭，何況我們都在難中，不要再耍那個牛脾氣了。

傅玄不吭聲，還是在劉宏和趙耀祖跟前高高地昂著頭。

傅玄說，夾邊溝遇了兩個活閻王，在這兩個人的手裏，別說改造摘帽重新做人，做鬼都做不了好鬼。

賴世俊聽了傅玄的話笑了笑，他知道傅玄這人正直，沒有壞心眼，是個直腸子。另外，他認為傅玄和我與他都是吃過糧當過兵的，所以，雖有劉宏和趙耀祖對傅玄的整治，但由於他暗中護著傅玄，傅玄算是慢慢地挺了過來。

然而，在傅玄的眼裏，夾邊溝勞教農場這些當官的沒有一個好東西，都是農民意識很重的封建殘餘。他有一次對我說，要改造應該讓這些人首先改造，李自成進了北京沒三天，龍袍就穿上了，宮女、皇妃一塊兒嫖，這和原先的封建皇帝有啥兩樣。

我說，這話你說過就算了，可千萬再不能和第二個人說，要讓那些人們聽見又不得活了。

傅玄說，你害怕了？

我說，不是我害怕，和那些人們嘔氣不值得。

通過我的觀察，傅玄這人是一個典型的知識份子，沒有多少社會經驗，而且性情耿直。他雖然把劉宏、趙耀祖這些人不放在眼裏，可他勞動起來從不偷懶。在嚴管隊挖排堿溝，定額是一人一天挖十方土，可他每天都超額完成。夏收過後去翻地，每人一天限額翻完一畝地，他每天翻完還要給我幫忙。

然而，我看到他一天天地瘦了，兩個眼窩深深地陷了下去。

我說，傅玄，你要注意身體，再不能這麼爭強鬥狠了，身體累垮什麼都完了。傅玄笑了笑說道，你是不是看我這些日子脫胎換骨了，這世道到哪都一個樣，我也沒想再活著回去。

我說，留得青山在不怕沒柴燒。

他歎了口氣說道，說實話，不是我不想活著回去，劉宏和那個姓趙的不讓我活著回去，他們要把我挫磨死呢。

我倆正這麼說著，趙耀祖過來了。

趙耀祖過來說道，傅玄你把這輛架子車給村上送去。

我知道夾邊溝村離這兒有十多里路，傅玄剛挖了一天排城溝，他是鐵打的人也該歇息一下了呀。

傅玄沒吭聲，在路邊的一個石頭上坐了下來。這倆人就在那兒僵了起來。我看見趙耀祖脖子上的筋往上鼓著，嘴裏呼呼喘著粗氣。我知道這人又要打人了。正好賴世俊從這裏經過，他聽見了趙耀祖的話，他知道這人又要報復傅玄了。

賴世俊說，趙股長，老傅挖了一天的排城溝，讓他吃飯去。架子車放下，明天我派人送著過去。

趙耀祖朝賴世俊望了一眼，沒吭聲，轉過身就往場部走去。

賴世俊過來拍了一下傅玄的肩膀說道，快去躺一會。然後，他把我拉到一旁說道，老楊，明天就到宣傳隊去。我點了點頭。

他笑了。今日裏我才發現，賴世俊笑起來牙齒很齊，臉紅紅的，燦爛得好似開了一朵花。

為了讓桑傑卓瑪脫離苦海，我認識了千戶老爺。

那天，馬嘶狗吠整個縣城沸騰了。千戶老爺親自陪著法王到了山上，當法王從桑傑卓瑪的脖頸上解下那條黑帶子，而將一條紅飄帶繫在桑傑卓瑪的脖頸上的時候，我淚流滿面，而桑傑卓瑪則一下暈了過去。

她從此成了千戶老爺的乾女兒。

千戶老爺的家就在縣政府不遠的地方。

在這個宛若春天的冬季裏，空氣乾淨而清爽。那是一個陽光明媚的下午，我和桑傑卓瑪一同去了千戶老爺的家。這是縣城後面一片開闊的牧場，牧場上一幢幢木製結構的瓦房，金碧輝煌，耀人眼目。草地上一個個似白蘑菇般的帳房，旋升著一縷縷淡藍色的炊煙。

我倆騎著馬，她調皮地用鞭子抽打著我的白蹄小青馬，兩匹馬瘋狂地馳騁在綠色的原野上。

她領我到了她的帳房邊上，一頭牛犢般大的藏獒拽著鐵鏈向我狂吠亂叫。見了她的乾媽後，我倆單獨進了一座帳房。

她給我端上奶茶，我趁此機會捏了一下她的手。她抬起頭來，用那黑黑的眸子望著我，甜甜地笑著。

我說，你給我唱支歌好嗎？

她微微把頭點了幾下。

她給我唱得還是藏族人喜愛的拉伊。她一邊跳，一邊唱，舞姿飄逸翩翩，歌曲婉轉流暢，身手如楊柳輕揚，聲音似流水叮噹。

我輕輕抓住了她的手，她笑著把頭靠在了我的胸脯上。

她說，楊縣長你真喜歡我嗎？

我點了點頭。

她聽了我的話，淚水突然似泉水般湧了出來。她跪了下來，用頭觸著我的膝蓋，說她今生今世變牛變馬也要報答我的恩情。

我趕忙扶起了她，把她緊緊地擁在懷裏。

她又笑了，她的笑如一朵燦爛的牡丹。

她閃動著眼睫毛望著我，伸開雙臂一下抱住了我的頭，赤裸裸地用那堅挺的乳房頂著我的臉兒。她的大膽激起了我的勇氣，我把她用身體重重地壓在了身下。

桑傑卓瑪一對藍汪汪的眼睛望著我，那麼深情，那麼嫵媚，她用那紅櫻桃般的小嘴尋找著我的厚唇，我一下吸住了她的舌頭。我倆相吸相吮，把我的貪婪，把我的狂熱，完全暴露在了光天化日之下。我的手在她的身上游走，一馬的平川之後，是高高聳起的小山，我不知為什麼進入她的身體後，我突然感覺到了噴湧而出的激流。春風幾度好，露滴牡丹開，花心湧泉聲聲春，花蕊嬌顫鶯嚶嚀。在地動山搖之後，我聽到了她的呻吟，她的呻吟像一首美妙的歌曲在我的心河裏流淌。我倆四目相對，長時間的用舌頭傳遞著心靈的渴望。

自從這個下午以後，我每天都會見到我的桑傑卓瑪。那春天和風中綿綿的情語，那夏天細雨中癡情的眼睛，那秋天陽光下的童話，那冬天瑞雪中朦朧的倩影。我的身心完全和她融在了一起。

我不知道什麼是愛，但我知道我對桑傑卓瑪是真誠的，真誠或許不太悅耳，可悅耳的哨鹿之聲常把單純的小鹿引入陷阱。她在我的懷裏撒著嬌，她撒嬌的樣子就像一個小羊羔。我只有這樣真誠地待她。我想，真誠是一座挺拔俊秀的山峰，無論花草，無論鳥獸。因為，有了真誠，才有了心靈的呼應，我們只有這樣真誠地相愛，那麼到了晚秋也不會寂寥，即使是冬夜也不會寒冷。

草原上的晨霧顯得那樣變幻莫測。薄薄的半透明的水氣，隨著馨香的山風在這海拔四千米的山脈上輕輕飄蕩。在這迷宮般的輕霧中，隱現在山頂的大青石加毛多，似乎拖著長長的衣裙，隨著流雲拂袖飛舞。我想，這究竟是仙女來到了人間？還是我們遨遊在天宮玉闕呢？

加毛多的傳說是一個美麗動人的故事。據說，古時候在這片草原上有一隻兇惡的白獅子，害得草原不得安寧。兩位勇敢的藏族獵人兄弟，決心為民除害。一天夜裏，兄弟倆正和白獅子做生死的搏鬥，突然從山上飛來兩支金箭射死了白獅子。當兩位獵人把金箭帶回家，金箭變成了兩位美貌的漢族姑娘。於是，兩位藏族獵人向她們求婚，姑娘們憂愁地說，她倆原是瑪積雪山上的兩塊飛石，因愛慕兩位勇敢的獵人，就來偷偷相助。如果要她倆永留人間，就必須在天亮之前從瑪積雪山上偷走雪山之神的那把寶劍。兩位勇士為了兩位心愛的姑娘，為了表示忠貞的愛情義無反顧地出發了。

天快亮了，兩位姑娘焦急地往山頂爬去，快到山頂時，太陽出來了。她倆永遠變成了兩塊青石。原來，那兩位勇敢的藏族獵人已被雪崩埋入了巍巍的大山之中。

愛情一詞，歷來包含著幸福美好。加毛多的傳說絕不僅僅是一段戀愛故事，它還反映了漢藏民族自古以來友好往來的願望和情誼。早在七世紀初，漢藏人民的來往就有了很大的發展。

公元六四一年，唐太宗把宗室女兒文成公主嫁給了吐蕃贊普松贊干布。文成公主去西藏時，松贊干布親自經通天河到這裏的鄂陵湖、紮陵湖畔迎親。公元七一〇年，唐中宗又把金城公主嫁給吐蕃贊普棄隸縮贊。唐朝長慶元年，吐蕃贊普赤饒巴中與唐會盟在拉薩，共同建立了「甥舅會盟碑」。無怪乎我這個漢族縣長到這裏後，他們把我當成自己家人一樣，尤其我讓千戶老爺把桑傑卓瑪收為幹女兒，將她由鬼變成人，並與我結合之後，更讓他們對我有了深深的敬仰。

太陽出來後，灰白色的霧開始消退。霞光在周圍兀出的山頂上，染上了一層桔紅色。這桔紅色越染越大，仿佛是一枝巨大的筆在悄悄塗抹著大地。剛才還是披著白色輕紗的加毛多，此刻又換成了一件粉色長紗。遠遠望去，如兩位宮女長裙拽地，衣帶迎風。其中較高的一塊青石，好像翹首凝望，正注視著遠方皚皚雪山。另一塊較粗青石，好像彎腰欲喊，又似急切切盼著山下每一個來往行人。

我和桑傑卓瑪來到加毛多前，兩塊巨石足有一房多高。周圍許多鮮紅的鵝卵石，如同閃光的瑪瑙。我想，這些紅鵝卵石也許就是兩位漢族姑娘不小心灑落在地上的紅珠子，也可能是兩位藏族獵手的鮮血化成的，還說不定是姑娘們由於失去戀人後，灑下的帶血淚珠呢。

我和桑傑卓瑪跪在加毛多的前面，將兩手貼在青石上。我們望著山頂的雲層出現了一個巨大的彩色光環。外圈是紅的，裏面是橙、黃、綠、青、藍、紫。我們互相看著對方的眼睛，用各自的心靈祝福，傳遞著我們的誓言，直到太陽的光暈完全把我倆包擁在了一起。

第五章

一九五九年的春節我到了宣傳隊。這是個臨時從基建隊、農業隊、副業隊等各隊抽出人來組建的文藝隊伍。

在這裏我認識了一個叫雷燕的姑娘。

雷燕來這裏以前在一個工廠當宣傳幹事。她是浙江大學中文系畢業的，父母都在西北師範學院當老師，身上有一種書香人家大家閨秀的氣質。一九五七年大鳴大放時，她剛從大學要求支援大西北分到工廠，正是血氣方剛的年齡，雖是個柔弱女子，可對政治特別關心。她說，憲法是國家制訂的，可是基層單位在很多事情上就沒有遵守憲法。例如，廠裏男女同工同酬就落實得不好。另外，廠裏這麼多科室，都是清一色的男同胞，就沒有一個女科長。她提的這些意見，正好是第一把手馬廠長分管的，馬廠長聽著心裏就很不舒服。

馬廠長下來說，雷燕你是不是想當科長呀？

雷燕人長得漂亮，歌兒又唱得好，一分到廠裏，就引起了馬廠長對她的注意，他專門約雷燕進行了單獨的談話。

馬廠長，我不過是給廠裏提個建議，我一個剛分來的學生怎麼會有這種非分的想法。有這種想法很好嘛，不想當將軍的士兵不是一個好士兵。

說著，馬廠長就抓住了雷燕的手。

雷燕又驚又怕，她把馬廠長一把推到邊上，把門一摔，轉身就走了出去。

這就惹惱了馬廠長。

你牛個屌呢，不就是長了一副好臉蛋嘛，多少個女人來求我，我還不幹呢。馬廠長從來還沒遇到過這種茬子，心裏氣得直冒粗氣，可他表面上裝得滿不在乎。他想，在這個廠裏，還沒有我馬某想辦而辦不了的事情。

這時，廠裏正好下了右派指標，馬廠長就建議把其中的一個指標給了雷燕。他說，黨不是一個抽象的概念，黨是由無數個具體的黨員組成的。反對我就是反對黨的領導，反對黨的領導就是反黨反社會主義的右派分子。

雷燕到夾邊溝去以前去了馬廠長的辦公室。

她說，馬廠長，謝謝你了。

馬廠長說，想開了？今天想開還來得及，我可以換一個人嘛。

雷燕反手就給了馬廠長一個耳光，打得這位廠長臉上的肌肉抽搐了一下。可是，馬廠長那天始終笑著，他說，打得好，我就喜歡你這個性子。可你太嫩了，你還不明白，共產共產，權利無邊，你的是我的，他的是我的，大家的都是我的，你到我這個位子也會這麼幹的。

雷燕那天就和同廠的右派分子一起被押送往夾邊溝。

沒來宣傳隊以前，我對雷燕的感覺是這人很輕浮，整天在男人堆裏嘻嘻哈哈，沒點正經樣。可是，當我與其接觸多了，才覺得她並不是人們表面上所看到的那樣。她長得很瘦小，白白的臉上一對充滿活力的大眼睛。我很喜歡看她的臉，這不是因為我風流無比，而是她長得有點像我的桑傑卓瑪。尤其她那彎彎的眉毛，和那調皮上翹的小嘴唇，簡直與桑傑卓瑪一模一樣。

那些日子裏，我們經常到附近的村上去演出。我演楊白老，她演喜兒，由於我倆配合默契，演出取得了異乎尋常的成功。

在基建隊的時候，我們的勞動是在管教的監督下進行的，在精神上和肉體上負載著很大的重負，突然，我們多少有了點自由，一時間就感到輕快的多了。此時，我才深深感到，自由對於一個人是多麼的重要。人在自由的時候往往體會不到這一點，而一旦失去了自由，才會認識到自由在我們生活裏的可貴。

一出了場部，我就感到處處漂浮著清新的空氣，我們像出了鳥籠的小鳥身心愉悅的多了。唱歌、跳舞、說相聲，我們在這裏完全忘記了自己的身份。每次演出完，村上的女人們就把懷中的娃娃抱到我們跟前來，讓我們在娃娃的眉心處點上一個紅痣，她們認為這是給娃娃掃除了晦氣，帶來了吉祥。

雷燕是很喜歡娃娃的，抱上娃娃就用紅紅的小口在娃娃的額頭上親，眼裏放出女人對孩子那種特有的溫柔。在這種時候我就會望著她，我感到她多麼像我的桑傑卓瑪。她在那些孩子胖乎乎的臉上、額上印上紅唇後，娃娃們的母親和村裏的女人們就捂著嘴兒笑，拉我們到他們家裏吃東西，給我們懷裏塞熱包穀、洋芋什麼的。

宣傳隊到各村演出，我們坐的還是送我來夾邊溝那位馬車夫的馬車。這也是一個二勞改，是一位口吃相當嚴重的老實人，可他唱起花兒來粗獷悠揚，比起那些帶點洋腔的花兒歌手來，是那樣的樸實無華，是那樣的原汁原味，從美感和樂感上都要好多了。

馬車夫原來是馬步芳政府裏的一個小職員，話很少，沒事時總是望著天，到了空曠的原野上他就一個人吼花兒。

我在春節演出完的那天擁抱了雷燕，用空前、超人的力量把她緊緊摟在了懷裏。

我們都知道，這場演出結束後，我們就要互相離開，我們再也沒有機會無拘無束地在一起了。

雷燕那天坐在我旁邊顯得很急躁，她多麼希望有一隻強壯而有力的臂膀將自己抱一抱。

她對我說，你是個死人嗎？

我沒敢動，還是那樣木木地坐著。然而，我們彼此都能聽到對方喘息的聲音。

過了一會她說道，楊大哥。

我說，怎麼了？

她說，你是真不明白，還是假不明白。

我看她羞紅著臉，越發顯得楚楚動人，她翻起身，朝遠方跑去。我那天在一個沙灘上望著她，她奔騰、跳躍的身影多麼像我的桑傑卓瑪，我迎了上去，卻感覺一陣虛幻。然而，我的心卻被她緊緊揪著，我看見她上了一道山梁，跑向遠方的那尊烽火臺。我放開腳步追了上去，我像一隻在沙漠上疾馳的鴕鳥，抱起雷燕和她一起倒在了沙窩子裏。我和她都很投入，瘋狂地在滾燙的沙灘後面打著滾，騰躍著。我倆冷靜下來後躺在沙灘上望著天，望著流浮的白雲，望著遠處的烽火臺，大漠顯得更加空曠深情。

我看到她臉上流下了淚水，這是她與桑傑卓瑪最大的不同。桑傑卓瑪在擁著我的時候，她會發出銀鈴似的笑聲，而雷燕在興奮的時候就會抱著我涕泗滂沱。

她望著我的臉說道，「你又想你的桑傑卓瑪了？」

她的話使我痛苦的心備受煎熬，我又一次把她緊緊擁在了懷裏。

我喃喃地說道，「我的桑傑卓瑪，我的心肝寶貝肉蛋蛋。」

她哭了。她說，「你就把我當你的桑傑卓瑪吧。」

「雷燕，真對不起你，我太想太想我的桑傑卓瑪了。」

「楊鵬，你真好。我一生怎麼沒遇到你這麼一個男人呢？」

「我們不是在一起了嗎？」

「你不是我的，你有你的桑傑卓瑪。可是，我愛你。我妒忌你對她的愛，我也羨慕你對她的愛。」

是的，我在想我的桑傑卓瑪，我每時每刻都在想著她。我想，她一定很苦，這世道每個人都在提心吊膽地過日子。我給她去了信。我說，我正在爭取摘掉右派帽子，爭取早日離開這裏，出去後我再什麼也不幹了，我要和你一起去放羊，一起騎著馬兒馳騁在遼闊的大草原。

雷燕告訴我她不是一個處女，她說這話時，眼淚像開了閘的水龍頭中噴湧而出。

我望著她痛哭流涕的樣子，安慰她說道，「雷燕，你再不要說了。」

「不，我要說。」

雷燕告訴我，那天開大會，夾邊溝農場黨委書記白鑫講得頭頭是道，她被白書記端莊的儀表和口若懸河的口才吸引住了。

開完會，她繞過沙梁子解了個手。不想她剛站起來，一隻男人的大手從後面攔住了她，她沒躲閃。

不想，那人立刻大膽了，就勢抱住了她。她剛想喊，一張灼熱的、貪婪的嘴唇已經緊緊地貼在了她的唇上。那個男人就是白書記，那張大嘴那樣有力，那樣饑渴，她幾乎被窒息了。

還沒來得及反抗，她已經被壓倒在了沙灘上。那個粗重地喘息著的白書記，用他那雙強有力的大手不容推拒地剝去了她身上薄薄的衣衫。她連喊都沒能喊出聲來，他已經如同一座山一樣，把她壓得粉身碎骨了。

世界就是在這一瞬間被毀滅了，什麼都不存在了。她軟癱了，聽憑他的擺佈。

她覺得這個書記簡直像一頭饑腸轆轆的餓狼，在啃她、咬她、撕她，連她身上的血，都要被他吮吸得一滴不剩。她害怕起來。

白書記那野獸般的、粗魯的、沒完沒了的慾火，就像是要把他這幾年所忍受的饑渴，都從她身上得到補償。

她感到恥辱，她對白書記道貌岸然的虛偽而感到噁心。她為她那一瞬間的軟弱而感到悔恨，她的眼角滾出了淚水。

他終於疲憊了，困倦了，倒伏在她身上，熱汗如雨，氣喘如牛，像條折斷了脊樑的癩皮狗，卻還貪婪的不肯放手。她狠狠地推開他，一邊啜泣一邊整理衣裳。

「雷燕，你怎麼了？」

她一句話不說，拍拍衣服上的沙土起身便走。

「雷燕，你——。」

他伸手想拉她，她撲過去在他的臉上用兩隻手胡亂地抓了起來。她的指甲摳進了白書記的臉皮，不一會兒他的臉上佈滿了豆大的血珠子。

他捂著臉在陽光中獰笑，她沒有看見。她逕直去了宿舍。微風吹拂著她那被弄皺弄髒的衣褲。

這以後很長時間她見到白書記都躲著，可她從這次代價中卻得到了很多意想不到的好處。她的活輕了，自由的多了，年終還被評為全場改造的先進分子。

她說，我恨死了那個姓白的，我要殺了他。

我把雷燕抱在懷裏說道，雷燕，共產黨不會饒了這些狗娘養的。話是這麼說，可我知道我們這些右派的冤屈，有誰會知道呢，他們能相信我們的話嗎？在這個世道裏一個右派分子的生命都不如一隻狗一頭豬的重要，難道還有哪個人會相信雷燕的話嗎？因為那個人是夾邊溝農場的共產黨的書記。

我與桑傑卓瑪的婚禮是在縣政府大院舉辦的。早上，天還沒亮，銀白色的西科曲河水的盡頭，隱約地現出河岸的草場。高陡的岸上有些黃色的酥油燈火在閃爍，像是被大地捉住的幾顆星星。我按照藏民族的習俗來到千戶老爺家，用我的身體背著桑傑卓瑪一路小跑沿著河岸往縣政府大院跑去。我的後面是一百多匹馬，馬的上面騎坐的是桑傑卓瑪的親朋好友。

雖然，千戶老爺家離縣政府大院只有一里來路，可我跑得很費力。一進大院，從大門到我的門前鋪著鮮豔的紅地毯。我踏上紅地毯後就開始狂呼高喊，雙喜臨門，我把天上的仙女背來了。

我的宿舍門被縣裏的同事頂住了。這些同事裏有一些是藏族人，他們在門裏面唱著跳著，嘴裏喊道，不開門，不開門，就是天上仙女也不開門。

我繼續唱道，背來了，背來了，我把海中的龍女背來了。門裏唱，不開門，不開門，就是海中龍女也不開門。

我按照當地老人們教的又唱了起來，背來了，背來了，我把人間的美女背來了。門裏唱，不開門，不開門，就是人間美女也不開門。

這時，我飛起一腳把門踢開，人們紛紛擁了進去，又跳又唱，熱烈而隆重的婚禮才真正拉開了序幕。

我用盤子端著酥油、青稞、茶、鹽、糖、酒等九種顏色的東西，縣裏兩位勤務員把兩桶清水放在門外。縣委東珠書記替我獻上哈達，娘家人們才下了馬。

下了馬的娘家人笑著鬧著湧進了門，年輕人們把門上放的清水向新娘和來賓潑灑過去，其他的人們也端來水互相潑灑著。我和桑傑卓瑪渾身水淋淋的，望著嬉笑打鬧的人們，忍不住也笑出聲來。

這晚，桑傑卓瑪哭了。這是我倆自認識以來她哭得最兇的一次。她由人變成鬼時她沒這麼哭過，她被千戶老爺從鬼變成人時也沒這樣哭過，而今天她卻哭得聲嘶力竭。哭聲嗚嗚咽咽撕扯著我的心，我被驚得目瞪口呆，不知如何是好。

我說，你怎麼了？

她沒吭聲，搖了搖頭。

直到她把滿腑的淚水全哭完後才說，我能和你在一起，是佛爺給我的恩賜。我笑著對她說，好人命不好。

她用手捂住我的嘴說道，快別這麼說了。

我捧著她那紅撲撲的臉兒說道，讓我親親。

她說，你會不會有一天從我身邊離去？

我說，我的傻姑娘，我怎麼會從你身邊離開呢？命運不是把我倆緊緊地拴在一起了嗎？

她望著我笑了。

我瞧著她那稚嫩的臉說道，再別說傻話了。

她聽到這話，用頭把我頂翻在床上，用她那濕漉漉的嘴唇在我的臉上、脖頸上瘋狂地吻了起來。

我被她的瘋狂激得渾身躁熱。

我給了她一個長長的吻。

只覺天昏地暗，日月無光，我們好似被完全窒息了。

她躺在我的臂彎裏靜靜地閉著眼睛。

過了一會她說道，我想跟你學文化，你願意收我這個學生嗎？

我知道在她的眼裏，我是這世界上最聰敏最有學識的人。

我說，我能有你這麼漂亮的一個學生，那當然是求之不得的了。

她聽見我這話，忍不住笑了起來。

我撫了一下她長長的秀髮說道，你才十八歲，十八歲的姑娘就像剛開的一朵花，只要你肯學習，你以後會有很多很多學問的。

她聽了我的話，一下坐了起來，說道，真的嗎？你可別騙我。

我說，我什麼時候騙過你呀。你數羊的時候，羊再多，跑得再亂，你也數得一個不差。可是，我卻連那麼幾隻羊也數不清楚。這說明你要學習起來，肯定比我進步得快。

她摟住我的脖子嬌滴滴地說道，我的好阿哥，那麼以後你一定要教我了。我有了問題就來問你，我也要像你一樣有那麼多的學問。

我笑著說，有志者，事竟成。

她高興地一下摟住了我的頭，小小的嘴唇又在我臉上瘋狂地親了起來。

這晚，靜靜的西科曲河水緩緩地流淌著，我把桑傑卓瑪緊緊地擁在懷裏。她那輕輕的鼾聲把我帶到了一個很遠很遠的地方。我想，她肯定做著一個美麗的夢。我望了一眼她那圓圓的臉，她多麼像一個孩子，她在睡夢中還天真地浪漫地綻開著一朵笑臉。

此時，我才感覺到天真原來是男人最喜歡的溫柔。

我這個縣長成了千戶老爺的女婿，自然對提高我的名望與威信，在這高原縣城工作是很便當的事了。尤其把桑傑卓瑪由鬼變成人，而且我娶了桑傑卓瑪之後，牧民們更把我當成自己人了。他們請我吃飯，與我聊天，給我說去尋找打開通向極樂世界神門的秘密。

縣上決定讓我動用千戶老爺的威望阻擋牧民們不要做那種盲目愚蠢的事情，然而，此時誰的話與活佛達香珠古的話相比，都顯得那樣蒼白無力。

他們走了。他們賣掉自己所有的家產，離開祖祖輩輩生活過的土地，沿著大路小路、雪山深谷，一步步地向著那片神聖的土地前進。

布達洪澤神山是一座崖壁陡峭、造型奇特的雪峰。山間棲息著各種各樣的飛禽走獸，諸如扭角羚牛、香獐、金鹿、雪雞、犀牛等等。環山有三座美麗的森林湖，湖水很清，魚兒在水中悠閒地游來遊去。

每年藏曆七至八月，是佛教信徒香客轉山朝湖的季節，他們成群結夥從四面八方湧來，轉動著形形色色的轉經筒，誦念著各式各樣的經咒，頂禮膜拜山間每一塊岩石，爬上絕頂插豎七色的經幡。他們渴望著眼前突然出現奇蹟，將關閉了千年萬載的神門突然打開，使他們此生此世真正踏進永恆的幸福樂土。許多朝佛者把自己的耳環、戒指、金玉製成的胸飾嘎烏、項鏈、手鐲等，扔進雪山掩映的雲秋湖裏，供奉湖神和龍女請他們指點神門的所在。

藏曆三月底，正是春草兒發芽的季節。活佛達香珠古領著周圍幾百個虔誠的佛教徒到墨脫峽谷去尋找世外桃園，神秘樂土。

我和縣上的領導拉住那些人的手大聲喊道，你們不能去，絕對不能去呀。雖然，我對他們到那裏去有多麼危險並不知道，可我清楚世界上並沒有開得了的神門。

達香珠古說道，跟我走吧。從這裏過藤網橋，經霍拉村再往上走，翻過一座叫藍天柱子的雪山，穿過兩個雪獅對峙般的峽口，便會到達人間天堂白馬協熱。去吧！去吧！都到那裏去吧！那裏有一個神門，四月十五要打開，神門裏是極樂世界，糌粑山，牛奶湖，吃的穿的樣樣都有，我們何苦留戀這苦難的人間呢？

活佛的話在人們心裏勝過我嘮嘮叨叨地勸說一萬倍，就是千戶老爺也沒有辦法說服他們。他們去了。這些虔誠的信徒扶老攜幼，翻過高山，蹚過急流，穿過到處是旱螞蝗、青蛇、毒蜂和草虱的密林，步行了半個多月，總算看到了巨大而高高隆起的白瑪協熱岩石山。

達香珠古在山前念了很多經咒，搖響了所有的法器，扔下了不少供果刀瑪和麥粒。所有的人跟著頂禮膜拜，手腳磨出了繭，額頭磕出了血。但是，石山還是石山，一點不為他們的虔誠和哀告所感動。達香珠古無可奈何，帶著侍從穿越原始森林溜掉了。剩下的上百名來自遠方的朝佛者，在這片荒無人煙的山谷裏飽受著生命的煎熬。

他們吃完了糌粑，喝光了茶葉，既不熟悉道路，又不瞭解情況。叫天天不應，呼地地不靈，餓得實在無法忍受，只好上山砍青棕樹充饑。然而，這種青棕樹只有浸泡發酵後才能勉強填飽肚子，結果造成大批人食物中毒，暴屍荒穀。青棕樹不敢吃了，又餓死一批，病死一批，被毒蜂活活蜇死的也為數不少。幾百人的朝佛群體，死裏逃生者寥寥無幾。他們從千里之外跋山涉水而來，卻倒在了尋覓已久、渴望已久的通向極樂世界的神門之旁。

悲劇發生後，轟動了整個青海省委，報到中央，我這個縣長也被抓了起來。我有口難辯，在這時我也不願意為我開脫罪責。那麼多的人死了，我沒有勸住、攔住他們，而且是我眼睜睜看著他們去的。

布達洪澤神山事件後，我過去的許多戰友為我幫忙，我才被放了出來，調到甘肅省民樂縣，降級處理為縣農林局局長。對這一切，我曾經苦惱過，難受過，我的生活不能沒有草原，沒有藍天，一種從來沒有過的失落感幾乎將我徹底擊垮。然而，有我心愛的桑傑卓瑪陪伴著我，使我終於挺了過來。

那是一個六月的晚上，天有些涼，植物綠綠地生長，沒有月亮，遼闊浩邈的夜空中，點綴著閃閃的星光，襯托出夜的神秘縹緲，寧靜深遠，令人遐想。

我說，桑傑卓瑪，我辭了職我倆去放羊吧，我騎著馬，你每天就坐在我的懷裏。

桑傑卓瑪盯著我的眼睛，她不相信我會說出這種話來。

桑傑卓瑪一下摟住我的脖子哭了。她知道我說出這話心裏有多麼的痛苦啊！我看見她那張臉還那麼幼稚，還那樣單純，但我知道她並沒有感覺到政治的火藥味已濃濃的嗆人。

第六章

從宣傳隊回到基建隊的那天晚上，月亮很亮，月光從房頂縫隙裏穿過來，灑在草鋪上每一個人的身上和臉上。

這晚，人們都很興奮，大個子劉作成問我在外面聽到什麼了沒有？

國家要給右派平反摘帽呢。我雖然聽了雷燕的話，心裏很沉重，但我還是告訴了他們這個令人興奮的消息。

我這麼一說，人們紛紛坐了起來。

國家要給右派平反不大可能，要給我們摘帽還有希望。劉作成看著我搖了搖頭說道。

有什麼不可能呢？我們到底做了什麼？當時我們都不說話，領導一再給我們交代政策，言者無罪，聞者足戒，讓我們給黨提意見，幫助黨開門整風。我們都是抱著一腔愛國情，懷著對共產黨無限信任的心情，才講了實話，那都是為黨為國家好嘛。馬豐「霍」地一下從鋪上站起，嘴裏唾沫星子冒著，臉憋得紫裏透紅。

小馬，別打岔，讓老劉把話說完。韓起龍說道。

人們都把眼睛盯到了劉作成的臉上。這是一張老成厚重的臉，這張臉上佈滿了皺紋，浮腫的眼皮下面有一對聰慧的眼睛。

劉作成說，國家要給右派平反，就說明國家錯了，錯了就要有人負這個責任，從現在的跡象來看根本不可能，沒有人會負這個責任。

馬豐說，那麼摘帽有沒有可能。

劉作成說，摘帽有可能。因為，反右運動整得面太廣，影響到了解放臺灣。一直躺著沒起身的薛榮說道，莫談國事，莫談國事。

人們聽到這話都不吭聲了，一個個都躺了下去。

傅玄說，讓我回去，我就原搞我的水利建設，通過這段時間的勞動實踐，我會整理出很多有價值的東西來的。

我摘了帽子回去，不知道蘭大再要不要我。高泉此時也憋不住說了起來。

韓起龍說，開除了學籍，再要上學恐怕不可能。

那不一定。我們這裏哪一個不是被開除了公職，難道單位都不要我們了？我對著韓起龍說道。

你還做夢著呢，啥叫開除，開除就是把你從單位、學校除名了。你不是人家單位、學校的人了，怎麼能再讓你上學呢？韓起龍聽了我的話，給我頂了過來人們聽到韓起龍的話都不吭聲了。

過了好長時間劉作成才說，都怪我們的這張嘴，不是這張臭嘴我們能到這裏來嗎？

韓起龍說，欲加之罪，何患無辭。就是你不說話，要給你定個罪名還不容易。半天不說話的肖揚說，可不能這麼說話，你們這是發洩對共產黨的不滿。共產黨絕不會冤枉一個好人。

肖揚是最近剛到我們宿舍來的。聽說來夾邊溝前，在定西縣宣傳部當部長。劉作成聽到這話有點生氣，他說道，你把你還當成人了，你以為你還是宣傳部長嘛，你和我們還不是一個板凳上的貨。

肖揚說，我是冤枉的。

劉作成說，這個房子裏哪一個不是被冤枉的？你給指出來一個。

烏鴉落在豬身上，一樣的黑，誰也別嫌誰。這裏頭沒一個不說自己是冤枉的，念書人嘛，識了幾個字就不知道天高地厚，我們這些人都是吃上飯著沒處消化了，都是自找的。韓起龍接過話頭說道。

韓胖子的這一番高論引起了人們的贊同，人們都不吭聲，剛開始的興奮都沒有了。

這天晚上的談話很快就被管教知道了。

場裏面開大會，白鑫在會上說，到這時候了有人還在發洩對共產黨的不滿，還想否定反右運動，還夢想著在中國恢復他們資產階級的天堂。

我們一聽這話，就知道有人往上打小報告了。夾邊溝農場的領導，抓住右派都想早日出去的心願，知道這些右派都想儘量表現自己。於是，在右派中拉一派，打一派，以夷制夷，以右制右，施行各個擊破的辦法。所以，在這裏最可怕的不是管教，而是那些右派、反革命和壞分子中的積極分子。

對這件事我們懷疑是肖揚幹的，因為，肖揚總是和我們以不同的身份自居。然而我們錯了，當高泉被抽到食堂以後，我們才知道我們身邊被安插的積極分子是高泉。

但是，我仍然有一種感覺，我覺得我的一舉一動，一言一行，時時都在管教的監視之下。

有一次趙耀祖把我叫到他的辦公室，他給我倒了一杯水，我感到很吃驚。心想黃鼠狼給雞拜年不安好心，這小子不知又有什麼話要說。果然不出所料，他問我經常到賴世俊那裏去幹啥？

我也愛下棋，賴隊長也愛下棋，兩個人就下棋唄。

他沒對你說啥？

我說，說得多了。賴隊長問我吃糧時的事情，問我戰場上殺過人沒有？

你是咋說的？

我再咋說呢？我就說到了戰場上能不殺人嘛。

趙耀祖臨走在我的手裏塞了一個饅頭。然後對我說道，以後看到或聽到什麼，馬上向領導反映，好好表現，爭取摘掉右派分子的帽子，早日回到黨和人民的隊伍中來。

我點了一下頭就出去了。因為在夾邊溝不管你對管教的話同意還是不同意，都必須點頭稱是，否則，這些人報復起來真不得了。

冬季過去了，春天的風兒刮得更緊，冰冷的寒流在大地上奔跑，像一把把刀子割得人們臉兒陣陣發疼。五九年的春天還不願過去，夾邊溝勞教農場每人每月的口糧一下降到了三十斤，而且，原來每人每月三元錢的零花錢也沒有了。這對於在惡劣環境中幹超強重體力勞動的右派們來說，確實是一個沉重的打擊。然而，右派們也都能理解，國家到了困難的時候嘛，這就要求全國的人們都勒緊褲腰帶，共同渡過這個難關。

然而，自從聽到要給右派摘帽子，場裏的右派們的話頭就長了，見到管教都多了一些笑臉。我們宿舍裏幾個人說話比以前更積極了，勞動時都爭著搶著幹，都想在「十一」國慶日這天摘掉右派分子的帽子。

這裏面最積極的要算傅玄了。傅玄這人到了夾邊溝，身體已經大不如以前了，加上劉宏、趙耀祖有意給他穿小鞋，一個大大的臉盤就變得顴骨高凸，眼窩也深深地陷了下去。可他摘帽心切，每天大家還未上工，他已經就到排堿溝裏挖沙了，晚上大家歇了工，他一個人還在月亮底下拼命地揮著膀子幹。

我勸傅玄，老傅啊，身體要緊，千萬不能拿自己的身體做賭注。

傅玄說，人活著一口氣，我就不信摘不掉這個帽子。

國慶日這天，夾邊溝召開大會，主席臺上紅旗招展、鼓聲震天，台下三千多名勞教犯人黑壓壓的一片，一個挨一個坐著，都換上了自己最新的衣裳，眼巴巴地望著主席臺上的各位領導。這天，傅玄穿著洗得乾乾淨淨的呢子制服，他將頭抬得很高，兩個眼睛緊緊地盯著白書記宣佈摘帽名單。因為他很自信，他想憑他的幹勁、憑他的為人，在夾邊溝摘帽非他莫屬。

當白書記宣佈了摘帽名單之後，傅玄的眼睛直直的，臉由紅到白，又由白到灰，嘴裏喃喃地說道，不可能，不可能，不可能呀——。

說著，說著，人就暈了過去。

全場的勞教犯人都把頭勾了下去。因為，三千多名右派、反革命和壞分子就摘了三個人的帽子。這三個人中的宋傑只有十五歲，他是十四歲時和他右派媽媽一塊來的，他是為媽媽喊冤寫了所謂的反動標語戴了壞分子帽子到夾邊溝改造來的。

白書記繼續說道，被摘了帽子的人勞教期滿後，留農場就業，每月二十四元的工資，編為農場正式職工。

給右派摘帽子本來是個天大的好事，可我們卻被這件事情給擊倒了，尤其此事對傅玄的打擊最大。傅玄被人們抬到宿舍後，腰一下支不起來了，去伙房打飯，弓著腰，連路都走不動了。那晚我躺在床上想了很多很多。我想，摘帽不摘帽有什麼用，摘了帽子的不也是留場就業嘛，遙遙無期呀，到了這裏就等於被判了無期徒刑。勞改犯還有個盼的期限，而我們到了這裏則是天天盼著明天走，而明天又在哪裡呢？我出不去了，我再能見到我的桑傑卓瑪嗎？

第二天上工時，我們全宿舍都沒起來。

賴世俊想，人之常情，就讓他們休息一天吧。

沒想到這件事情卻讓場裏面知道了。

那天闖進我們宿舍的是趙耀祖。他來時提著槍，後面跟著七八個平時比較橫的農工。因為，夾邊溝農場正式編制幹部只有三十多人，所以，要管理三千多勞教犯人，場裏將一些農工安排當小隊長或小組長。這些農工大都是解放初期由上海、江蘇、福建、廣東等省、市送到西北各省關押、改造的刑事罪犯。他們刑滿釋放後強迫在農場勞動就業，充當農工。這些人一旦得勢，就露出小人得志的嘴臉，有意給勞教人員穿小鞋，使絆子。他們特別是對當過幹部的知識份子帶有偏見，甚至是仇恨情緒。他們中一些人狐假虎威，對犯人扣飯或隨意打罵。另外，農場管教有意讓這些人到食堂、磨房等能吃飽肚子的地方，讓這些人充當打手，來制服一些不太聽話的犯人。這樣一來我們這些極右分子，不但勞動是最重的，還要經常遭到這些人的隨意打罵。

趙耀祖一來直接衝進了我們宿舍。

起來，你們還要反了。趙耀祖一進門就大聲喊了起來。

我們都沒動。

我們想，死豬不怕開水燙，看你把我們怎麼樣？

我們宿舍房頂很低，進來的人都低著頭。

趙耀祖「砰」地往房頂放了一槍。然後，提著一根棍朝我們身上亂打了起來。住手。劉作成大喊一聲。

這時，我們都坐了起來。

「趙股長，坐下，坐下，消消氣了再說。」韓起龍說道。

我們宿舍裏最數韓胖子會來事，他嘴能說，而且見了管教就陪著個笑臉，所以，他與管教們關係搞得都很好。

趙耀祖說，你們為啥不上工？

我說，我們宿舍裏的這些人幹活、勞動哪一個不積極，思想改造哪一個不主動，為啥摘帽子沒有我們。

這時，趙耀祖已經被韓起龍讓到了一個長條凳上坐了下來。

趙耀祖說，右派就是反動派，反動派本來是要消滅的，可是，黨的政策是寬大的，給你們了一個重新做人的機會。你們都清楚，來夾邊溝農場的大多都是極右分子。上面有指示，這一次原則上不給極右分子摘帽，只有千分之一的名額。你們也看見了吧，那個宋傑只有十五歲，來的時候還是個中學生，他媽媽在蘭州的大學裏被打成了右派分子，他不服氣給他媽媽單位寫了信，還寫了反動標語，學校就將他也劃為壞分子，和他媽媽一起送到了夾邊溝。這次，給這三個人摘帽，也就是做了個樣子。另外的兩個你們也知道，年年改造的先進，不給他們摘帽，給其他人哪一個摘帽這事情都擺不平。

劉作成說，那麼你們讓我們好好改造，爭取摘帽是騙人的話了？

趙耀祖一聽劉作成說話就來了氣。他厲聲喝道，站起來說話！

我們這時都站了起來。

劉作成還在那兒坐著，他用紙捲了個草葉棒子吸了起來。

趙耀祖認為劉作成當眾窩了他的面子，過去一把打掉劉作成的煙棒子，大吼一聲，站起來！劉作成還那麼坐著，只是將屁股挪了挪。

趙耀祖一看劉作成這麼膽大，看了一眼那幾個進來的打手，幾個人過去把劉作成的胳膊擰了過去。趙耀祖抽出皮帶沒頭沒腦地往劉作成身上抽打起來。

劉作成只是將頭偏了一下。這時，一道紅蚯蚓就順著劉作成的額頭爬了下來，血一會兒就糊住了他的眼睛。

劉作成從管教手裏抽出一隻手擦了擦眼睛。他說，誰給你們打人的權利。

趙耀祖說，你把你還當成個人了，你是個什麼東西，自己還不清楚嘛？

劉作成說，我是共產黨員。

你是共產黨員，到這裏喝西北風來了？趙耀祖說道。

我就是共產黨員，哪怕死了也是個共產黨員。劉作成沒有看趙耀祖，而是將眼睛望著窗外斬釘截鐵地答道。

趙耀祖說，我就打你這個假共產黨員，我就打你這個共產黨的叛徒，你把我怎麼樣？

劉作成說，我把你不能怎麼樣，但有對你怎麼樣的人呢。

我們知道劉作成的叔叔在省上當著個頭頭，他來夾邊溝前也是個不可小視的人物。

劉作成在西北師院時是一個學術上非常嚴謹、教學上一絲不苟的好老師。然而，他卻生了一個對什麼事情都喜歡問個為什麼的性格，這就給他帶來了一個連一個的災難。

一九五七年大鳴大放開門整風時，他想了很多很多。他想，這正是共產黨承先啟後繼往開來的大好時機。他以一個共產黨員的資格，抱著對中國共產黨樸素的感情，抱著對學校工作的關心和熱情，提出了自己一些建設性的意見。

一是在學術活動中，學校領導不要過分干預，應該讓那些學術上的帶頭人多發揮作用。二是學校不要搞成黨天下，高等學校應在黨委指導下實行校務委員會領導下的校長負責制，校務委員會應成為學校的最高權力機構。學校各系負責人應該從既有學術水平又有較高品德修養的人中培養選拔，要施行教授治校。三是要積極發揚黨內民主，有了黨內民主，才會使黨組織堅強有力，才能將黨內民主擴展到黨外。四是在學生中發展黨員時，應該積極培養那些品學兼優的學生，而不應過分看重家庭出身。

他一口氣談了十個建議。本想這些建議被學校採納後，對學校工作肯定會帶來好處的。沒想到他的這些建議都成了他的右派言論，而且他被劃為極右分子。

對這一切劉作成不服氣，他一次次向校領導和反右運動辦公室寫信、寫材料為自己辯解，但是，這樣做的最後結果是他被開除了黨籍，送到夾邊溝勞動教養，還被開除了公職。

劉作成當時委屈地哭了。他說，在國民黨的皮鞭和水龍頭下，我從來沒有哭過。我是為了祖國，為了學校工作，為了黨的建設才提那些建議的，我一個共產黨員怎麼會反黨反社會主義呢？

這天，我們全宿舍都被罰了晚飯。

劉作成於是就絕起食來，他整整三天不吃不喝。在這三天中，場裏就像什麼事也沒有發生一樣。

我悄悄對劉作成說，老劉，我不是說你，你在這裏絕食，等於拿上了毛屌了嚇大姑娘呢？這些人不要說你絕食，就是你餓死、渴死，會有幾個人同情你的，再不要作踐自己了，好好保養身體，保護好自己，從這裏活著出去。

劉作成聽了我的話，念起了唐朝李商隱的〈有感〉：「中路因循我所長，古來才命兩相妨。勸君莫強安蛇足，一盞芳醪不得嘗。」一念完這首詩，他從我手裏接過水喝了一口，然後說道，老楊你說得沒錯，我聽你的。

在我們宿舍最屬劉作成和傅玄兩人有才，我對他念的詩細細琢磨後想到，不知才華與命運是否相剋相妨，但自那天起劉作成再也沒有絕食。他明白了，這些人視右派分子還不如一隻狗，在這裏絕食真是在開天大的國際玩笑。他聽了我的話，開始愛護自己的生命了。

但是他後來對我說，自先秦以來，中國這塊土地上就文禍不斷，有文字獄以及疏諫之禍還有科場案等等。自夏朝末年到現在，算來已有三千多年，知識份子因文因嘴得禍的事，比比皆是。秦始皇焚書坑儒，魏忠賢殘害忠良，那一樁樁血淋淋的慘案，使人們看到了中國的歷史，只是少數帝王將相的歷史。我國周王朝時周厲王不重民心，不讓國人說話，召穆公對他說道，「是障之也。防民之口，甚於防川，川壅而潰，傷人必多。民亦如之。是故為川者決之使導，為民者宣之使言。故天子聽政，使公卿至於列士獻詩，瞽獻曲，史獻書，師箴，瞍賦，矇誦，百工諫，庶人傳語，近臣盡規，親戚補察，瞽史教誨，耆艾修之，而後王斟酌焉。是以事行而不悖。民之有口也，猶土之有山川也，財用於是乎出；猶其有原隰衍沃也，衣食於是乎生。口之宣言也，善敗於是乎興。行善而備敗，所以阜財用衣食者也。夫民，慮之于心而宣之于口，成而行之，胡可壅也。若壅其口，其與能幾何？」但是，周厲王沒有聽召穆公的勸戒，國人在他的暴政下還是不敢說話，三年後周厲王被國人趕下了台，放逐到山西省一個叫彘的地方去了。我們的古人都知道「防民之口，甚於防川」這個道理，社會發展到了今天，人類要進步，人民要真正當家做主人，我們中國共產黨人必須要讓人們說實話，說真話，尤其要讓關心祖國命運的知識份子說話，這是關係黨和國家命運的大事，否則，中國不會有真正的進步。

劉作成說此話時，把「我們」兩個字咬得很重，他在此時此刻仍然把自己看成一個共產黨員。

經過這場風波，我對夾邊溝勞教農場看得更加清楚了。這是一個沒有人性、沒有情味的沽棺材，我們只有愛護自己，保護好自己，還有可能重見天日，才能見到我的桑傑卓瑪。

第七章

大個子劉作成原來就是個瘦高個子，長條臉，這時人瘦得風都能吹倒，可臉腫得眼睛瞇成了一條細縫，身上髒乎乎的發出一股股的臭氣。

國慶日過後的一天下了工，他剛躺到鋪上想歇一歇。趙耀祖進來喊，大個子，到倉庫給幫著卸糧食去。

我們聽到趙耀祖的話知道，這人又為劉作成頂了他牛的事要報復大個子了。趙耀祖這個人別看是個五尺的漢子，可他小肚雞腸，哪一個人若得罪了他，他不對此人進行報復，他的臉就永遠展不開，一直黑著個臉。

我休息一會吃了飯再去。劉作成躺在鋪上說道。

先卸糧食去，車在門上等著呢，卸完了再吃。趙耀祖一看劉作成躺著不動彈，臉就吊了下來，他這個人最反感的就是犯人們對他的傲慢。

劉作成再沒吭聲，取出飯盆就往食堂走去。

趙耀祖說，這狗日的牛脾氣又犯了，給我拉著過來。

我們宿舍裏的誰都沒動彈，跟前宿舍裏的兩個年輕人過去把劉作成胳膊一擰，拉到了趙耀祖跟前。

趙耀祖搶過劉作成的飯盆，用腳幾下踏扁。然後說道，讓你吃個屎呢。

劉作成這時臉一陣紅一陣白，他用盡全身力氣衝著趙耀祖一頭頂了過去，趙耀祖沒有防備，一下被他頂翻在了地上。

趙耀祖氣得臉變成了豬肝，扯著嗓子喊道，你還反了，沒王法了。

說著，嘴裏喘著粗氣，順手拿起一把鐵鍬，「呼，呼，呼」地甩著鐵鍬把朝劉作成打來。

正在這裏經過的賴世俊上去，一把抓住趙耀祖的鐵鍬把，說道，有你這樣打人的嗎？

我們宿舍裏的人都走了過去。

趙股長，你也太過分了。不管我們犯的什麼王法，有國家的法律呢，就是場裏的一頭牲口，你也沒這麼打過吧。我走上前去說道。

趙耀祖一看人們都圍了上來，扔下鐵鍬，罵罵咧咧地朝場部走去。

我們把劉作成扶進宿舍，看到他身上青一塊紫一塊，沒一處好的地方。

我給劉作成幫著打來飯，喊著讓他吃，他躺著一動不動。

第二天早上，他躺著還不起來，我們看他睡得香，也沒去叫他。可當我們下工回來後，一搡他，人已經硬了。

我們整理了劉作成的衣物，就那麼幾本書，可我們翻出了他的黨證和一本中國共產黨黨章。我們知道這位德高望重的劉大哥始終還把自己看成一位共產黨員，事事處處以共產黨員的標準要求自己。

夾邊溝從春耕時開始死人，當時死的人還不多，我們用木板釘了個長條箱子，將他的書和黨證、黨章全放了進去。

這天下午送葬，我們全宿舍的人都去了。傅玄一聲喊，我們把長條箱子高高抬起。這時，天空烏雲翻滾，黑乎乎的雲彩壓得很低很低，壓得我們這些右派們都低著頭，悶熱的天氣憋得我們好似將要窒息。我們艱難地邁著腳步朝趙耀祖的門前走了過去，我們誰也不出聲默默地走著。此時的我們眼裏都噴著火，各宿舍門上站的犯人們都憤怒地望著這眼前的一幕。站在宿舍門上的人們眼眶裏含著淚水，胸腔裏的憤怒像要隨時將它噴湧而出。

然而，我們低估了趙耀祖這個人的承受力。他見我們過來，手裏拿著一根雞大腿啃著，望著我們「嘿嘿嘿」地笑，把嘴拌得巴巴直響。但當他看到我們幾個抬棺人噴著火的眼睛時，往後退了幾步，手中的雞大腿還是不由自主地掉到了地上。

我們把劉作成埋到了毛家山背面的沙坡上。回來後我心裏一陣莫名的煩躁，我想，單位當時處理時，說我們這些右派還有選舉權，這是毛主席說的。單位領導並且給我們許諾，你到夾邊溝就勞動三個月，三個月後你還可以回來照常工作。可是，我們到了這裏誰也不知道何年何月才能離開這個是非之地，而且從大個子的身上我們看到，我們這些右派分子還不如農場的一條狗，那些狗還有自由跑動的權利，還能早晚吃上食堂送來的饅頭，還不至於讓一個小小的管教股長打死而若無其事。

就在送走劉作成的當天，一件更為揪心的事情又發生了。

那天中午吃完飯，天氣雖熱卻刮起了一陣微風，使死寂悶熱的空氣有了一點涼爽。這時，胖子韓起龍突然涕泗滂沱瘋瘋癲癲地從門上闖了出去。他說，全是這張臭嘴啊！他一邊說一邊奔跑在沙灘上，用巴掌狠狠地抽打著自己的嘴巴。

我們知道韓起龍和劉作成關係好，只是隨便將他勸了勸，沒想到一會兒他突然從嘴裏拽出舌頭，用牙齒咬住。只聽他大叫一聲，滿嘴血污，抱著頭在沙地上打起了滾兒。

原來，韓起龍把自己的舌頭齊齊地從舌根咬了下來。

韓起龍早就對我說過，這個社會不讓人說真話，假話我們又不會說，要這個舌頭做什麼呢。我一直把他的這話當瘋話來聽，沒往心裏放，沒想到今天卻發生了眼前這驚心動魄的一幕。

我們把他抬上趕快送往農場醫務所。

醫務所原來有一個起義過來的國民黨少校軍醫當所長，這人醫術高明，可最近調到酒泉勞改局醫院去了。新來的所長就是我們新添墩作業站醫務所的負責人李湘義，這人啥都不懂，可他在抗美援朝時，上過戰場，是共產黨員，就憑這些政治資本他當了醫務所的所長。那時候每天人們勞動回來八點了才去看病，但李湘義給人看病前都要先訓話，不管你的病有多重都是這樣。他說，我先給你們看個政治病，你們的病是吃勞動人民血汗得的病，是反黨反社會主義的病。這樣罵上一兩個多小時後，才給人胡亂看一下。我在他那裏看了幾次病後，以後寧可病死，也不願意到他那裏看病了。

我們在路上想，把韓起龍抬去千萬可別碰上這個人，其他的大夫都是右派大學生，誰都比他強。

可是，這天把韓起龍抬到醫務所偏偏就碰上了李湘義。他拿著韓起龍的舌頭，左看看，右看看，半天說不出個所以然，可他面子上又拉不開，不願意讓其他的大夫診治。

我們知道醫務所裏有一個叫劉炯的外科大夫，醫術相當高明。

傅玄說，李所長，你有沒有辦法看，你不能看，讓劉大夫看一下。

傅玄這人說話就這麼直，從來不知道拐個彎子來說。

李湘義聽了這話愣了一下，又把韓起龍的嘴扳開看了起來，過了一會才說道，劉大夫你給看一下，韓胖子這舌頭再有沒有辦法？

劉炯戴著一個近視程度很高的眼鏡，他過來後說道，這舌頭咬下來的時間已經太長了，另外，我們這裏也沒有接舌頭的醫療條件。

我們一聽這話，心裏一下涼了半截。

劉炯給韓起龍上了些止血止痛的藥，我們又把他抬了回來。

韓起龍休息了幾天就好了。他在這段休息的時候都是我給他打飯餵飯，他很感激我，可他永遠說不出話來了。

韓起龍這人性子急，而且性情活潑，打成右派送到夾邊溝後，老婆和他離了婚，給他母親留下了一個不滿周歲的姑娘，但他平日裏還是那麼無憂無慮。他平時有事沒事都要搶著說話，沒了舌頭以後，當他有事要給我們說時，把他急得「嗷嗷」直叫，可我們半天不明白他說得事情。情急之下，他只有用筆代嘴了。

韓起龍把舌頭咬了之後，我們都很悲傷，因為我們都是因嘴惹的禍。這張嘴除了吃飯，就是說話，不說話不行，一說話，害己害人害得我們個個家破人亡。中國封建幾千年大興文字獄，而今日卻文字獄加言語獄，人們連話都不敢說了，這就是當今的社會主義，可我只能想不敢說，禍從口出已給我帶來了沉重的代價。

劉作成的去世，韓起龍現在的樣子，兔死狐悲讓我們個個都很傷心，我們不僅傷心的是他們，我們更傷心的是我們自己。空曠的夾邊溝農場到處是荒涼和貧瘠，沙漠與戈壁之間，鹽鹼地上風兒吹動著枯枝敗草，我們都不想說話，只是默默地在這戈壁沙漠熬那望不到盡頭的日子。

那是一個早上，灰濛濛的雲層後面太陽還沒有出來，東面的毛家山後面，幾片濃雲的薄如輕綃的天際，似血染般襯出了一片紅暈；過了一會，毛家山後面跳出了一個紅彤彤的圓球，這球兒慢慢地往上升，映得整個天邊似燃起了熊熊的烈火，紅光整個兒照亮了大地。

這時，宿舍門前閃過了一個身影，我一看就知道雷燕來了。夾邊溝農場本來女人就少，加之場裏嚴禁男女右派互相來往，這更加深了人們對女右派的神秘。

我知道雷燕這麼早來找我必定有事，就跟著那影兒從院裏走了出來。

雷燕往前後看了看，從懷裏掏出了兩個包穀麵窩窩頭。

我一看這黃燦燦的窩頭，眼睛一下瞪得老大，心裏劃過一絲莫名的興奮。

宣傳隊解散後，雷燕被分到了食堂。過去的食堂裏大多數是男的，只有少數幾個女人，可當人們口糧減了後，人們的肚子裏沒了脂肪，食欲反倒大得嚇死人，當場裏發現有些男右派捧著生麥子吃時，場領導就對食堂、磨房進行了大換血，在這些地方除留了些親信打手外，大多數都換成了女人。

雷燕望著無情漫長的歲月在我臉上刻下的顴骨高突眼窩深陷的痕跡後，眼裏浸出了淚水。她用手撫著我的臉說道，看把你餓成了什麼樣子。

我說，這才真是脫胎換骨了。我把窩窩頭只往嘴裏塞，雷燕給我遞過一瓢水。我狼吞虎嚥連吃帶喝，兩個窩窩頭下肚，用手將嘴一抹才說道，雷燕，你太好了。

雷燕撫摸著我的臉說道，再別拼命幹活了，好好注意身子。

我笑了笑。只見院裏出來了一個人，雷燕趕快走了出去。

就在這一天，史老頭死了。

史老頭是新添墩作業站農業隊的，名叫史發祥，是蘭州大學數學系的教授。他一九五六年從國外跑回來報效祖國，沒想到一年後就被打成了右派分子。

史老頭在整風運動中說，共產黨的經都是好經，都是讓下面這些歪嘴和尚念歪了。他還在課堂中對學生說，現在社會上有鬼，他要在三維空間中證明有鬼。史老頭來夾邊溝之前，對夾邊溝的艱苦是估計不足的。當時，他是可以不來這裏的，處理他時讓他在單位勞動改造，可他硬是把夾邊溝的一個名額爭取了過來。他想，勞動教養嘛，就是多吃點苦，多幹點活，沒有什麼大不了的，小時候，我家裏窮，不也吃過很多苦嗎？可是單位裏那些信口雌黃的小人，是那樣的可氣、可鄙、可恨，我要離這些人遠遠的，惹不起我還躲不起嗎？然而，當他到夾邊溝後，事實根本不是他想的那麼簡單，這裏不僅自然條件惡劣，每天還要進行十多個小時的強體力勞動，而且管教態度生硬，打人罵人是家常便飯。他們不僅不敢說、不敢動，而且每天只能喝漂著幾粒麥星星的糊糊湯。

史老頭從小到大為人誠實，可他在餓了肚子之後，對數學理論算是爛熟於心了。他在土豆地邊上趁人不注意撥出了一些小土豆，悄悄地埋在路邊的坑裏，打上記號。回來的路上，有幾處打了記號的地方土豆已經被人挖走了。他先是抓了個大拇指粗細的蜥蜴，然後撿回了半茶缸土豆。

史老頭回來後把蜥蜴和小土豆一塊兒煮，他煮得很細心，慢慢地吹著火，用鼻子嗅著。這一嗅涎水就流下來了，他端起茶缸往嘴裏放了一塊，一股肉香味，土豆燒蜥蜴，夾邊溝的一大發明。

「啪」的一聲，門被蹬開了。

史老頭驚得張著嘴站了起來。

又是這個心狠手辣的趙耀祖！史老頭嚇得渾身打起了擺擺。

老不死的，你還偷了個好，偷吃場裏的土豆，破壞生產，你知道這是什麼罪嗎？

趙耀祖一把從史老頭手裏搶了那個茶缸，從腰裏解下皮帶一下子套在了史老頭的脖子上，他像牽著一條狗般將史老頭牽了出去。

趙耀祖一邊走一邊罵，這就是偷吃土豆的下場。

史老頭哪有一點兒力氣掙扎，踉踉蹌蹌地跟在趙耀祖後面，走到半道累得氣喘吁吁，臉由白到紅，又由紅到紫，半跪在地上起不來了。

趙耀祖把史老頭拖了半截，看著沒法，才將皮帶解開揚長而去。

右派們都敢怒而不敢言，我望著眼前的這一幕，也把頭一低走進了宿舍。這樣的事在夾邊溝多了，我們的神經已經麻木，多一事不如少一事，我們已被這些人整怕了。

我們宿舍原來的那個大學生高泉這時走了過來，他把史老頭扶起說道，再偷啥也不能吃地裏沒成熟的土豆呀？

我對高泉這個年輕人早就有看法，憑著打小報告，兩面三刀，假裝積極，被安排到了食堂裏。今天見了趙耀祖打這樣一個老實巴交的人不氣不惱，卻對餓急了的史老頭吃了幾個土豆村種說三道四。

我把高泉瞪了一眼，說道，飽哥哥不知道餓哥哥的饑，你到這個份上也一樣。

高泉聽我這麼說，望著我想說什麼又沒說就走開了。

停供全天三餐，趙耀祖給食堂下了命令。天哪！對這個餓得已經是只有呼吸的人，這豈非等於宣判了他的死刑！我問管理員不能暗地裏發一次慈悲嗎？給史老頭一點吃的吧。他說，誰也不敢發這個慈悲，若是那樣他就會遭到和史老頭同樣的命運。

夜深人靜，萬籟俱寂，我躺在草鋪上猶可聽到颯颯夜風中「給我些吃的，我要餓死了——，給我些吃的，我要餓死了……」那淒淒慘慘、嗚嗚咽咽時斷時續的哀告聲在夾邊溝茫茫的夜空中迴盪。我多想過去幫史老頭一把，可我沒有任何能力，我們只能在自己的鋪上流下同情的眼淚。直到夜半一覺醒來時，還能聽到那斷腸的哭聲在夜空中隱隱地迴盪。第二天清晨出工時，我們發現史老頭爬在豬圈邊上，手裏緊緊握著飯盆，盆內有豬不吃的半個爛菜根，嘴角尚遺留著未曾咽下的菜根和沙泥。

我知道，夾邊溝這地方話不敢多說，稍有不慎就會招來殺身之禍。我們的身邊到處都有管教安插的耳目，雖然我們都是一樣的犯人，但大環境製造小環境，小環境造就只顧自己而踩著別人去活命的人，確實有這麼一些人為了他自己，在變賣著自己的良心。

第八章

我們將史老頭抬進房裏。我用手輕輕揉搓著他那發僵了的身體，揉著揉著史老頭突然喉嚨裏發出了聲音，我知道他還沒有死，我給他的嘴裏餵了幾勺我存有的一點葡萄糖水，這時我們看到史老頭睜開了眼睛。他的眼睛無神地看著我們，眼角慢慢流下了一道渾濁的眼淚。

我們這時都很興奮，史老頭活了，他終於活過來了。

然而，史老頭在床上躺了三天，突然不見了。趙耀祖說，這老不死的是不是跑了。人們不相信，史老頭瘦如骨柴，連床都起不來了，站在地上風都能將其吹倒，他能跑到哪裡去呢？

過了兩天，人們看見農場北邊排堿溝上面一群一群的紅嘴烏鴉飛起落下，發出令人心悸的叫聲。

人們就發現了史老頭。史老頭是在這裏解手時暈死過去的，一根帶血的乾屎撅子還在屍體邊上扔著。

史老頭死得很慘，肚子被烏鴉掏空了。兩個眼窩窿空洞洞地望著蒼天。他不知道這世界是否真的有鬼，但他已經看到夾邊溝這個活棺材已經開始吞噬鮮活活的一條條生命。他的靈魂輕輕地向上飄去，世界趨於澄明。一群群的羊兒靜靜地啃著牧草，到處是鮮花，到處是歌聲，快樂的人們全都沉浸在幸福的綠蔭裏面。

然而，與天堂遙遠的農場裏的人們神情已經麻木，遙遙無期讓人們精神崩潰，饑餓這條兇惡的魔鬼已經扼住了人們的咽喉。

場領導有些坐不住了。場長劉宏找了地委書記商震，向地委詳細地彙報了場裏的情況。商震皺著眉頭細心地聽著劉宏的話。他不想多說，他知道眼前這個黑臉場長倔得像一頭牛，他也清楚這個場長有一段不平凡的經歷。

劉宏是陝西省安塞縣的人，一九三二年參加革命，曾任三邊遊擊大隊的大隊長。一九四六年五月，他帶領遊擊大隊在陝甘寧交接處活動，平涼瓦子街戰役中被國民黨部隊包圍了。突圍時他為了掩護戰友，頭部中彈，從馬上掉了下來。戰友們以為他已經犧牲，急速撤退。戰鬥結束後，他從死人堆裏爬出，被一名老鄉背到了家裏隱藏。後來形勢緊，那位老鄉供出了他。他被送到了西安的一個監獄裏關押起來。在關押的時候，他始終沒有向敵人說出實情。關了兩年後，敵人看養著這麼一個大活人也沒啥用，就把他釋放了，他於是回到了安塞老家。他到了老家後就種田，做小生意。解放後，他找了組織，講了自己的經歷後，組織對他審查後，認為他被俘後的情況搞不清楚。他說自己沒有叛變，也沒有向敵人說出實情，組織卻問他，敵人殺害了那麼多共產黨員，為什麼偏偏就會放了你？但是，組織上又找不到任何證據說明他有變節行為。於是，最後對他下了個「不可重用」的結論，安排他在一個勞改農場當大隊長，管犯人。五十年代中期，寧夏和甘肅合併，他被調到夾邊溝農場當場長，行政級別為科級。直到夾邊溝農場超過三千人時，他才成了縣級幹部。

商震聽著劉宏的話，聽著聽著就感覺不對勁了，他覺得劉宏的思想很像右傾機會主義。商震說，老劉啊，你這是右傾。國家暫時遇到了困難，你一個共產黨員不應該說這話，這是一個立場問題。該死的娃娃屎朝天，搞社會主義呢，死了一些人尻子就鬆了嗎？

劉宏聽到這話說道，你兇個啥？老子玩命的時候你還穿著叉叉褲呢。你下去看一下，農場裏的人吃的是啥？

放屁！你還是個老革命，你的黨性到哪裡去了？紅軍二萬五千里長征時，吃樹皮，啃草根，地主、資產階級同情過嗎？記住我的話，寧叫人吃草，不叫紅旗倒！

商震把桌子一拍，也站了起來。

此話一出，石破天驚。寧叫人吃草，不叫紅旗倒！它像一聲炸雷擊得劉宏再也無話可說。劉宏把頭一扭，就從地委大院走了出去。他此時眼眶裏滿含著眼淚，嘴乾巴巴的。他知道這夾邊溝要大量死人了。過去這裏五六百個勞改犯，上面還撥很多糧食，才勉強自己能養活自己，現在一下子猛增到了三千多人，夾邊溝農場已經變成了縣級單位，可是向上面要糧又不給，能不死人嘛。

劉宏回來後，把史老頭的後事辦得很妥貼，這是我在夾邊溝見過對死了的右派最隆重的一次。夾邊溝人才多，木工們釘好木板箱之後，瘸子馬豐和另一個畫家整整畫了一天。大紅的棺材，棺材上面畫著籽粒飽滿的麥穗和黃澄澄的玉米棒子。

劉宏看了看棺材，對畫棺材的馬豐說道，好，好，讓史老頭在陰間裏吃個飽肚子。

聽了劉宏的話，我的鼻子一酸，眼淚就流了出來。我想，史老頭不知聽到這話了沒有，聽到這話他是會很高興的。

這天我收到了桑傑卓瑪的來信。

楊縣長：

你好！

給你記（寄）來四十斤糧票，錢二十元，這都是從親齊（戚）朋友處借來的。真想你！

你的桑傑卓瑪

一九五九年十一月十二日

收到桑傑卓瑪的來信後，我興奮得一夜沒有睡著，我知道這都是我教她識的字。她一直把我叫「楊縣長」，直到今天還這麼稱呼我，但我感到很親切，這就是她，這就是我的桑傑卓瑪。第二天，我就到場部去查我的匯款單。這些錢和糧票對我來說，太重要了，太及時了。

我一進場部就碰見了趙耀祖。

趙耀祖說，全國人民都在勒緊褲帶鬧革命，你還想的是牧主千戶剝削人民的血汗錢，糧票和錢已經來了，這不能給你，場裏有明確的規定，錢和糧票必須全部上繳，放到場裏讓其他人也補貼補貼。不過看你最近實在困難就給你一些，回去買點零用東西，你同意不同意？

我聽了這話，再有什麼說的呢？同意也是這樣，不同意也是這樣。

我就說，同意。

同意就好，這就是表現，好好改造，爭取早日回到人民的隊伍裏來。

趙耀祖吐了一口煙，然後把錢和糧票放到了桌子裏。

我哭笑不得，拿著沉甸甸的五斤糧票和三塊錢走了出去，趕快用這三元錢先從農民的手裏買回來一塊豆餅。我一點一點地啃著，還沒到宿舍就全吃完了。但我的心裏熱呼呼的，我一直沉浸在桑傑卓瑪那溫柔的笑容裏。我一個人默默地說，桑傑卓瑪你等著我，等我出去後，我們就去放羊，到草原上去，到廣闊的藍天、白雲和碧綠的青草中去。

這時，我碰見了薛榮。薛榮還是那樣不苟言笑，白淨的臉上跨著一副白框眼鏡，見了人只是點一下頭。

你又到沙窩子裏去了？我上前拍了拍他的膀子說道。

我種的紅沙柳全活了。他像個孩子般抓住了我的手說道。

我看見他興奮的表情，看到他那單薄瘦小的身體，我說，已經到這種地步了，你怎麼還不珍惜你的生命。

他聽我說這話表情有點激動。他大聲地說道，我怎麼不珍惜生命了。你們怎麼能夠知道，我全部的生命就在大沙漠裏。

我真不明白，這世界真是什麼人都有。夾邊溝已經死了上百個人了，眼看人都連命都保不住了，還治那個沙幹啥？但我也確實佩服薛榮，每日裏下工後，他就到他的沙窩子裏去，不論颳風下雨，不論天寒地凍，他已經完全癡迷到了那些紅沙柳上。

薛榮說，他總有一天要鎖住沙龍的，讓夾邊溝成為真正的沙漠綠洲。他說這話時，是那樣的自信，仿佛這黃沙滾滾的沙漠已經是綠樹成蔭的鬱鬱蔥蔥。

在夾邊溝傅玄的變化最令人吃驚。傅玄這個國民黨的師長加水利工程師，自從國慶日摘了三個右派的帽子之後，他的精神一下子垮了，連腰都直不起來了。他整天价弓著腰，完全沒有了過去神采飛揚的精神氣。

傅玄悄悄爬在我的耳邊說道，我們真傻啊！到這裏來等於判了無期徒刑，1157你懂嘛，我們還上他們的當，在這裏不要命地瘋幹。

於是，他開始瘋狂地偷一切可以吃的東西。

夏天，麥子剛剛灌漿，他就鑽到麥地裏搓生麥子吃；秋天，他就跑到地裏掏洋芋、扳包穀，見什麼，拿什麼；春冬時節，他就到各宿舍裏鑽，只要聽到哪個犯人家裏寄來了東西，他非去弄一點吃的不可。然而，他兔子不吃窩邊草，從來不動我們宿舍裏的東西。

有一次，農場剛把糧食裝進倉庫，他趁亂藏到了一個麻袋後面，本想裝上兩褲兜就走，沒想到倉庫門被一下從外面鎖上了。

他想，這一下糟了，誰知道這門猴年馬月才能打開，這不把自己凍死、渴死。

於是他捧著吃了幾把生麥子，在地上屙了一泡屎，就順著糧食的口袋往上爬。他忽然看見牆壁上有一處亮光，他用手一捅，那牆是用土坯壘的，「嘩啦」一下開了一個大洞。這時，外面的狗就叫起來了，他看見幾條狼狗在下面汪汪直叫，他就再沒敢動彈，定定地看著倉庫外面。

就這樣，他在那倉庫裏整整呆了三天三夜。

那天，我和賴世俊從倉庫下面走過。突然，我的頭上被小土塊打了一下，我抬頭一看，傅玄正伸著頭朝我這面看。

我把賴世俊一拉說道，你看那是誰？

賴世俊抬頭一看笑著說道，這個賊骨頭。

我們倆打走了狗，趕快跑到倉庫下面，說道，趕快下來。話還沒落地，只見傅玄已經落到了我們的懷裏。

這時的傅玄腰彎成了九十度，路也不會走了。

我和賴世俊一人架著他的一條胳膊，迅速地離開了倉庫。

我們到了宿舍，傅玄的褲襠裏，衣袖裏裝的全是麥子，整整有三十多斤。

我說，《水滸》中的神偷時遷，可比不上我們夾邊溝的傅玄。

不敢當，不敢當，不是你倆看見，我看是出不去了。傅玄眨巴著眼睛說道。

傅玄給我倆分了點麥子後，將剩餘的糧食迅速藏了起來。

我望著眼前的傅玄，雖然歲月的風霜熬磨得他臉黑了許多，腰也弓了下去，但他還是那麼英俊。想起原本的傅玄，氣宇軒昂，書生氣十足，動不動之乎者也的，心想，環境真能改變人。我才明白了原先百思不得其解的一個道理，一個人的變化，往往都是環境所迫的結果。

這時的我們誰都不想說什麼，誰能找上吃的，就是自己的本事。

這天晚上，幾個管教來了我們宿舍，一進門就說，傅玄，你這幾天跑到哪裡去了？

傅玄弓著腰說道，我能到哪裡去呢？腰疼著睡了兩天唄。

那麼，這倉庫麥子怎麼一直撒到了你們的宿舍裏。

傅玄說，你們搜，你們可不能憑空冤枉人。

傅玄給我的麥子在賴世俊那裏放著，我不害怕，可我擔心傅玄自己留的麥子會被搜了出來。然而，管教們胡亂翻了一陣之後，什麼也沒有搜出來，看了我們一眼之後，嘴裏罵罵咧咧的，轉過身就走了出去。

這晚，傅玄告訴我，他的哥哥原來是國民黨的一個軍長，他是他哥哥手下的一個師長，與哥哥一起起義後，他就幹起了他水利工程的老本行。他本想再不問政治，好好在國家水利建設上出點力，然而解放後你想躲政治可政治時時跟著你，沒過多少日子馬上就有人找上門來了，讓他填表參加了中國國民黨革命委員會。開門整風時，他們這些民主黨派的人天天有人組織給他們開座談會，讓他們暢所欲言，而且，他們的發言被整理後很快公佈了開來，所以，後來他們這些提了意見和建議的人幾乎一個不剩地統統被捲到了政治的漩渦裏，而且，這一次竟將他旋得這麼深。到了夾邊溝，劉宏、趙耀祖這兩個人，骨頭裏面挑刺，找茬兒來整他，他再不自我保護，根本從夾邊溝活不出去。他說，我也快成個廢人了，可你們不能在這裏等死，再不能抱任何幻想了。

他說這話時，近視度很深的眼鏡後面那對毛茸茸的眼睛緊緊地盯著我。

我驚詫了，傅玄在我剛來夾邊溝時，動不動引經據典，念上一首詩詞，我當時把他看成了個書呆子，沒想到就這麼短短的時間裏他竟然變得我都有點不認識了。

我說，我們都是些籠中之鳥，甕中之鱉，任人宰，任人殺，我們能有什麼辦法？

他說，找機會跑啊。不能在這裏等死，絕對不能在這裏等死。

他這話好像是對我說，又像是自己說給自己。

我一下抓住了傅玄的手說道，老傅啊，你怎麼能說這話。

我發現傅玄這時突然把腰直了起來。

我說，老傅，你的腰原來可以直起來呀？

傅玄驚了一下說道，老楊，我給你說實話吧。劉宏、趙耀祖不就看我腰板挺得直，頭抬得高，才要砸我的頭嘛。我在人前面弓著腰，就是讓他們看我傅玄已經不成了，這樣，他們心裏才會舒服，才不會再找岔兒來整我，我才有活著回去的希望。

我望著傅玄灰黑瘦削的臉點了點頭。心想，夾邊溝像劉宏、趙耀祖這樣的人多了，他們沒有文化，出身貧寒，見了這些氣質雍容大度，談吐文質彬彬的人，他們就感到嫉妒，心中就會產生一種不平衡。他們總害怕別人瞧不起他們，總害怕這些知識份子嫌他們是大老粗，所以，初來此地的犯人，有時候會莫明其妙地得罪了他們，受到他們這樣或那樣的報復。

我緊緊地握著傅玄的手，我知道傅玄在精神和肉體上付出了多麼大的痛苦。我的眼睛裏滾著淚水。我想，小時候媽媽經常說活人難，我當時想，活人有什麼難的，我們這些右派今日裏在經歷了這麼大的磨難和痛苦之後，我才感到媽媽的這句話裏有多少對人生的體驗。

第九章

在我們這個宿舍裏，就數薛榮怪，睡覺不脫衣服，直接鑽被窩，半夜裏起來還要寫寫畫畫。這些日子裏，我們每人每月的口糧已經降到了原糧二十六斤。整日裏，我們只吃半個包穀麵窩窩頭，和用漂著菜葉和樹葉的麵糊糊充饑，可薛榮每天還翻書、看書，寫個不停，可當我們看到他浮腫的眼睛時，無不為他的身體而擔憂。我們不知道他心裏想的到底是啥？要說書呆子，夾邊溝扳著指頭數，有幾個不是念書人。初來夾邊溝時，人們學習的熱情都很高，有的學外語，有的讀詩詞，都想出去後繼續報效祖國，然而，人們被殘酷的現實慢慢給震醒了，這種改造就是要將他們從肉體和精神上徹底摧垮。到了今天人連命都保不住了，誰還有心去看書寫論文呢？但是，薛榮卻做到了，我想，這才是真正的念書人，是真正的癡迷事業的知識份子。

那是一九四七年，薛榮最敬重的英語老師劉霞被馬步芳的特務在回家的路上抓了去。他跪在他父親面前。他父親當時任蘭州城防司令，是可以救劉老師的。但是，他父親卻暴跳如雷把他罵了個狗血噴頭。他父親說，那是個共產黨，你小子給我好好學習，少給我惹事生非，沒過多少日子，劉老師和另外幾個共產黨員被馬步芳活埋在了蘭州北山的沙溝裏。薛榮聽到這個消息被驚呆了，他蒙著頭躺在床上不吃不喝，他恨他的父親，恨那個殺人不眨眼的魔鬼馬步芳，恨那個封建專制的黑暗社會。後來，他就約兩個同學跑到了延安，解放戰爭時，他當了隨軍記者，走南闖北迎來了祖國的解放。抗美援朝時，他到了朝鮮戰場，在戰場上，他贏得了組織的信任，入了黨，提了幹，一回國，就被保送上了大學，學的專業就是防沙治沙，由於他學習優秀，大學還沒畢業又被推薦到蘇聯留了學，得了副博士學位，回國後就到了沙漠研究所。

薛榮剛來到夾邊溝的時候，正趕上大煉鋼鐵，他看到夾邊溝的人挖了駱駝草，砍了紅沙柳，整日裏點著熊熊大火去煉那些破臉盆、切菜刀、掏糞勺、砍土鏝。他看到這一切那個心疼呀。他跑過去說，你們這是破壞植被，是要遭大自然報應的。

場裏剛開始說他這是右派言論，後來看他整日裏瘋瘋顛顛，就連管教都完全由著他了，人們也全當他是個神經病。而當他的論文〈紅沙柳固定流沙栽植技術的研究〉一文被國家沙漠研究所評了一等獎，省上還對場裏領導表揚後，場裏就對他往外寄發論文再沒有加以限制。於是他又在國家級刊物《沙漠研究》和《中國綠化》上陸續發表了〈鹽鹼土地區灌木的栽培技術研究〉〈建立沙漠防護林體系的研究〉〈沙生植物的開發與利用〉等一些高質量的論文。每日裏天剛麻麻亮，薛榮已從沙窩子裏回來了。去年在風口栽埋的紅沙柳全部活了，紅豔豔長得蓬蓬勃勃。這種當地的沙生灌木，夏季裏憑極少的雨水緩慢地生長，每到冬春季節，又被頻繁的風沙埋沒。第二年，紅沙柳又頑強地衝出沙土，又被風沙埋沒。如此反覆，不斷遞進，經過幾百年，也許時間更長，久而久之，形成了一簇樹木，固住一個沙丘，高幾米不等，直徑幾十米，形似大土包。這種大土包，夾邊溝的人稱為沙包。

為了研究紅沙柳的生長特性，薛榮一直在詳細觀察一些單株的紅沙柳。他每次走到紅沙柳的跟前，看到紅沙柳在風的吹拂下亭亭玉立，婀娜多姿，他就會興奮地搓起手來。

今日裏他又到了沙窩子裏。他開始挖起來，挖得很技術，很內行，他循著根系不斷地往深處挖去。薛榮挖著挖著突然感到眼前是五顏六色的星星，頭上滾下了大滴大滴的汗珠。待他醒來時，月亮已經升到了中天，一連三天，他披星星戴月亮終於摸清了紅沙柳生長的習性。他高興極了。他想，人總是要有個信仰，要有個追求的，人要有了信仰就會像紅沙柳一樣百折不撓。

太陽從農場的東南沙堆上拱出來了，遮著厚厚的一層風塵。漸漸這風塵變得紫紅，一輪鮮紅的血珠浸染了半邊天際。

夾邊溝的條件越來越惡劣了。由於人們吃的麵食少，一個個身體腫得都走不動路了。我每天跑到沙地裏捋來草籽煮著吃，亂七八糟的東西吃得多了，胃越撐越大，食欲越來越強，我始終被一種強烈的饑餓感所趨使，到處去尋找吃的。

夾邊溝的農場裏養著幾十條豬，還有幾頭千斤豬，這些千斤豬披過紅，戴過花，是專門養著讓人看的。我發現那幾個千斤豬吃得比我們每頓打的菜糊糊好多了。因為，馬豐曾經給食堂裏餵豬的畫過幾幅畫，所以，我就鼓動馬豐從食堂裏搞點餵豬的涮鍋水、菜湯湯，我倆悄悄拿回來，將其一沉澱，把上面的清水倒掉，將下面稠一點的熬著吃。

這天吃完飯我就到賴世俊那裏下棋，雖然饑腸轆轆，可我只有分散注意力，才可以暫時忘掉難挨的饑餓。

賴世俊雖然是我們基建隊的隊長，可他為人豪爽，講義氣，全沒有當隊長的架子和居高臨下的威嚴。有一天，賴世俊突然問我，你沒想過從這裏出去？我怎麼沒想過呢？可我不敢胡思亂想。我想，反右運動中我沒有錯，黨和組織不會冤枉一個好人，總有一天組織會給我糾錯、平反的。另外，來夾邊溝本身就是組織在考驗我，看我對黨忠誠不忠誠，如果我逃跑了，不就是背叛了黨，背叛了革命嗎？人最怕什麼，就怕一失足鑄成千古恨啊！農業隊一個年輕人忍受不了管教的打罵，用鐵鍬砍了人，逃走後被抓了回來，在場裏開了公審大會，是當著我們右派的面給槍斃了的。

我對賴世俊說，活一天是一天吧，我還是想堂堂正正地從這裏走出去。

你沒有看到天天在死人嗎？弄不好就要把命送在這裏，你再也走不出去了。賴世俊望著我的臉說道。

再別說這話了，我不想跑。

賴世俊說，你是我的朋友，偷偷摸摸地給人要著吃豬食，不是長遠的打算。這話我不得不說，你什麼時候若要我幫忙，只管說。

我說，肯定少不了找你。

這晚回來後，我一直在想賴世俊的話。賴世俊說得沒錯，夾邊溝天天在死人，萬一死在這裏，再能見到桑傑卓瑪嗎？如若逃不出去，名節全失，另外，抓回來不槍斃，也要被打死的，不打死也要被罰扣飯餓死。就在這時，我看見韓起龍提著臉盆悄悄走了進來，進來後，他悄悄掩了門躺在鋪上睡了下來。

我沒吭聲。人們這時候又累又餓，都已進入了夢鄉，誰能操了閒心去管別人的事呢？

這以後一連幾天，韓起龍晚上都是很晚才回來，回來後就把臉盆放到他的箱子裏鎖起來。

有一天我問他，胖子，你每天鬼鬼祟祟來，鬼鬼祟祟去，找到什麼好吃的了？他聽到我的話，嘴裏嗚嗚哇哇不知說得什麼，臉憋得發紫。

我說這話是隨便說的，沒想到把他急成了那個樣子。

我心裏一下子產生了懷疑，我懷疑胖子是不是和傅玄一樣在偷。

他討好地給我倒了一杯水。

你到底吃得什麼好吃的？我盯著他的眼睛說道。

他給我翻出了幾條辣辣根。

我想，這小子肯定有什麼瞞著我們。夾邊溝的右派除了幾個在食堂裏幫灶的，個個都浮腫了，我的腿子明淨光亮一按一個窩，可韓起龍還是那麼胖，臉上還微微顯著一點紅暈。

我拿了一根辣辣根在嘴裏慢慢嚼著。我說，你偷著吃得什麼好吃的？

他慌得嘴裏「嗚嗚嗚」地叫，在我面前擺著手。

自從我問了韓起龍後，他晚上再沒出去。可沒過三天，我就發現他的眼窩陷了下去，嘴乾巴巴的，臉上明顯地瘦了。

那是一個陰沈沈的下午，下工後我突然看到天在急遽地變化。天邊陰暗的灰色催動著一疙瘩一疙瘩濃濃的黑雲可怕地翻捲著，遊移著，緊貼著茫茫的戈壁沙漠一路吞噬過來。我笑了笑，我笑這多情的天，多情的地，多情的戈壁和沙漠，竟會在這流火吐焰的死亡之海孕育出一片供三千多人棲息的地方。歷史，竟然這般巧合，反封建主義的勇士們在二十世紀五十年代去構築更加封建專制的殿堂。宇宙，也是這麼奇特，它以生存環境的險惡去挑戰人的生命極限到底在哪裡？

黑雲還在翻滾，風頭開始在路邊上滑過。我望著那黑雲團越來越近，越來越大，隱隱約約地嗚咽著。大地轟鳴著，發出低沉可怕的聲音。我看那由弱變強的嗚咽聲，變成了一陣昏天黑地的飛沙走石。

這時，大漠深處一聲怪叫，整個巴丹吉林沙漠頓時翻騰起來，黑沙怒捲，天昏地暗。刺耳的「嗚——」聲似有無數鬼魅哭號，令人心驚膽戰。滾滾而來的狂風霎時間變成了一場鋪天蓋地的飛沙走石。風整整刮了一個晚上，第二天到處都是灰濛濛的一片，夾邊溝在一種悽愴悲戚中顫抖著。

這一天，我們整個兒休息了一天。夾邊溝沒有星期天，只有下雨、颳風無法幹活時，我們才可以睡覺休息。

休息了一天後，伙食也減了一頓。本來一天三頓就喝著點漂著遊移不定幾顆米粒的菜糊糊，中午又減了一頓，人們都餓得躺在背窩裏，肚子「咕咕咕」地直叫。

這晚，睡到半夜，韓起龍提著個臉盆又出去了，我趕快翻起身來跟在後面。

一出門，風呼呼地吹著，風沙開始抽打我的臉，繞過一道沙梁，在昏暗殘灰的月光下，我看到韓起龍蹲在一個沙坑裏點起了一堆火，火堆上面用幾塊石頭支著個臉盆。

風還在扯著我的衣裳，我把衣裳往緊裏了裏，我看見韓起龍從臉盆裏撈出了一塊東西吹了幾下，放進了嘴裏。他大吃大嚼了一會後，突然好像發現了什麼，往我這面瞅了瞅，趕快倒出臉盆裏的東西用沙子埋了起來。

我看到這一切匆匆從原路跑了回來。韓起龍躡手躡腳地回來後，我假裝拉著呼嚕已經進入了夢鄉。

第二天，我去了韓起龍燒火的地方，我扒開他掩埋的沙土，驚得半天合不攏嘴來。這是一塊肝臟，是人的肝臟，當我撥開周圍淺淺掩埋的沙土後，完全證明了我的推測。一具瘦骨嶙峋的死人胸部用刀割開了一道八寸長的口子，沙土已經和紫血混在了一起，周圍跑動著黑壓壓的一層螞蟻。

一連幾天，韓起龍天天往外跑，他的舉動引起了我們宿舍所有人的懷疑。

那天下午，我們正從鋪上起來準備去打飯，趙耀祖匆匆走了進來。他一進門就大聲喊了起來，韓胖子，你給我站起來。

我的心裏「撲通」一下，我想，韓胖子要倒楣了。

韓起龍從鋪上一骨碌翻了起來。趙耀祖上去就給他兩個耳光，緊隨著他後面的兩個人把韓起龍胳膊一擰，用筷子粗的一條細繩將他捆了起來。

我看見韓起龍臉憋得紫紅紫紅，就像那天我見到的那塊肝臟一樣。

我們都不敢吭聲。

只見賴世俊走進來說道，趙股長，韓胖子做了啥？你為啥捆我的人呢？

趙耀祖在夾邊溝見了賴世俊也有些害怕的，他在勞改隊時就領教過賴世俊這個兵痞的厲害。

你還吃人呢？趙耀祖大聲地吼著說。

他吃人誰見了？賴世俊一邊說一邊走了過去。

小高，你給賴隊長說。趙耀祖說道。

我們早就知道這高泉愛打小報告，沒想到這年輕人從食堂精減下來後，這毛病還沒改。這次又是高泉把韓胖子給告了。

只見高泉站了起來，膽怯地看著賴世俊說道，隊長，韓胖子就是吃人肉了，我親眼看見的。聽到這話整個宿舍裏一片寧靜。人們對這件事情早有感覺，但今天聽到這話，我們的心裏還是猛地一驚。

賴世俊說，韓胖子你狗日的還吃開人了？給我站起來。

韓起龍手被捆著，頭頂在了床沿上血流了出來，他根本無法站起。

賴世俊說，把繩子解開，讓他站起來。

我和傅玄過去慢慢將繩子解開，我們知道若是猛地解開韓胖子的胳膊就要廢了。

賴世俊過去把韓起龍猛地推了一把說道，把這狗日的給我留下，讓我收拾。趙耀祖一看這樣，也不好再說什麼，對跟他進來的兩個人說道，走。

臨出門，趙耀祖又回過頭來說道，再不老實，小心槍子兒敲你的頭。

趙耀祖走後，賴世俊對韓胖子說，快把臉洗一下。

可是，韓胖子根本起不來了，他蜷在一起，渾濁的眼淚從他的臉上流了下來。

我們知道今天的事情並沒有完，趙耀祖不過是看賴世俊的面子，暫時將這事擱了下來。

第十章

太陽從東方升起，散發出一層溫暖的陽光灑在茫茫的沙地上。我先脫了褲子，撅著屁股讓傅玄用柴棍棍掏。肚子鼓，拉不出屎來我心裏就急，一急就往廁所裏跑，可到了廁所還是拉不下來。這時，我心裏急得慌，越慌越掙得肛門發疼。傅玄從我屁眼裏撥出了一個被血染了的黑草蛋蛋，然後往裏面擠了點清油，我趕快到邊上屙了一泡屎，頓時感到心曠神怡。然後，我再給傅玄掏。傅玄脫了褲子，只見他屁股上吊著足有兩寸長的大腸。我已經看慣了，先輕輕地從大腸裏掏出了五六個牛犢糞蛋一樣大的草疙瘩，然後，再將脫了肛的大腸慢慢揉進了他的屁眼裏。我做完這一切後，傅玄長長地舒了一口氣。

傅玄說，再這樣下去，我們非得死在這裏。

我一邊往他的屁眼裏擠著清油，一邊說道，看這個樣子我是出不去了。

傅玄聽到我的這句話，「霍」地往起一爬。他說，你為了你的桑傑卓瑪，說什麼也得出去。他這一用力，稀糞就從屁眼裏冒了出來，我正眼睛盯著他的屁眼往上面塗抹著清油，沒注意只聽

「撲哧」一聲，黑的、白的、黃的、紅的、紫的，五顏六色一下冒得我滿臉滿身都是。

我用手抹了一下臉說道，啊呀呀，你狗日的夾住些不行嘛。

傅玄一看我的狼狽樣兒，很不好意思，周圍的人們卻都笑了起來。他趕快進到宿舍舀了些水，過來說道，對不起，老楊實在對不起，快過來洗一下。

這種尷尬的事多了，每次我們掏糞的時候，都要互相開一會玩笑。

這個說，你的尻子白著，棍棍子硬著塞不進去。那個說，老母雞沒下蛋，你還拉起了黑雞蛋。

在這荒僻、蠻野的戈壁大沙漠裏，誰會想到會有這麼多的念書人背井離鄉到這裏來勞動改造，又誰會想到他們用功念書最後是這麼一個可悲的下場。

這天，我收到了桑傑卓瑪的來信。

楊縣長：

你好！

好不容易半（盼）來了你的來信，知道你們生活很困難，我抄（炒）來了些青棵（稞）麵寄給你。

祝你健康！

你的桑傑卓瑪

一九六〇年四月二十日

我接到信後，心裏很沉重，一是我一連發了五封信，她怎麼在信中只提到收了一封信，而且從時間上推測是我最後寄出的那封信。二是桑傑卓瑪這次怎麼只寄來了些炒麵，再沒有寄任何東西。從種種反常的現象，使我憂心忡忡，她到底出了什麼事情？

一團解不開的疑問壓得我心中很沉很沉。當我收到五斤青稞麵後，我馬上給桑傑卓瑪去了回信。

桑傑卓瑪：

你好！

我一連給你寄去五封信後，今天才收到了你二十日的來信和寄來的青稞炒麵。

你的來信是給我的精神養料，而炒麵是給我雪中送炭，我不知你近來是否可好，能否詳細來信告知。

從你的來信看，你進步很快，順便將你的來信改後寄給你，望你保重身體，繼續努力學習。

祝你們
全家安康！學習進步！

你的鵬
一九六〇年六月十五日

我們的信只能這樣寫，不能給外界詳細告知這裏的實情，因為，信寫完後不能封口，首先讓組長看，然後交到場裏讓管教看，發信的時候還要經場長抽查。然而，桑傑卓瑪是個非常聰明的女人，她已經從我簡短的信件中看出了夾邊溝形勢的嚴峻。

這些日子來，勞教犯人們紛紛向場部反映食堂扣犯人們的口糧，飯裏幾乎沒了糧食。劉宏到下面調查後，處理了幾個食堂管理員，但農場白書記卻說，這是一個新動向，右派們惡毒攻擊食堂，就是攻擊場黨委，攻擊場黨委就是攻擊共產黨。聽說，有些人把信託家人寫到了省委，省委批示要嚴厲打擊右派翻案風。

場裏數過來數過去，這個帳就算到了我的頭上。因為，當場裏每月口糧降到二十斤後，我向場裏詳細寫了一份彙報材料。

我在這份彙報材料中說，口糧每月二十六斤時，場裏天天都要餓死人，每月二十斤的口糧，場裏的人會餓死完的。

當然，我的材料寫得很含蓄，我儘量把語氣寫得很委婉。但是，儘管這樣也招來了大禍。場裏先是在《夾農簡報》斷章取義地登了我彙報材料裏的部分句子，然後召開大會，把韓起龍和我拉到臺上進行激烈的鬥爭批判。批判我們的都是和我一樣的右派和反革命，一是說我污蔑場黨委的領導；二是誇大場裏的困難；三是造謠惑眾，妄圖翻天。可是，給省委的信不是我寫的，然而，我有口難辯。我在此時才明白場裏死人是不讓說餓死的。每個死了的人都有一份詳細的病歷，不是寫死於肝炎，就是寫死於肺病，農場衛生所都給死人做了詳細的證明。

這時，我才知道我的一份小小材料，為什麼竟會引起場裏這麼大的震動。因為，我的彙報材料戳到了他們的痛處，他們直到今天還向外界隱瞞著場裏餓死人的事實。但是，他們再沒有辦法對我進行更加嚴厲的處罰了，因為，我所在的基建隊本身就是個嚴管隊，只有罰扣我一頓飯，到隊裏繼續寫檢查老實改造。

我被罰了一頓飯，正好有桑傑卓瑪給我寄來的青稞炒麵，算是有了一點接濟。

桑傑卓瑪寄來青稞炒麵後，我給賴世俊挖了兩碗，其餘的我則縫了個白布長袋子纏在腰間，不論勞動睡覺上廁所我一直帶在身上，否則這些炒麵會被別人偷著吃了。賴世俊這個基建隊長，不過是領著我們幹活的一個工頭，這時候每天也只是比我們多吃一個饅頭，所以，對我是很感激的。

在夾邊溝寫思想總結和檢查我是高手。這些日子場裏為了穩定人心，正在搞一封信運動，讓犯人們給家中和單位寫信，談自己勞動改造的心得體會。但是，這些信不讓提這裏的生活情況，信必須先交到場裏，由場裏統一發出。我想，場裏天天在死人，他們還在欺騙外界，搞這種名堂。於是，我每星期交上去一封檢查，我謄寫得很公正，內容寫得也很透徹，從千戶老爺到我的祖宗八輩，然後到我自己，一頁一頁地寫後交到作業站，再轉到場裏。我在檢查裏穿插了很多我們這些勞教右派如何捋草籽，怎樣挖野菜，我們是如何克服困難，努力改造等等實情，我寫得很具體很感人。

我感到寫得非常好，肯定會感動場裏領導的。然而，我錯了。一是寫檢查主要是一種懲罰方式，而不是他們要瞭解什麼實情；二是夾邊溝農場提為縣級單位後，場裏上上下下領導都提了級，升了官，就連劉宏也不像以前為犯人多少說點話了。這時候，全國上下一片左，而甘肅省委最左，越左越革命。牛吹得越大，官升得越快。芝麻大的成績，也可以吹成西瓜；西瓜大的缺點，可以說成芝麻。欺上瞞下，一級哄一級，誰能到這戈壁沙漠來收集這裏的材料，誰又會從一個右派的檢查材料中去發現問題，瞭解實際情況呢？

我太幼稚了。

場裏大大小小領導眼睜睜看著場裏每天都在死人，而且一天比一天死得多，雖然，外面的右派源源不斷地補充進來，但那死的是人，死的不是螞蟻，他們能不知道犯人們吃的是啥嗎？

儘管死去的右派都套了個因病死亡的衣衫，但誰不清楚這裏面的內幕。

在這時候我才想到了爸爸媽媽的好處，那時候我多麼的荒唐，竟然為了擺脫家庭的束縛而遠走他鄉。我那時候把家庭當作牢獄，可我與桑傑卓瑪見面之後，我才感到了什麼是親情、友情和愛情。在我的記憶裏，從縣政府大院到農林局的閣樓，雖然一個是青海，一個到了甘肅，但農林局那裏充滿了農民意識和封建腐朽的氣息。剛剛還是革命的同志，但為了一點私利，轉眼間就成了仇敵，就成了不共戴天的階級敵人。

我這時才感到天底下爸爸媽媽最好，只有他們能為自己的兒子而捨棄一切。世界上還是我的桑傑卓瑪親，只有她能夠融化我已經冷酷了的心。爸爸媽媽已經化成了一朵白雲，但桑傑卓瑪她現在到底生活的怎麼樣？我怎麼聽不到她的一點音訊。

夾邊溝農場的女右派總共就那麼二三十人，她們有的在磨房裏磨麵，有的在蔬菜隊裏種菜，有的在農業隊勞動、餵豬，有的在食堂裏做飯，也有的專門在辦公室裏算帳辦壁報。磨房裏磨麵並不是件輕鬆的事情，毛驢拉磨，人得跟著毛驢圍著磨台不斷地掃麵，還要一天淘洗糧食，曬糧食，搬麵口袋，籮麵。

磨房就在食堂跟前，雷燕每次從磨房往食堂運麵，都要和姐妹們拉拉家常。

食堂裏幾十雙眼睛一天到晚盯得緊，雷燕想給我拿點吃的很不容易，於是她就到磨房裏給我偷。每次與姐妹們拉完家常，姐妹們就給她的兜裏偷偷裝點麵粉，這些麵粉都是在布裏包好的。

雷燕每次去拿得不多，送到我這裏只有賴世俊知道，沒有引起任何人的注意。

然而，這件事卻被趙耀祖一次無意地碰到了。

趙耀祖平時見了女人就動手動腳，胡摸亂摸。那天，天藍藍的不見一絲雲彩，只有炎炎的太陽高懸在當空，熊熊地蒸烤著大地。

趙耀祖見雷燕從磨房裏出來，他就跟了上去。他見四周無人，就將雷燕一抱，一隻手就從雷燕的懷裏伸了進去。

他一下摸到了雷燕懷裏的那袋麵粉。

好啊，你膽子可真不小。

雷燕當時緊張的心怦怦直跳。

她說，趙股長我這是第一次。她說這話時哆哆嗦嗦嚇得一下流出了眼淚。

趙耀祖一看她這個樣子，摸了一下她的臉說道，看把你嚇的，跟我到房裏走。

雷燕就跟他到了宿舍。

這天，趙耀祖把雷燕給姦污了。

然而，趙耀祖卻注意上了我，他不讓雷燕再到我房裏去。

雷燕雖然沒有告訴趙耀祖那麵粉是給我偷的，但趙耀祖看出了我和雷燕有不一般的關係，他把雷燕盯得很緊。

那段日子，我一無桑傑卓瑪的接濟，二無雷燕送來的麵粉，我餓得眼冒金星，身軟無力，就從箱子裏翻出到夾邊溝來時帶來的羅馬手錶。

我在下工後匆匆趕到對面村上去找點吃的。這天，我用那塊羅馬手錶換了兩個燒熟的土豆。捧著土豆，我吃得那個香啊，這種香味多少年以後一直縈繞在我的記憶裏。後來，我吃過多少山珍海味，可我永遠也忘不了那兩個土豆的香甜。然而，我心中卻很內疚，這是桑傑卓瑪在千戶老爺家給我的訂婚禮物。

無數個日日夜夜裏，不管遇到了多少艱難困苦，我一直把這塊手錶帶在我的身上。我見了手錶，就似見了我的桑傑卓瑪，可我還是終於忍不住用它換了兩個土豆吃到了肚子裏。

我不知桑傑卓瑪現在生活得怎麼樣？但憑我的預感，她一定生活得很苦。

換土豆的那天，在夕陽的餘暉下我看到眼前的沙漠竟是那麼美，黃黃的沙浪上一道一道的波紋，那波紋鬼斧神工好似出自一個藝術家之手，美得令人揪心。那波紋是被風吹下的一道一道規整的紋飾，如少女飄拂的秀髮，似牧歌動聽的旋律。我本來不忍心踩壞沙漠的紋飾，可我晃晃悠悠的身子已飄飄然，身不由己地去破壞大自然的藝術傑作。

我此時大腦開始發木，心裏有點害怕。原來我從不這樣，是不是死亡已向我悄悄逼近。

這些日子雷燕怎麼沒有來，是不是她也出事了？

就在我這麼胡思亂想的時候，我突然看見雷燕匆匆向我走來。

她是到我宿舍後，發現我不在，才趕出來的。

她在很遠處就大聲地喊我，楊鵬，你到哪裡去了？她的話語中有明顯的不安。

我說，我到村上去了。

她說，又拿東西換吃的去了？

我沒吭聲。

她說，再別去找那些農民了，那些人狡詐、自私、貪婪，看我們到了死亡的邊緣，敲詐、欺騙走了我們多少東西。

她說著朝四下裏望了望，敏捷地從懷裏取出一包麵粉，塞到了我的懷裏，然後趕快往另一條路上匆匆走去。

第十一章

那是八月二日，天氣格外的晴朗。夾邊溝這地方一晴起來天格外的藍，萬里無雲，就像天上掛了一塊巨大的幕布。盛夏時節陽光無遮無掩地灑下來，空氣裏冒著火，曬得整個沙漠焦乾、滾熱，人走在沙地上，隔著鞋腳都有點發燙。

這天，我們基建隊和農業隊一起收割、翻地。我的頭上滴著汗，可鐵鍁還是不停地朝地下猛踏。麥子地裏套種了胡蘿蔔，翻出來一個，我揀起來往蘿蔔堆上扔去。望著那一個個水靈靈的胡蘿蔔，我的口水從嘴裏掉了出來。

夏收後，我們的飯裏面多了點蔬菜，但湯飯裏澱粉還是稀少，我見了胡蘿蔔肚子「咕嚕嚕」地直響。

我趁趙耀祖不注意，用腳將一個胡蘿蔔撥了一下，用蘿蔔纓子將蘿蔔一擦就放進了嘴裏，「哢嚓，哢嚓」幾口就吞進了肚裏。

當我把第二個胡蘿蔔拿到手裏時，只見趙耀祖猛轉身朝我走了過來。

我見事已暴露，一不作二不休，乾脆將胡蘿蔔放進嘴裏吞了下去。

趙耀祖從腰間抽出皮帶，沒頭沒腦地向我打來。

我用手一擋，皮帶的銅環子就正好打在了我的頭上。我只覺頭上一陣鑽心的疼痛，用手一抹，滿手鮮血。然而，趙耀祖的皮帶還在我身上瘋狂地抽打著。

我當時不知怎麼火一下壓不住了。我說，我不活了。順手提起一把鐵鍬，就舉了起來。

賴世俊一把抓住了我的手，奪下鐵鍬。然後衝著趙耀祖說道，你要的什麼威風，你打，你朝老子這兒打。說著，賴世俊摘掉帽子迎了上去。

趙耀祖知道我和賴世俊都是行伍出身，逼急了也不是好惹的，轉身就離開了現場。

就在這時，我突然看見了桑傑卓瑪。

這是在夢中，還是真的？她怎麼能在這裏？我又驚又喜不知說什麼是好。

賴世俊用他的毛巾把我的頭紮了紮，我衝著桑傑卓瑪就跑了過去。

桑傑卓瑪穿著藏家人的皮袍，頭上戴著一朵花。她看見我一下大哭了起來。

她哭了一會兒，兩手撫著我的臉說道，楊縣長，你怎麼瘦成這樣了呀？她從她的身上取出一個小葫蘆，倒出一點藥末撒在了我的傷口上。

我知道這是藏家人隨身帶的一種藏藥，專治跌打損傷，還有殺菌止血的奇特療效。

她見我皮包骨頭完全沒了人樣，又哭了起來。

我說，再別哭了，我們說一會兒話吧。

她取下給我背來的炒麵，解下小木碗和水壺，很快地給我捏了一個小糌粑。

我一連吃了五個小糌粑。

她說，再不能吃了，再吃會撐壞的。

我用舌頭舔了一下嘴唇，給賴世俊招了一下手。

賴世俊走了過來。

我對桑傑卓瑪說，這是賴大哥，你也給他捏幾個小糌粑。

賴世俊說，不了，不了，這些炒麵拿來的也不容易，你留著自己吃吧。

我說，拿來的再不容易，有我的也就有你的。

桑傑卓瑪很快給賴世俊也捏了一個大大的糌粑。

賴世俊也不客氣，拿上糌粑就塞進了嘴裏。然後，轉身又往地裏走去。

你現在怎麼生活著呢？我輕輕地摸著她的手問道。

她將頭低了下去，說道，你走後千戶老爺就讓我從老院搬了出來，現在我住在縣城邊上。

這個千戶太不夠意思，過去我對他的情他一點不記，對你也太過分了。

過了一會我接著說道，你怎麼找到這裏來的？

她說，我拿著你的信，一路問著來的。我要接你回去呢。

我說，場裏不會讓我走的。

她說，我找你們場長說去。

我知道她倔強的脾氣，給她解釋是不會聽的。

這晚，桑傑卓瑪就住在了雷燕那裏。

第二天一早，桑傑卓瑪就去了場部。

桑傑卓瑪對劉宏說，劉場長，你把我的人給我，我要把他接回去。

劉宏、白鑫幾個人就望著她笑了。

有幾個管教說，這是不可能的，楊鵬他還在勞教改造呢。

她說，我的楊縣長在這裏要餓死的，求求你們了，你們就行個好吧。她用一種很生硬的漢話說著，惹得人們哈哈大笑。

這話引起了白鑫的反感。

白書記說，這裏上千人不怕餓死，就把你的楊縣長餓死呢。

她說，這裏不是已經餓死了很多人嗎？我就要帶我的楊縣長回去。

白書記聽到這話惱羞成怒，拍著桌子說，你們這些反革命還這麼倡狂，你不要造謠惑眾，哪裡不病死人，這幾千人的農場，死個幾百人是很正常的事嘛。

說著，他讓趙耀祖幾個人把桑傑卓瑪從場部拖了出去。

桑傑卓瑪從場部回來後，她說她不回去了，她要陪著我。

我說，你先回去，在這裏你也會餓壞的。

她說，要死也讓我們一起死，看你都成了什麼樣子。

我撫摸著她的頭髮說道，聽話，回去後，堅強地生活，我不會死的，我會回來的。

她聽到我的話，抱住我大哭了起來。

多少個日日夜夜裏，她時時盼著與她的楊縣長相見，相見後又要一個人匆匆離去。

我說，你記得我來夾邊溝時給你說的話嗎？

她說，你說的話多了，不知道是哪句話？

我說，我從夾邊溝出來我們就去放羊，到大草原上去放羊。我們還要有我們的孩子。

她眼淚汪汪地說，你要好好地愛護身體，過一段時間我還會來看你。

我說，你放心走吧。

她聽到我的話，撲到我身上一陣大哭，我將她慢慢推開，她才沿著來路走了。

桑傑卓瑪走後，我一連揑了十個炒麵娃娃吃了下去。

吃下去後不長時間，我覺得胃裏脹得不成了，就抱著肚子在鋪上打開了滾。

賴世俊一看我這個樣子，趕快扳開我的嘴用指頭摳我的嗓子眼。

他這一摳，我就「哇，哇，哇」地吐了起來。

高泉過來趕快將臉盆放在了我的面前。

我對高泉這個年輕人非常厭惡，他從食堂被精簡後原到了我們這裏，我一直不願理他，這時他熱情地為我接吐下的穢物，我還是感激地看了他一眼。

我這一吐，胃裏一下好受多了。

賴世俊說，再不敢這麼吃了，我們現在胃都薄得像一張紙，弄不好會撐死人的。

我看高泉還端著我吐出來的污穢物。

我說，拿來我去倒。

高泉說，你躺著，我倒去吧。說著，他端著臉盆就匆匆走了出去。

過了一會，我感到肚子有點疼，提著褲子就去解手。出了門，我往廁所走去。突然，我看見高泉端著我吐出的汙物，正用手往嘴裏扒著吃。

我說，小高——。

高泉這時已將盆子裏的汙物吃完，見我喊，他端起臉盆就用舌頭舔了起來。我過去從高泉手上一把搶下臉盆。

我說，你怎麼能吃這個？

高泉說，我不吃這個吃啥？

聽到這話我心裏一陣酸楚，我把他拉到懷裏說道，我的好兄弟啊！

他聽到我的話，大哭了起來。

我們倆個就這樣緊緊地相擁著，我哭一會，他嚎一會，整個兒哭成了淚人兒。多少年來無數次磨難我沒有掉過一滴眼淚，可我今天哭了，哭得昏天黑地，哭得雷鳴電閃。

高泉說，楊大哥，人們把我看成了特務、奸細，看成了沒有了骨頭的小人，你想想，我不聽管教的話，他們會打我罵我，不給我飯吃，他們會變著法兒收拾我，我沒有辦法呀！

我說，小高，別哭，大哥不怪你，他們說右派就是反動派，他們要讓我們死呢，我知道這也是把人逼著沒了辦法呀。

一九六零年九月下旬，夾邊溝這地方白日裏還是酷熱難耐，然而，到了晚上卻已冷風簌簌。這裏雖然沒有「早穿棉襖午穿紗，圍著火爐吃西瓜」，可白日與晚間的溫差已經相差一二十度。一天下午，場裏突然召開全場大會，傳達上級指示：為了繼續高舉總路線、大躍進、人民公社三面紅旗的旗幟，鼓足幹勁，力爭上游，充分發揮社會主義一大二公的優越性，張掖地委根據甘肅省委的指示提出開荒一百萬畝，再建國營農場十二處。由這個計畫，張掖地委決定加快迎豐渠建設的步伐，從黑河總口引水，把水引到甘肅高臺縣明水灘，聯合酒泉地區的十一個農場，開辦一個五十萬畝的大農場。讓它成為共產主義的基地，成為甘肅的一個米糧倉，以便甘肅在糧食問題上完全自給自足。

夾邊溝農場土地貧瘠，且鹽鹼化程度嚴重，農場的收成根本無法自給。過去五百多犯人時，還要上級撥給糧食，現在一下子來了三千多人，但還要打腫了臉充胖子，欺上瞞下，可總不能讓一場的人完全死去。但是，明水荒灘土層厚，地下水豐富，而且為開發明水灘正在修建迎豐渠，所以，省勞改局傳達省委的決定後，夾邊溝農場領導異常興奮，馬上決定提前把犯人拉到高臺縣明水河，為明年的生產早做準備。在這次大會上劉宏扯著嗓門大聲說，除去老弱病殘者外，全部轉移到高臺縣的明水灘去。

突然的消息，人們不知是福是禍，可人們想，要離開夾邊溝了，大家都有點興奮。這個說，趕快走，趕快走，人挪活，樹挪死，夾邊溝這地方不是人待的地方。那個說，換個地方也好，到哪裡也比夾邊溝這鬼地方強。

會一開完，薛榮就跑到了場部，去找劉宏。

薛榮說，場長，把我留下吧。

劉宏說，誰不想留下，可這是上面的指示，要開墾一個五十萬畝土地的大型農場。你在這裏是種樹治沙，到那裏去後還可以種樹治沙嘛。那可是一個集工、農、商、學、兵為一體的共產主義的大學校，你的才能在那裏會得到更好的發揮。我們場裏原先不是給你提供過一些樹苗，還向上級推薦，幫你發表論文，今後我們還會幫助支持你的。

薛榮說，試驗才進行了一半，我一走就會半途而廢，又要重新開始。

劉宏說，薛榮，你把你的身份掂量清楚，你在這裏是進行勞教，不是讓你來吃宴席的。原先我們就對你夠照顧的了，你看這裏哪一個人我們讓隨便出過場部，哪一個右派的論文能在外面發表，多少人因為這還對我有意見，可我一直堅持讓你搞實驗、寫論文。這次要連鍋端，管教們都走了，怎麼能讓你一個年輕人待在這裏？

薛榮聽到這話，知道要留是不可能的。他一個人來到了沙窩子裏，他摸著那一株株的紅沙柳哭了。他說，我的小寶寶，你們就待在這裏吧，好好地愛護自己，過段時間我還會來看你們的。於是，他往這株紅沙柳跟前培點土，又跑過去往那叢紅沙柳的根部填點沙。一直到太陽落山時他才一個人慢慢地走了回來。

回來後，他看見我們都很興奮，就說，你們以為到明水去是好事嗎？

馬豐說，在火車路邊上總比這沙漠邊緣好。

馬豐是上海人，人長得細白嫩皮，雖然腿有點毛病，可是腦子特別靈，畫著一手好畫，寫著一筆好字，說起話來兩個眼睛滴溜溜地轉。他的普通話夾上海音的一番議論還沒說完，薛榮就接上了。

薛榮說道，眼看就要入冬了，隨便換營盤犯得是兵家大忌。

薛榮平時說話高一句低一句，我們把這話都沒當一會事。

我想，夾邊溝我們待了兩年多，這兩年多來條件一天比一天惡劣，吃的越來越少，口糧已經降到了每月二十斤，到了這個份上，它還能降到哪裡？不至於把我們全部餓死吧。換個地方或許國家會給撥糧的。

第二天，冉冉升起的太陽掛在沙漠的東邊，紅的光如血一般染遍了整個大地，點燃的沙漠似噴著熊熊的火焰。人們待到十點才開始到食堂打飯。

今天吃飯不限量，我們歡喜地拿上飯盆就往食堂跑，整個通往食堂的路上人來人往。右派們早上用臉盆洗臉，吃飯時用臉盆吃飯，晚上又用這個臉盆來大小便。由於臉盆大，這樣吃飯時就不會浪費掉一星半點的飯湯米渣。

賴世俊一連打了三臉盆。他打來一盆，倒在桶裏又去打。他一個人住在一間小屋，將菜湯倒在桶裏進行沉澱，過了一會兒倒掉上面的清水，下面整個兒沉澱了三大碗菜葉米粒。

我喝完半盆菜湯，又往食堂跑，只見跪著的、爬著的、抱著一根棍慢慢挪著的，往日裏躺倒的病人，今日裏都鼓足勁來往食堂趕。

農業隊的齊光平時只能用膝蓋跪著慢慢往前走，今天他用手撐著地飛快地往前挪，是那樣的敏捷麻利。

快到食堂，前面去的人返回說道，沒有了。

我還不死心，和很多人站在食堂門上等著，等了一會兒看再沒希望了，才悻悻地往宿舍回來。

這時，只見賴世俊向我招手，我就走了過去。

賴世俊說，吃上點。

他指著桌子上的半碗菜葉米粒向我說道。

這時，就聽人喊，快收拾行李要上車了。

我端起賴世俊的半碗菜葉，幾口吃了下去，然後趕快去收拾行李。

我沒有多少東西，就是平時換得幾件破衣裳和爛被褥。

我們這些走不動路的分乘酒泉勞改局派來的幾輛卡車，而能走動路的都是排上隊了往明水走。卡車一直把我們拉到了酒泉火車站去乘火車。

在汽車上賴世俊悄悄對我說道，找機會跑。

我說，這麼長時間都熬過來了，跑不掉讓抓回來不是罪上加罪嗎？

楊鵬，你快下決心，你再不下決心我就一個人走了。賴世俊焦急地對我說道。你走吧。我不急不忙地對他說。

上了火車後，賴世俊又說，我這個隊長也不能當了，再當我這條命也要搭到這裏呢。

他說，我還是勸你，能跑就跑。

但我沒有聽他的勸告。

就這樣我們錯過了幾次逃跑的機會。晚上十點鐘，我們到達了高臺縣明水河火車站。

在中國很多地方，越是缺水沒水，地名就起得越好聽，這些地名裏都包含著人們的一種嚮往，都有個水字。這裏叫明水，是因為明水大河農場東邊有一條百多米寬的明水河。明水河徒有虛名，只有不深的河道，平日裏連一滴水也沒有，只有到了九月份的雨季，祁連山的峽谷裏流出來的洪水捲著泥沙，奔騰而下時，它才成了一條放蕩不羈的河流。明水大河農場實際上就是由夾邊溝農場能走動的勞教犯人組成的，這裏是光禿禿的一片荒灘。從祁連山下來是戈壁灘，戈壁灘往下是溝壑交錯的荒地和連綿起伏的沙漠，由夾邊溝來的將近二千多名右派，將山洪沖出的兩道山水溝因地制宜在溝坎壁上挖出了一個個洞穴和搭起了一些地窩子，西溝比東溝深，挖的洞穴就大些。

西溝和東溝相距一百多米，周圍都是大白土地，土層很厚，溝邊被水沖刷出一個一個的土彎子，勞教犯人們在上面放上樹枝，蓋上草，壓上土，就成了簡易的地窩子。地窩子冬暖夏涼，是一種保暖屋子。這種保暖屋子在大西北風沙頻繁的地方很為適宜。犯人們還在土坎下面掏挖了一個一個的洞穴，這些洞穴很像農家院裏直窖下面的旁洞，洞穴有睡一兩個人的，也有能睡五六個人的，大小不一，鑽進洞，先是一道擋雨水的土坎，再往裏面鋪上草，人就睡在上面。到這裏後的第三天，我站在溝沿上往下看，地窩子大小不一，洞穴口上都掛著草簾子或是破棉絮，像是饑荒年間逃難到此地的一個難民宿地。這時，昏沉陰暗的天下面漂浮著幾縷青煙，才顯出這裏還有一點點生氣，說明這裏還住著一些有兩條腿的高級動物。

初來乍到我們並沒有感覺到與夾邊溝有什麼不同，吃的還是每月二十斤的定量，只是穴居在溝裏比夾邊溝的房子破爛多了。夾邊溝場部看起來還像一個堡子，裏面還有四合院，除了泥房外，場裏還有瓦房，而在這荒灘戈壁上，從地窩子、洞穴裏爬出來，只能聽到颯颯的風聲，到了晚上躺在草鋪上還能看到天上閃爍的星星。

我躺在鋪上想，一定要堅持活下去，一定要堂堂正正走出去。夾邊溝那麼苦，我還不是活過來了嗎？

可是，賴世俊卻從明水這裏的條件，看出了形勢的嚴峻。他悄悄對我說，這地方不餓死，也要把人活活凍死的。他說這話時神情黯然，嘴唇焦巴巴的。

黨和政府總不能看著我們全餓死吧。我說道。

他說，你呀，太老實，對上面還抱這麼大的幻想。我有一個預感，再不想辦法，怕是我們在這裏過不去的。

他的話使我打了一個寒顫，在我的心裏留下了一道抹不去的陰影。

我突然有點後悔。我想，在路上賴世俊讓跑，我為什麼不跑呢？如若把命送在這裏，我怎麼去見我的桑傑卓瑪。

晚上，月亮升上來了，夜色變得灰黑而淒涼，我走出洞穴去撒尿，溝裏的風呼呼地吼著，雖然是九月天氣，但在這空曠的夜晚還是透著陣陣的寒氣。

山溝裏不時有一兩聲狼叫，淒慘的哀嚎在我周身不時激起一身雞皮疙瘩，使我感到更加孤獨、徬徨。

第十二章

到明水的第六天，場裏一部分人繼續修整地窩子、洞穴，大部分人則到周圍去燒荒整地。另外，在我們前面已有一百多人去了臨澤縣挖渠，要將原來斷斷續續沒有挖成的迎豐渠與張掖的黑河連接起來，引來黑河的水澆灌這未被開墾的五十萬畝土地。

賴世俊領著我和薛榮等七八個右派去燒荒整地。我已經浮腫，成天臉虛泡泡的，皮膚不像自己的，腿出奇的沉，拉不動，抬不起，此時竟連一個十公分的土坎也上不去。我們點起熊熊的蒿草，大火沖天，煙霧彌漫在整個戈壁灘上。當火燒起來後，我們有的蜷縮在低凹處，有的斜躺在山坡上。這時，我們都很疲憊，饑腸轆轆，我們已無法長時間站在地裏幹活。

這時，我突然看到了雷燕。雷燕和幾個女右派在幾間草房跟前正忙著打水、洗菜。

雷燕隔著溝也看見了我。

她站起來從溝對面向我招了招手，一邊整著衣裳，一邊走了過來。雷燕一見我，就捧著我的臉說道，怎麼又瘦了？

我沒有吭聲。我望了一下天，天空陰暗灰濛，滾滾的濃煙壓著地面往山坡上爬。

雷燕見我眼窩深陷瘦削的面孔，心中一陣酸楚，她撫摩著我的面頰，眼淚流了下來。幾天不見你怎麼變成了這個樣子。雷燕眼睛裏汪著淚水，哽咽著說道。

我無話可說。我感到有點虛弱，虛汗從我的頭上流了下來。

我趕快蹲了下去。

雷燕把我扶著放到了地上。

我只覺眼前一黑，接著兩耳「轟轟」地響了起來，到處是一片紅暈。

雷燕搖著我的膀子，大聲喊道，楊鵬你怎麼了？

這時，趙耀祖走了過來。

趙股長，楊鵬都成了這個樣子，你們還讓他勞動，這不把人做死嘛？雷燕衝著趙耀祖說道。

趙耀祖說，楊鵬是人家賴隊長的人，人家領著幹活我管不著。

雷燕在夾邊溝人緣好，樂於助人，而且在大是大非面前敢於說話，所以，她在趙耀祖跟前說話才敢這般放肆。

趙耀祖從小在鄉間是個孤兒，遊蕩要飯身上沾染了很多流氓習氣，解放後被政府收養安排了工作，就因為家庭出身好，到了夾邊溝很快被提拔成了股長，但身上的流氓習氣一點沒有變。別看他在我們男犯人跟前豎鼻子瞪眼凶得很，可他在這些氣質不凡的女右派跟前卻色迷迷的。尤其他在雷燕身上沾過光，這時就討好地說，現在人們肚子都吃不飽，都是這個樣，坐一會喝點開水就好了。你們坐著，我叫薛榮端些開水去。

說著，他對正在地頭拔燒草蒿子的薛榮喊，薛榮，端一缸子開水去。

薛榮直了直腰，就向地邊走去。

我接過薛榮端來的開水，喝了幾口，坐了一會後才覺得身上好了點。

我說，人都餓成這個樣子，再幹什麼活呢？我這話是說給趙耀祖聽的。

夾邊溝農場的領導為了要積極搶頭功，把我們這些在死亡線上掙扎的右派拉到了這荒漠貧瘠的乾旱地上。他們為了迎合上面的意圖，搞出成績，虛報產量，不要國家的一顆糧；為了建功立業飛黃騰達，根本不考慮犯人們的死活。在他們的眼裏，這些右派還不如一隻狗，階級敵人嘛，死上個百兒八十算不了什麼，現在又不是夾邊溝一個地方死人，勞動人民不也在死嗎？

我已是死豬不怕開水燙了。我說，趙股長你別假惺惺的了，我死了你不是才高興，心裏不才快活？

趙耀祖此時也不想多說什麼，鼻子一「哼」轉身就走了開來。

楊鵬，你好些了沒有？雷燕撫摸著我的臉說道。

我說，好得多了。

你等著，我給你找點吃的去。

我沒吭聲，只是朝她看了一眼。

雷燕去了伙房。她不一會兒到我跟前來，掏出一個菜團子。

我望著雷燕手中的菜團子，身上一下來了精神。我從她手中接過菜團子，不待她讓我，我已經塞進了嘴裏。

雷燕看著我一口吞下了菜團子，心裏顫抖著，眼裏又浸出了淚花花。她想，這楊鵬原先在宣傳隊時身體多好，又那麼活潑，饑餓怎麼把人變成了這個樣子。

一個菜團子下肚，一下勾起了我的食慾，我貪婪地又往雷燕的手上望了一眼。

雷燕說，以後每天下午你就到這裏來，我給你送點吃的，不然你會完全垮的。

我低下了頭。我想，我來夾邊溝後多虧了桑傑卓瑪和雷燕這兩個女人。難道我真的要這樣倒下去了嗎？

雷燕好似看出了我的心思。她說，你在精神上絕對不能垮，你一定要活著出去，為了你的桑傑卓瑪你也要活著出去。

雷燕看了一眼遠處來回走動的趙耀祖，悄悄對我說道，瞅機會跑，趕快離開這裏，不然你活不出去。

我聽到她的話深情地望著她的眼睛，一雙黑葡萄般的眼睛，這裏有多少善良和聰慧。我真佩服她的膽識，我們這些堂堂鬚眉真不如她一個女流之輩。

雷燕抓住我的手說道，拿出男子漢的勇氣來，一定要活著出去。

我何曾不想活著出去，可我沒有辦法從這裏離開。我望了一眼對面遊走的幾個管教，他們都帶著槍，還有騎著馬在四周巡邏的管教，誰要越雷池半步，他們就會把你抓回來，五花大綁像一隻雞一樣將你扔在沙地上。我知道我們這些右派在這裏的價值，每天都有那麼多的人死去，竟沒有使這些人產生憐憫和感到絲毫的震驚，他們麻木了，他們的心已經完全冷酷了，因為在他們的心裏為了達到革命的目的，用怎樣的手段消滅反動派都是一個道理，所以他們才在這冷月寒天將我們帶到了這荒溝野灘裏。

我對雷燕說，我已經跑不出去了。

雷燕把眼睛一瞪說道，我原先瞎了眼睛，沒有想到你是這麼一個沒有骨氣的男人，你就捨得下你的桑傑卓瑪？我聽了雷燕的話，心裏又是一驚。

桑傑卓瑪，我一定要活著出去，我要帶你浪跡天涯。

雷燕聽了我的話流出了兩行淚來，在陽光的照耀下閃著燦燦的光輝。她把頭往後轉了過去，我一把將她拉到懷裏，趁遠處的管教不注意，在她臉上狠狠地親了一口。

她把我輕輕一推，甩著她頭上的兩個小羊角辮朝對面的伙房跑去。

這天我回到洞穴，想到雷燕的話，我心裏重新燃起了對生活的希望。人的生命只有一次，不能只為自己活著，多少親人、友人、戀人都在想著我們，我們的生命是屬於他們的，是屬於國家的。多少事業還在等著我，桑傑卓瑪還在等著我，我一定要活著出去。

想辦法逃跑，再也不能對任何人抱有幻想，絕不能在這裏等待死神向自己走來。由於有了目標，我開始有意無意地打聽這裏離火車站有多遠，在明水附近有哪些火車站，我也問那些被抓回來的人，他們為什麼逃跑沒有成功。

夾邊溝農場連鍋端到明水後，夾邊溝只留下了不多的一些重病號。所以，醫務所的人也分成了兩部分，夾邊溝留了四個大夫，另外八個大夫跟著李湘義到了明水。明水醫務所就在場部跟前幾間依溝而挖的地窩子裏。靠西的三間是病房，中間是幾個大夫的辦公室，另外一間是倉庫，李湘義一個人住在靠東邊的一間地窩子裏。

傅玄在夾邊溝就給我說過，李所長在吃人呢。

我當時想，李湘義是場長的大紅人，白白胖胖，他怎麼能吃人呢？我當時沒有明白傅玄這話到底是什麼意思。

到了明水後的一天，犯人們私下議論紛紛，醫務所被人偷了。

人們馬上想到了傅玄。可管教們搜查傅玄的鋪和行李，什麼也沒有找到，來人數腳步，數傅玄的腳步，管教們也抓不住任何把柄是傅玄偷的。

但我聽到這個消息後，心想，肯定是傅玄幹的。

那天，天還是那麼灰濛清冷，明水溝裏刮著冷颼颼的風。早上起來我就約傅玄去捋草籽，我問傅玄，這事是不是你幹的？

傅玄朝四周看了看說道，是我幹的。

我猜就是你幹的。

不偷李湘義這個吃人狼，還去偷誰？傅玄挺著脖子說道。

說著，他把我領到一道洪水沖刷的淺水溝裏，從一個小洞裏掏出土塊，然後一下拿出一堆大羅馬錶和好多錢和糧票。

我見到這麼多的東西，「啊「地叫了一聲。

這狗日的哪來這麼多錢和手錶？

這個王八蛋從死人身上扒的。

我說，這錢和大羅馬錶你敢用嗎？

你放心，李湘義這狗雜種他啞巴吃黃連，他不敢說丟了什麼東西。

傅玄接著說，我偷了他這麼多東西，可他只說是門被撬了，丟了什麼東西他沒敢對人說。不是張大大發現我把門撬了，他連這案子都不敢報。

他給了我一百塊錢。說，拿上花去。

我說，我不敢。

他說，這又不是他的錢和東西，全是那些病死了的犯人們的。

他告訴我，李湘義為什麼那麼喜歡醫院送來病人，就是因為犯人們死了後，身上的錢和東西，都讓這個王八蛋鎖到他自己的抽屜裏了。有些人還沒斷氣，他就等不及了，從奄奄一息的右派口袋裏搜東西。

我想，這世界怎麼變成了這樣？平日裏，犯人們的親人寄來錢糧，被管教半路卡了去；食堂管理員又要從犯人們的嘴裏扣飯菜；犯人們死了，他們留下的貴重物品、錢和糧票，又被這個人面獸心的李湘義扒了去。我們這些右派怎麼能不死呢？有這麼多惡魔吸我們的血，榨我們的油，可我們竟連維持自己生命最基本的營養也得不到。

傅玄告訴我，去年李湘義管著一個病人，這病人臨死時望著李湘義不閉眼睛，似有許多話要說。李湘義過去問道，你還有什麼話要說嗎？那個病人就輕輕招了一下手。李湘義就把頭伸了過去。只見那病人用盡自己全身力氣搧了他一個耳光，打完後那病人就死了。

原來，這病人的一個訂親金戒指被李湘義摘了去，李湘義以為這病人昏迷著不知道，實際上這病人在朦朦朧朧中對此早有感覺。

傅玄說了這話，我就把他給我的錢裝了起來。我想，等我哪天跑出去後，這錢說不定還有大用處呢。

第十三章

我們到明水剛挖好洞穴蓋好地窩子，場裏突然宣佈每人每月的口糧降到了十四斤，也就是每人每天只能吃到十六兩一斤秤的七兩原糧。這個消息猶如晴天一聲霹靂，將夾邊溝在死亡線上掙扎的這些右派們驚得目瞪口呆！我望著賴世俊黑煞的臉說道，這不是要活殺我們嗎？我突然想到劉宏在一次全場大會上的講話，列寧說，為了達到目的可以不擇一切手段。此時，我倒吸一口冷氣，我有了一種不祥的感覺。

賴世俊雖則每頓比我們稍微多吃一點，但也好不了多少。他說，每月二十斤口糧，天天都大量死人，每月十四斤，這不是讓我們都要死在這個荒灘上嗎？

場裏知道犯人們已無法勞動，也沒了辦法，乾脆由著人們在洞穴和地窩子裏躺著。這天，天氣很好，我和賴世俊就去挖黃老鼠洞。這是一種體色如黃土，短尾尖耳的鼠類，它們把從倉庫、食堂或田野裏的糧食儲存到洞裏，準備過冬。當我們找見黃老鼠的洞，必須一氣挖到底，否則，它們就將存在洞內的糧食很快轉移到其他地方去了。

今天運氣好，我們沒走多遠就發現了一個洞。我和賴世俊輪換著挖。不一會兒就挖到了老鼠的寢穴。我知道它的倉庫已經不遠了，於是，我們又往下挖，忽然，我們看到了一條暗溝。賴世俊說，這是黃老鼠倉庫的排水溝，倉庫應在這上面。

我們就又從邊上挖了幾下。果然，黃澄澄的麥子就流了出來。我們把麥子捧到袋子裏，一下裝了五六斤。

這天我們共挖了三個洞，差不多挖了十斤糧食，還打死了一隻黃老鼠。

我們很興奮，可我們不敢聲張，一聲張別的犯人就會來要來偷。黃老鼠肉我們當時就燒著吃了，糧食我們則悄悄拿了回來。

第二天一早，我們起來剛想再去挖黃老鼠洞，不知誰喊了一聲，馬豐被抓回來了。我往外面一看，馬豐被幾個管教五花大綁捆著。

馬豐是聽到昨天的宣佈後逃跑的。他踏著月光一步一步艱難地往明水河火車站走，明水河車站，雖然離我們住的山水溝不過十來里路，可對於餓垮了的馬豐來說，卻似有百里之遙。

他走得太慢了，因為身上的力氣已經耗盡，他是被一種強烈的求生欲望支撐著往前走的。

快到明水河車站時，東方已經發白，他突然聽到後面有拖拉機的聲音。他想躲一躲，可是四周空蕩蕩的沒有一點遮掩。

於是，他就坐了下來。

拖拉機上下來了幾個人，這幾個人是從山水溝過來到火車站拉糧食的。他們認出了馬豐，這不是給史老頭畫過棺材的畫家嗎？

這裏面的一個管教說，你在這裏做啥著呢？

馬豐躺了下來說道，我走不動路了。

那位管教說，走不動路到這裏做啥來了？

馬豐說，大哥放了我吧。

馬豐說著給那個比他年輕的管教跪了下去。

然而，這些人的心已經黑了，右派就是反動派和階級鬥爭的說教使得這些人見了右派就恨得咬牙切齒。他們天天見著死人，天天看著這些右派像一些順從的羊一樣任人宰割。他們同情誰呢？這裏誰都需要讓人同情。他們這些管教只是比右派們活泛了一點，到火車站每次可以買點吃的，但還是吃不飽肚子，他們的腿子也已經浮腫了。管教說，你上來吧，我也不打你。

馬豐就上去了。

到了農場跟前那個管教才把他捆了起來。

捆了的馬豐很虛弱，頭偏在一邊，眼泡腫得瞇在一起，臉如一塊變了色的豬肝。

我走過去問那個管教，這時候了怎麼還捆人？

那個管教說道，他逃跑了。

我說，他不跑，在這裏等著餓死嗎？此時的我們都在陰陽界上徘徊，不像以前那麼害怕管教了。

那個管教沒有理我們，逕直向場部走去。

場裏一看馬豐已成了半死不活的人了，很快就將他放了回來。

放回來的馬豐被人抬進了洞穴，我們趕快給他遞過去了一杯子開水，他搖了搖頭沒喝。

我和傅玄用熱毛巾敷了敷馬豐的胳膊。

傅玄說，到這時候了還捆人，這狗日的們要讓我們死完呢。

馬豐聽到此話睜開眼睛說道，我勸你倆人對上面再不能抱什麼希望了，能跑就跑，這幫畜生要把我們活活整死呢。

馬豐說著又把嘴咧了一下，我看他的胳膊整個兒腫了起來。

我把開水端到他的嘴跟前，給他一勺一勺地往嘴裏舀。

馬豐張著嘴不斷地把水喝了進去。

他微微睜開眼睛說道，我想我的媽媽。說這話時，他的眼淚似決了口的閘門嘩啦啦流了出來。

我知道這些在死亡線上掙扎的人，一閒下來就會想到自己的親人。以往的日子裏東奔西跑忙忙碌碌，在這彌留之際，多麼想見一見自己最親最親的親人。

馬豐這一說，我也想起了我的媽媽。媽媽雖然沒有文化，可她是一個非常善良的好人。

媽媽經常教育我對人要寬容，這話不知她給我說過多少遍。我說，媽媽我會這樣的，請您放心。媽媽每次聽到我的話，臉上就會露出慈祥的笑容。馬豐說，支援大西北我是自己瞞著家人報名來的，媽媽就我一個孩子，當時死活不同意，可我沒有聽媽媽的話。我從生下來就這麼一次沒聽媽媽的話，就使我要永遠地離開媽媽了。

馬豐說完這句話停了停，接著說道，他們要讓我們死，我們偏要活著出去。我的傷好了，我還要跑，你們倆人也要跑，不能在這裏等死。

傅玄說，不管怎麼說，首先要有吃的，像這樣沒吃的放開讓你跑，你也跑不出去。

說起吃的我們都低下了頭。自從場裏宣佈每人每月十四斤口糧後，人們再也沒有出工。一是每天死亡的人數已增加到了二三十人，場領導對右派這樣急驟地死亡，也有點害怕；二是右派們聽到口糧下降到了每人每天不足半斤，對前途已完全失去了信心。加之天氣越來越冷，這些饑寒交迫的人們躺在洞穴和地窩子裏，身體和精神整個兒垮了。由希望到失望，再由失望到徹底的絕望，夾邊溝還有一口氣的勞教犯們都靜靜地躺在地窩子和洞穴裏。

冬天漸漸到來了，寒冷的河西走廊這時已經滴水成冰，風兒像一個無頭的蒼蠅「嗚嗚嗚」地在曠野上亂跑。

人們都靜靜地躺著，像一盞快熬乾了的油燈，「撲嗤，撲嗤」地閃著一息殘淡的微光。

我和賴世俊還是到山水溝裏去挖黃老鼠洞。挖了幾天就挖不上糧食了，原來很多人都去挖糧食，黃老鼠們聞風而逃不知轉移到了什麼新的地方。

這天，我們走回洞穴，心裏都很沮喪，好不容易找了一個從黃老鼠嘴裏搶食的門道，沒過幾天這條道又斷了。這時候，有錢無處使。我裝著傅玄給我的一百元錢，在整個山水溝買不到一星半點的糧食。然而，我並沒有死心，自從雷燕痛罵了我之後，我再沒有失去過對生活的信心。我悄悄地在心裏說道，為了我的桑傑卓瑪，我也一定要活著出去。我知道，一個人只要心不死，他就有活下去的希望，但是，如果人不死，心卻死了，他肯定不會從這裏活著出去。我對賴世俊說，老賴，沒關係，明天我們再去找吃的，我相信天無絕人之路。

雷燕出事了！雷燕出事了！

我在夢中突然聽到了溝坡上人們的喊叫聲，我一骨碌翻起來就往洞門外跑了出去。太陽陰著臉望著山水溝裏穴居的人們，雖然已到了中午，出了門寒風仍然似刀子般割人的臉。只見幾個人抬著雷燕往場部的一輛拖拉機跑去。我隨著跑動的人群追了上去，只見雷燕的頭上血糊糊的，地上滴著血，人已經完全成了一個血人。

我撥開前面幾個人，把手也搭到了擔架下面。

到了拖拉機跟前，我們將擔架放到車廂裏面，我也隨人們跳了上去。

這時，只見趙耀祖叉著腰，指著我喊道，楊鵬，誰讓你去的？下來。

我望了望血糊糊的雷燕，對趙耀祖說道，讓我去吧。

趙耀祖想了想，知道這時候了也沒幾人願意去的，就對隨去的管教說，讓楊鵬去，把人送去後就隨拖拉機回來。

拖拉機載著雷燕奔馳在通往高臺縣城的公路上。這段路全是坑坑窪窪的土路，拖拉機上下顛簸，顛一下，雷燕就呻喚一聲，這一聲聲的呻喚似一根根針扎在我的心上。

我說，師傅開慢一點吧。

開拖拉機的這個師傅也是個右派。他說，開慢一點人就沒命了。於是，我就躺在車廂上，讓擔架頭部擔在我的身上。這樣，多了一點緩衝，雷燕的頭部就被顛得輕多了。我們把雷燕送到高臺縣醫院，趕快叫來醫生給予治療。

原來，昨晚雷燕往伙房搬菜有點著涼，加之這些日子來伙房的人們也喝著些菜糊糊，而她又將自己的菜團子給了我，所以，她今日到了灶房裏面就感到有點頭暈。

她在柴油磨麵機跟前上上下下忙碌著。到了中午，突然她感到眼前一黑，往前一栽頭髮就被捲了進去。機器捲著頭髮把她的頭猛地拉進皮帶裏，她只覺一陣扯心撕肺般的疼痛之後，剎時間就什麼也不知道了。

在醫院裏我大聲地喊著，雷燕你醒醒，你可別嚇唬我啊！

雷燕此時已完全昏了過去，任憑我大聲地呼喊，她好似沒有了一點反應。

大夫用鹽水輕輕給雷燕擦著頭上的血跡。只見雷燕的頭皮被頭髮整個兒扯了開來，紅紅的肉和著血水往外翻著，白生生的骨頭也被翻了出來。

雷燕一聲聲地呻吟著，那不斷的呻喚讓我的心在顫抖。

我捧著雷燕的臉，只見她慢慢地醒了過來，她見是我，委曲地流下了兩顆晶瑩的淚珠。

大夫看雷燕醒了過來，朝她笑了一下，然後把黑糊糊的藥膏塗到了她的頭上，纏上了一層厚厚的紗布。

這時的雷燕只剩下兩個眼睛不斷地閃動著，一個嘴巴露在外面。

我說，雷燕，不要著急，很快就會好的。

她說，楊鵬，我不要緊的，就是我給你連菜團子都送不上了。

我不知說什麼才好。我本想好好安慰她，沒想到她在這個時候還想著我。

雷燕問我，你的肝疼不疼？

我怎麼說呢？

夾邊溝的右派們十有八九都有肝炎，肝疼時經常使我汗如雨下，然而，我得的畢竟是一種慢性病，與雷燕所受的痛苦要差得遠了。

我說，雷燕，別管我。

雷燕把眼睛又閉了起來。

我看到她痛苦的樣子，坐在她身邊，緊緊抓著她的手。

這時，與我們一起來的那個管教說道，楊鵬，快走。我說，我再待一會不行嗎？不行。還有幾個人沒埋呢。

我朝窗外看了一眼，太陽已經偏西，天上一隻烏鴉正搧著翅膀從天上飛過，留下一串淒厲的叫聲。

我朝病床上的雷燕望去，她向我點了點頭。

楊鵬，你去吧，我能挺住。她對我笑了一下說道。我再沒說什麼，逕直向門外走去。

拖拉機把我們拉到山水溝上面的戈壁灘，這裏人們已將它稱為亂墳崗。遠處是祁連山，火車路就在不遠的地方。繞過一道沙梁，只見一個一個的小沙包，沙包下面埋的全是我的難友。這些難友都是來明水後，一個月來倒斃在這塊土地上的。

往東面不遠處放著十來具屍體。由於埋人的幾個人去送雷燕，這些死了的右派還放在這裏沒有掩埋。

我是被臨時抓了差到這裏來的。我看了看周圍的幾個人，他們都表情冷漠地望著這一具具屍體。

那個管教說，挖一個坑埋了算了。

可我們都不想讓他們睡得那麼擁擠。

挖坑的幾個人都像我一樣瘦弱無力。我們挖了好半天，才淺淺地在地上挖出一個坑來。

我們把屍體擺得很整齊，每個屍體之間都離開了一點距離。當我們在屍體上蓋上沙石，個個氣喘吁吁，無力地靠在沙丘上，仰望著天上已跳出的滿天星星。

我感到我的靈魂與肉體已若即若離。因為，我太累了，我的身體已不允許我送了雷燕又到這裏掩埋屍體。這時的我不僅僅全身無力，而且頭腦發癡。

我好像站在綿軟的白雲之上，望著遠處的祁連雪峰。我忽然覺得我吸納了天地宇宙之精氣，渾身增添了無窮無盡的力量，我如一匹撒韁的野馬在天地間自由地馳騁著。

我看見大個子劉作成在白雲上面比我跑得還快，他跑一會，揚起手來跳一下，然後是一陣瘋狂的大笑。我倆跑到了一處燈火輝煌的地方，只見地上花團錦簇，到處鶯歌燕舞。這時，一匹馬向我奔來，我縱身躍到馬上，我看到了桑傑卓瑪，她就在我前面一處高高的平臺上向我招手。

我在馬屁股上狠狠的兩鞭子，只見馬蹄騰空而起，向桑傑卓瑪飛去，然而，不管我如何努力，桑傑卓瑪卻離我越來越遠。

我騎著馬瘋狂地向前追去，前面突然一片漆黑，馬失前蹄，我一頭栽入了一個空洞。

我大聲地喊叫著，驚得和我掩埋屍體的那幾個右派把我從夢中推醒。

我揉了揉眼睛，無言地面對著戈壁灘上黑石滾起的斜坡，我不知道今後的結局將是怎樣，但我清楚再不瞅機會逃出去，這斜坡也將是我的最後歸宿。

第十四章

我昏睡在亂墳崗，是韓起龍扶我到洞穴裏的。

自從發現韓起龍吃死人後，場裏對墳地也不時讓人巡邏。到了明水後，由於口糧驟減，天氣漸冷，死亡的人數不斷增多，場裏對在墳地巡邏的事也顧不上了。

事也湊巧，就在韓起龍把我扶回的這天晚上，被我們掩埋的屍體讓人扒開，其中一個屍體大腿上的肉被人偷割了。這個被割了大腿上肉的人，是個食堂的炊事員，是讓煤煙打死的，身上還有點肉，不似其他餓死的犯人早已是皮包骨頭，只能讓人偷吃他們的內臟了。

這是第二天埋死人的右派回來後，報告給場部的。

場部領導懷疑來，懷疑去，首先就懷疑上了韓起龍。尤其，與我們到高臺醫院去的那個管教，一口咬定就是韓起龍幹的。

場裏就讓這個管教去叫韓起龍。走在路上，那個管教對韓起龍說，你這個吃人賊，從夾邊溝吃到了明水河，你怎麼還不老實。

韓起龍是個山東人，性格耿直，做了的事他不隱瞞，沒做的事給他強加，他怎麼能不急呢？可是，他又沒了舌頭，沒法與人爭辯，他的臉就憋得紫裏透紅，抓住那個管教就是兩個耳光。這還了得。這些管教平日裏在犯人們的身上作威作福，怎能受得了一個右派搧他的耳光。他撿起地上的一根木棍，掄著木棍瘋狂地往韓起龍身上一陣亂打。

韓起龍被打得在地上「嗷嗷」直叫，他隨手撿起一個石塊朝管教砸去。這個管教揮動著手中的木棍，沒想到一個石塊從右面飛了過來砸到了他的太陽穴上，他一下被砸昏了過去。韓起龍一看這樣，地上又流了很多血，他一下被嚇得不知所措，轉身就往明水河車站方向跑去。

在這裏打罵犯人已成了家常便飯，初時人們並沒有在意。過了一會，場部裏的人忽然覺得外面怎麼沒了聲音，就紛紛走了出來。

出來一看，那個管教倒在血泊之中，人們就七手八腳地把他抬到了醫務所。劉宏朝遠處一看，韓起龍正慌慌張張地在明水河床上緩慢地奔跑。劉宏從場部牽出了一匹馬，跳上馬背就直衝韓起龍追去。

大漠孤煙，一縷塵土在路面上騰起，劉宏似提了隻小雞般將韓起龍提到了馬上。

韓起龍被抓回來後就讓關了起來，此時的我們心裏都很擔心，韓起龍會不會像農業隊的那個右派一樣被槍斃。那個被槍斃了的右派也是砍了管教，跑到酒泉想碰汽車自殺，沒自殺死卻被抓了回來。可那個管教的傷還沒有這個管教的重呢。可就在第二天的早上，我突然聽說韓起龍跑了。我聽到這個消息那個高興啊！我真為韓起龍的逃跑而感到興奮不已，他在這幫如狼似虎的管教鼻子底下是怎麼逃出去的？可我擔心他會不會又被再抓了回來，如果他要被抓了回來，那可就真的沒命了。

後來我才知道是賴世俊把韓起龍給悄悄放跑的。我知道我們這些掙扎在死亡邊緣的右派，已慢慢地開始無所畏懼了。

記得有個佛陀曾經說過：

我們的存在就像秋天的雲那麼短暫，
看著眾生的生死就像看著舞的律動，
生命時光就像空中閃電，
就像急流沖下山脊，匆匆消逝。

人的生命中大概有許多沈默的部位，在沈默中我們可以感受到心臟的跳動和心與心之間悄悄的呼喚。我不知道那些殘害生命的當權者在如何想，他們或許可以用一萬種理由開脫他們的罪責，或者拉出一個替罪羊斬於馬下，但歷史知道，那一個個結束了的生命應該由誰去為他們負責！

我們的心在顫慄，我的心弦被一個個悄悄離去的熟悉面孔撥動著。我默默凝視著河西走廊，難道你不為沉睡在你懷抱中的這麼多無辜的冤魂而痛心嗎？滄桑巨變，西路紅軍的鐵蹄沒有將你驚醒，而使多少熱血潑灑在了這片肥沃的土地上；而今，難道你還這麼冷漠，這麼無情，讓一個個那麼美那麼年輕的生命就這樣被你巨大的血口所吞噬。

雷燕出事後，我心中一片淒涼。北風呼嚎，大漠空寂，我望著眼前頹敗的殘垣，心中充滿了恐慌和失望。此時，我想著我的桑傑卓瑪，我想著病床上的雷燕。我好像在這千里之外聽見了桑傑卓瑪的聲音，我知道這是她那朵小小的花蕊印在了我的心扉，那首古老的牧歌在我耳畔蕩漾。我不知道今日裹她在怎樣生活，但我們空空的來，空空的去，塵世間所擁有的一切，都不過轉眼成空。我祈禱我的桑傑卓瑪和病床上的雷燕平平安安，早日過了這場罕世的難關。

我要去找我的桑傑卓瑪。

我知道如果我失去勇氣在這裏死去，桑傑卓瑪也會悄然地進入綠油油的海子，讓生命融入那碧海藍天。

我仰望蒼天，天空中只有淡淡的幾縷白雲，一切都是那樣的虛無縹緲。

我在戈壁灘上找見了一株小榆樹。這種小榆樹只有走出這麼遠才能找到，犯人們住的周圍這種代食品已經蕩然無存，而往明水河車站那面是一片禁區，犯人們不敢越雷池半步，只有往它的反方向我們才可以去找這種植物。

小榆樹長得很壯，濃郁的葉子將它包裹的嚴嚴實實，它在這山水溝裏顯得那樣獨特，那樣扎眼，那樣使人饞涎欲滴。可它並沒有意識到危險就在眼前，一個饑餓的動物眼睛裏發出貪婪的微光，正在朝它走近。

我將這株小榆樹的葉子一把一把捋了下來，塞進嘴裏，放到布袋裏。我從來沒有見過這麼美的小榆樹，可能這裏偏遠荒僻，才使這株小榆樹長得這般株大葉茂。我一下子捋了半口袋小榆樹葉子，走到半道上，又撿了一根又粗又大的骨頭。我不知道這是人骨、狼骨還是牛的骨頭。總之，那是一根令人興奮不已的骨頭。

回來的路上我走得很快，半路上碰見賴世俊也挖黃老鼠洞回來了。

楊鵬，你驢日的到哪兒去了？賴世俊一見我就咋咋呼呼。

賴世俊這人對誰越親近，稱呼起來越粗魯，我早聽慣了他的這種叫法。我說，還能幹啥去，找吃的去了唄。

找了些沒有？

捋了些榆樹葉子。

賴世俊說，也算沒白跑。

我想，賴世俊到底不一般，我挖了多少次，一顆糧食再未挖到，他每次去卻不空跑，這說明他肯定有挖黃老鼠洞的訣竅。

賴世俊告訴我，他當八路軍打鬼子的時候，有一次在一個山溝裏負傷後，他先是爬著挖了兩天黃老鼠洞，後來沒了吃的，他就割打死的鬼子的肉烤著吃。他說不是那個鬼子，他一個人躲在那個山溝裏十多天，早就餓死了。

我當時聽到這話沒有吭聲，可我感覺到賴世俊在農場確實是個非同尋常的人物，這個時候犯人們個個餓得渾身浮腫，就是留場的其他幾個隊長也餓得沒了人樣，可賴世俊仍然黑裏透紅，而且眼睛顯得炯炯有神。

回到宿舍，我將骨頭砸裂，放到水裏煮，然後把榆樹葉下了進去。煮了不多一會兒，油花花就漂了上來。我饞的不行，撒了點鹽就吃了起來。那個香啊！我將榆樹葉吃完，把湯喝盡，再把骨頭保存好，準備下次再煮再喝。

這時候就見一個管教在喊我。這些管教一見我們到溝裏去找吃的，他們就悄悄地在後面盯梢。我不瞭解上面領導到底要將我們這些右派怎麼處理，可整天管我們的這些場長、書記和管教，他們使夾邊溝已有幾千右派一個個死去，我恨他們！

那個管教說，楊鵬，你明天別出去了，你們宿舍裏抽你去當服務員。這是趙股長的命令。他說這話時，有意強調這是趙股長說的。

我想，這趙耀祖存心不讓我活了。服務組裏的人都是身體相對好一些，且多少有點接濟的人。我一個既無接濟，身體又這麼虛弱的人，就因為不想死找了點吃的，他就要讓我到服務組裏去。

我說，你對趙股長說，我不去。

賴世俊知道趙耀祖這人專會報復人。在夾邊溝搞一封信運動時，趙耀祖傳達完場裏的指示，那個管教說，你自己對趙股長說去。

我冒了個怪聲，這一封信寫成詩還是白話文、文言文。就是這句話，當時惹得人們哈哈大笑，可是趙耀祖卻明裏暗裏整了我整整半年，不是賴世俊從中周旋，他對我還沒個完。賴世俊悄悄對我說道，老楊，你先去，以後我給你勻些吃的。

我想了想，賴世俊說得沒錯，好漢不吃眼前虧，先幹了再說。

那個管教說，想通了沒有？

我點了點頭。

這就對了，胳膊拗不過大腿。

說是明天讓我到服務組裏去，可我一到服務組就喊著讓我去埋死人。

原先這裡只是晚上死人，現在白天也死人，死了人放在活人眼前總是不好，就讓我們拉出去埋。每天快到天亮時，我們就去拽每個人的腳，看他還活著沒有，如果沒了聲音我們就把他抬出門外。到了天麻麻亮的時候就開始埋死人。我和另外兩個服務員在各洞穴和地窩子門上收屍。這些屍體都用自己的被子裹上，用繩子在頭、腰、腳三道紮住。架子車上一併放了三個，又將剩下的兩具屍體擺在上面，用繩子捆了捆，我們就往沙梁子上面拉。

沙梁子就是我們洞穴北面的黃沙梁子。往北走出了溝，經過一片沙土地，再往前就是黃沙梁子。在夾邊溝農場的時候，死了人後，我們將死人一裹，然後將繩子在死人的肩部和腿部一捆，穿上一根扁擔就抬出去掩埋。而初來明水時，死了的右派都用大木軲轆馬車一直拉到戈壁灘的亂墳崗掩埋，可是到了這時候人死的多了，埋屍體的人也軟弱無力，就用馬車或架子車就近拉上黃沙梁子，然後把屍體滾到沙梁子後面，虛弱的人們坐下來慢慢用腳將細沙蹬下去，將屍體埋掉。這些死人從洞穴或地窩子抬出時，同一洞穴的人們就在他們的脖子上掛上一個小木牌子，小木牌子上用毛筆寫著各自的姓名和工作單位。

我們每到一個屍體跟前，一個姓張的服務員就按照屍體脖子上的小木牌進行詳細的登記。

雖然，死人都瘦成了一把骨頭，可五個死人讓我們三個虛弱的病漢在綿軟沙漠裡拉起來也很費勁，尤其往沙梁子頂部的這段坡路更使我們用盡了全身的力氣。

冷颼颼的風從祁連山外吹來，明水河捲起旋轉的黃塵，雖是秋季，可風兒打著滾就像刀子一樣割著人的臉。上了那道坡，我想還是把難友們拉下去吧。往下面又是半截陡坡，我掌著轅，路險處腿子抖得就像打著擺子。

多麼艱難的半截路，到了坡下面一塊空曠地方，我就整個兒癱坐在了沙地上。

然而，風兒刮得緊，天氣又冷，坐了一會就坐不住了。我們三人就趕快挖坑。下了雨的地，這時凍得挖不下去。我們忽然看到邊上有一個地坎。我們就把五個死人拉到地坎下面，先將死人緊挨著地坎擺開，然後用鐵鍬去撬上面的沙土。果然，這樣撬了一會，上面的沙石就整個兒掉了下來。

我們均勻地把沙土撒在五個屍體上面，堆成了五個沙包。

我從附近找了五個石頭，從屍體脖子上摘下牌子，按順序壓在石頭下面。

我在壓牌子的時候，才知道埋在東邊的第二個人是肖揚。肖揚自從在夾邊溝離開我們的宿舍後，他寫了很多思想彙報，有些思想彙報還被摘出來登在了黑板報上，登在《夾農簡報》上，作為我們學習改造的榜樣。我清楚地記得他的一句話，寧可少活二十年，不讓共產主義遲來一天。然而，這個人卻死了，並且死得面目全非，就連我這個與他朝夕相處了那麼長時間的人也沒有認出他來，也沒有想到是他。

肖揚本來是可以不死的，他從我們宿舍出去後就進了食堂，當上了炊事員，後來是他自已要求從食堂調出來的。他說，國家遇到了困難，人人都在經受考驗，他要求到最困難的地方去接受改造。

我對他的動機不願加以評論，由於他的積極，在背後不知打過多少人的小報告，他起了很多管教無法起到的作用。農場裏由於有這樣一些犯人積極分子，使我們彼此之間不敢動，不敢笑，就連一些心裏話也不敢對人訴說。這些犯人積極分子總認為自己是冤枉的，而別人則是真正的右派和反革命。所以，他們抓別人的辮子，揪別人的尾巴，就是對別人隨便開的一句玩笑，他們也無限上綱，進行揭發批判。當我把寫著肖揚的牌子壓到他墳堆前的時候，我思緒萬端，感慨不已。當我們剛戴上右派分子帽子的時候，並沒有感到這頂帽子的份量，可是，隨著時間的推移，我才知道這頂帽子可以用歲月的磨盤壓死一個人，可以壓垮一個家庭，可以使一個堂堂正正的人在一夜之間變成一個猙獰可怖十惡不赦的厲鬼。

在夾邊溝農場，傅玄的偷成了一絕，不僅我們這些犯人們個個清楚，而且管教們也心裏明白。所以說，見怪不怪，時間長了人們反倒認為他這也是一個本事。但是，傅玄的偷是有原則的，能偷公家的就不偷個人的，能偷拿工資的就不偷犯人的，尤其他對我們這些在陰陽界上徘徊的右派分子，根本不摸不拿。

有一次我開玩笑問他，你這絕活是什麼時候開始的？

他說，從去年國慶日給那三個右派摘了帽子以後。

我說，不可能吧。

他說，你不瞭解我。那年我大學畢業後就跟著張繼忠幹水利建設，我把張繼忠的其他方面沒有學下，但張繼忠的為人與品行卻時時銘刻在了我的心裏。

他說此話時一臉嚴肅，使我對這件事情產生了濃厚的興趣。

我說，這張繼忠是幹什麼的？你怎麼對他有這麼好的評價。

他告訴我，張繼忠是甘肅四十年代的建設廳長，是甘肅人。為人正直，辦事認真，在甘肅當了四五年的建設廳長，興修水利，蘭州的徐家山就是他一手綠化起來的。

他說，蘭州西郊的湟惠渠你知道吧，從一九四一年修建，經過四年多的時間建成，那條長五十多里，灌溉兩萬五千多畝土地的水渠，就是我在張繼忠的領導下，一手搞出來的。這條水渠修成後，國民黨還在那裏進行了國家贖買土地，然後把土地分給農民的土地改革實驗呢。

他說到這裏眉飛色舞，顯得那麼幹練年輕，一掃了往日那種弓腰蒼老的神色。

他說，我那時候剛滿二十歲，一天幹十幾個小時，根本不知道累，而且心裏舒服，原因就是有那麼一位清正廉潔的領導做我的楷模。

我聽他說到這裏笑了笑。

他說，你別笑，我被打成右派分子，其中的有些罪名，就有與這件事情有關的言論。大鳴大放開門整風時我說道，共產黨裏如果多有幾個像張繼忠那樣的幹部，社會主義建設不愁搞不成功。整我的那些人說道，你崇拜國民黨的一個建設廳長，攻擊我們共產黨的幹部，這是階級立場問題。我說，共產黨是為人民服務的，國民黨是反人民的，但不能說國民黨裏就沒有了好人，共產黨裏就沒有壞人。加上我其他一些言論，使我成了右派裏的極右分子，最終被送到了夾邊溝。

他告訴我，張繼忠一個建設廳長，一年四季騎著一個破自行車到我們的工地上來，到了工地親自動手挖渠幹活，沒一點廳長的架子。哪像我們農場的這些人，小小的一個管教，有了點管人的權利就飛揚跋扈，動不動就打人罵人。

再別說了，讓人聽見又說你思想反動。我往四周看了看說道。

死豬不怕開水燙。我們這些犯人就是吃了膽小怕事的虧，這就是我們知識份子的弱點，夾邊溝的右派多一半都把命搭上去了，還前怕狼後怕虎。他笑了笑說道。在他的笑裏我看見了一些無奈和淒涼。

你給我的錢沒法花怎麼辦？我說道。

他說，跑啊，跑著出去不就能花了嗎？那些錢對你以後會有大用場的。

我說，跑什麼呢？管教們個個帶著槍，備著馬。

我不說了，我給你說的是實話，可是你並沒有把心交給我。

我知道傅玄看出了我此時的虛偽，可他怎麼知道這裏的人有時就要真真假假，稍不注意將會把命送在這裏。我不想讓人過早知道我逃跑的意圖，那會使我前功盡棄的。

我說，你又多心了，我什麼時候沒給你說實話。

他說，我早看出你準備要跑，不然我為什麼會給你錢，那是我的一點心意。如果你能出去，別忘了來看我，要是我有一個萬一，你就去找我哥哥，讓他把我的墳遷到我的老家去。

說著，他給了我他哥哥的住址和聯繫電話，並且告訴了我他老家一個叔伯弟弟的姓名和住址。

我望著傅玄的臉，一個四十歲左右的人滿臉皺紋，多了許多歲月的坎坷和印痕。

我說，你一定能活著出去，到時候我一定去看你。

第十五章

山水溝分西溝和東溝，西溝比東溝深，挖洞穴時上面土層厚，洞穴就挖得比東溝大。我住在西溝，我們的洞穴是兩個打通的深洞，外面的洞口上擋著一塊木板，裏面漆黑一團，只有門板縫裏能透進來幾束光線。因為沒有生火架爐子，雖然門上捂塞得嚴嚴實實，但右派們一天到晚鑽在被窩筒裏，還是凍得蜷縮在一起。

我早上起來，就和服務組的人們到洞穴和地窩子裏將一具具屍體抬出門外。為了不占地方，我們把硬梆梆的屍體都摞了起來。

這時，我看見薛榮搖搖晃晃地從門裏走了出來，站在門外一處被用幾塊土坯遮避的廁所邊上。薛榮的身上套著五顏六色的衣裳，土蒼蒼的臉腫得眼睛眯成了一道細縫，頭髮直立著，頭仰得高高地往前走。這時的我們都是這個樣子，身上套著一層一層的衣裳，到明水後我們晚上睡覺就沒脫過衣裳，因為脫下後，浮腫的身體再也穿不上去。

這時，山水溝裏的風吹得很緊，「嗚嗚嗚」地吼著，好似要剝人的皮。薛榮一出門就打了個噴噓，癡呆的臉上沒有一點表情。

他將褲子解開直直地站著，稀糞和尿水就順著褲腿流了進去。

我驚呆了！我說，薛榮你怎麼了？

說著我就跑了過去，把他扶著往下蹲，他就順勢爬在了我的身上。我索性就讓他將屎尿拉到了褲腿裏，拉完我就把他慢慢地扶進了洞裏，脫下他的髒褲子換上了我的一條新棉褲。

這天，光我們服務組負責的十個洞穴和地窩子就抬出了二十三具屍體。

各洞穴和地窩子裏的人們都靜靜地躺著，整個山水溝除了幾匹馬偶爾的嘶鳴之外，死寂的沒有一點聲息。

開飯了，炊事員們抬著飯桶往地窩子和洞穴送飯。鑼聲一響，人們都拽著眼前拴著的繩子慢慢地坐起來，取出飯盒，到門外去接半馬勺菜湯湯。實在起不來的，我和服務組的人們就幫著打飯，幫著餵。

薛榮是起不來了。

我把菜湯湯端到了他的眼前。

我說，薛榮掙扎著吃點吧。

他沒吭聲，他不想動，他知道生命對他已為時不多了。然而，他嘴裏不時喃喃地呼喚著他的紅沙柳。

他好似看到了他的紅沙柳，如火如荼，在巴丹吉林大沙漠拱起了一個又一個的大沙包。紅沙柳組成了一道高高的林牆。他覺得有一股地氣將自已慢慢托起，一道紅雲展現在了自已眼前，是那樣的絢麗多彩。

到了晚上，整個山水溝朦朦朧朧，像是罩上了一層黑紗。黑夜又開始露出猙獰的面目，呲著牙吐出陣陣寒氣。我是服務員，我不敢讓人們睡到夢中，因為多少人就是這樣睡過去再也醒不來了。

薛榮被我叫醒，所有迷迷糊糊的人都被我叫醒了。我說，大家都別睡了，我們說一會兒話吧。說著，我就給人們講起了《三國演義》。

人們說，到這個時候了，誰還有心思聽你說三國呢。

我說，那你們說啥都行，就是別睡著。

這時，馬豐說道，大家唱個歌吧。

我說，你們看唱個啥歌好呢？

馬豐說，唱個《國際歌》吧。

我說，也好，咱們就唱個《國際歌》。

我給起了個頭，人們就唱了起來。

起來，饑寒交迫的奴隸，起來，全世界受苦的人！滿腔的熱血已經沸騰，要為真理而鬥爭！舊世界打個落花流水，奴隸們起來，起來！不要說我們一無所有，我們要做天下的主人！這是最後的鬥爭，團結起來到明天，英特納雄耐爾，就一定要實現。

……

人們在低聲地唱著，連薛榮也拼著全身力氣哼唱了起來。唱著唱著淚水就糊滿了我的眼睛，所有的人們都在歌聲中噴吐著自己的悲憤。

此時，我才發現《國際歌》的歌詞寫得多麼好啊。這首歌我原先不知唱過多少遍，在我剛剛加入中國共產黨的時候唱過，在國民黨的白色恐怖中唱過，在五星紅旗升起於北京天安門的時候唱過，然而，哪一次唱都沒有我這一次唱得這麼動情，唱得這麼熱血澎湃。我驚異歐仁．鮑狄埃怎麼把受壓迫者的心聲表達的如此淋漓盡致。

唱完這首歌，我們都躺在長時間的沈默之中。

這時，賴世俊走了進來。到明水後，賴世俊們這些留場的二勞改都住在我們洞穴前的一個地窩子裏。

賴世俊說，今天你們還唱開了。

我說，害怕睡著過去再醒不來。

賴世俊說，我要能活著出去，就請你們每人吃五大碗雞蛋麵片子。

馬豐用上海話說道，阿拉還是想吃媽媽做的大米飯。

大米飯有啥吃的，不解餓，我要割他三斤牛肉，打上半斤二鍋頭好好喝著吃一下。

傅玄這時也睡不住了，坐了起來。

還是大米飯香。我就想吃我媽媽給我做的大米飯。馬豐說道。

羊肉泡饃吃著也香。要吃羊肉泡饃，就要吃肥羊肉，羊肉越肥越香。賴世俊說道。

這時的我已經饞涎欲滴，一股羊肉的清香撲鼻而來。

吃啥也沒手抓羊肉吃起來過癮。我接著說道。

賴世俊說，老楊是想吃他的桑傑卓瑪給他做的手抓羊肉。手抓羊肉我吃過，把羊肉剁成一大塊一大塊的，撒上鹽，就著蒜吃就是香。當年我當八路軍的時候，有一次我們三個八路去給游擊隊送槍，老鄉們殺了羊，倒上酒，給我們端上來香噴噴的手抓羊肉。那次我起碼吃了三斤肥羊肉，喝了半斤酒。

馬豐說，好漢不提當年勇。小時候，我還在上海市少年兒童書畫比賽中得過一等獎呢。我記得清清楚楚，那一天我媽媽給我做了大米飯，炒的是青椒肉絲，我一連吃了四大碗，連我媽媽都感到吃驚了。

我們說著說著，天就亮了，待太陽升起時我們才陸陸續續睡著了。

薛榮就是這天早上去世的。

薛榮去世後，臉上顯得很平靜，還露出一絲淡淡的微笑。

我想，他可能夢見了他的紅沙柳，他是在紅豔豔的紅沙柳中走向了另外一個世界的。

雷燕一出院就來找我，來後我倆就坐在洞穴口外的小板凳上。

這時正是中午時節，陽光灑在身上暖融融的，可雷燕還是捂著個厚厚的大棉帽子。我看了看她的傷疤，滿頭的秀髮已被刮去，上面翻著血紅血紅的肉芽子。我說，你感覺好點了嗎？

好得多了。剛開始我的頭皮扯著疼，現在頭皮已經長上，你看頭皮上已經長出了新頭髮。

雷燕還是那麼樂觀，說起話來若無其事，讓我看的人反倒沒了意思。

你怎麼樣？她說道。

還好。多虧老賴每天給我勻點吃的。

賴世俊每天都要給我兩片烤黃老鼠肉。他悄悄地塞給我，我吃上還真頂了大事，現在我腿子不腫了，耳朵不響了，透明透亮的眼泡子也比以前消了許多。

老賴抓黃老鼠也真不容易，豐收年間黃老鼠多，這年間黃老鼠也不知跑到哪兒去了。雷燕接著說道。

我說，這老賴不知怎麼逮的，每天不是抓來幾個蜥蜴，就是能抓到黃老鼠，不像我一天連個黃老鼠的影子也看不見。

走，我倆找點吃的去。

她沒有領我去伙房，伙房裏現在卡得很嚴。犯人們現在一天吃一個菜團子，喝一頓菜湯湯。她一個伙房的炊事員，每天也只能吃菜團子了，只是能比我們多吃一些。

她提起一個背簍，拿了一個篩子說道，跟我走。她把我領到了大路上，我倆順著大路往前走。大路在一條溝裏，風很緊，路邊上的幾株駱駝草在風中瑟瑟顫抖。

我斜靠在一堵牆上坐了下去。

雷燕望著沙路上的馬糞說道，撿馬糞吃吧，黃黃的，多香。

我無奈地苦笑了一下。

我看她把那一堆堆馬糞用手扒到了背簍裏，衝我嘿嘿地笑著。

我不知她葫蘆裏賣得什麼藥，只是好奇地望著她。她把馬糞用腳搓碎，裝滿背簍，拉著我就往溝裏的一條小渠走去。

水渠邊上有一個積水坑，坑雖不大，可水還深。雷燕把馬糞倒在坑邊，就用篩子反覆洗了起來。她一邊笑，一邊搓，不一會兒馬糞裏破碎的糧食就沉積在了篩子底部。雖然很少，然而積少成多，洗了三背簍馬糞，就澄了半碗糧食。

她用戈壁灘上的駱駝草把這些糧食在我帶來的缸子裏慢慢地熬，溫火小滾把破碎的糧食熬得很稠。

熬好後她說道，你吃吧。

我撿了幾根枯樹枝說，咱倆一塊吃。

她嘗了一口說道，挺香，你趕快吃吧。

我怎麼能一個人吃呢？

話雖這麼說，可我的涎水已淌了下來。

快吃，都涼了。你就一個人吃吧，我在食堂裏還能沒有吃的？她把缸子硬是推到了我的手裏。

我用樹枝扒了一口。

真是香啊！

我吃了幾口說道，你不吃，我也再不吃了。

她說，好，我吃我吃。

她說著也用樹枝扒了幾口，又把缸子推到了我的手裏。

她說，你就全吃了吧。

我再沒客氣，幾口就將缸子裏的碎糧食糊糊全吃了下去。

然後，我用舌頭舔，用指頭刮，把缸子打掃了個乾乾淨淨。

不知是肚子裏有了糧食，還是精神上的愉悅，我感到腿上一下子來了勁。

雷燕說，一個人在任何時候都不能喪失生活的勇氣，你要多留心想辦法找吃的。

我說，你走了這麼長時間，不瞭解現在的形勢，照這樣下去，場裏的犯人要死完的。

雷燕聽到我的話，驚了一下。

她說，你和別人不一樣，別人經常有家人送來吃的，你只有靠你自己了。

我知道她說的意思。

她已經多次說過，讓我瞅機會跑，可我一直沒有這樣一個機會，管教們都帶著槍，盯得又那麼緊，怎麼能跑出去呢？

記得那次從夾邊溝往明水灘遷移，火車在元山子車站停了下來。當時，人們都睡在車上，管教們也已進入了夢鄉，這時逃跑的念頭在我腦海裏閃了一下，可我沒敢動。一個機會就這樣讓白白錯了過去。

這次機會的錯過，主要是在我的思想裏不跑的念頭占了上風。那時候我想，多少個日子都熬過來了，我要從這裏堅持出去，邁著大步走出去。現在看來，這種想法是多麼的幼稚，不是桑傑卓瑪、雷燕和賴世俊給我送來吃的，可能我早已去見劉作成了。

這時，忽然聽見趙耀祖在喊，雷燕，過來。

這人不知道又有啥事。雷燕說道。

我剛要走開，趙耀祖說，楊鵬你也過來。

趙股長，幹啥？

趙耀祖說，楊鵬，最近改造得怎麼樣？

我怎麼說呢？人都一茬一茬死，到這份上了，他沒問我吃的什麼，還問我改造得怎樣。

我說，還好，還沒死，不過徹底地脫胎換骨了。我沒好氣地頂了趙耀祖一句，趙耀祖口口聲聲說我們是反黨反社會主義的右派分子，他怎麼關心起我們的改造來了？

那是在夾邊溝的時候，天上下著淅淅瀝瀝的小雨，到了中午打飯時，下工的人們蜂擁而至排了長隊。人們拿著臉盆、缸子走到食堂窗口，伸進飯缸，炊事員就往缸子裏倒進一勺菜糊糊。我多領了三兩包穀麵饃饃，因為，到排城溝勞動和去服務組埋死人的人才可以受到這樣的優惠。

我那日打了菜糊糊領了饃饃後，剛從食堂院子裏出來，就被一個犯人將饃饃搶了去。

我追了過去。因為這三兩饃饃是我在挖排城溝勞動一天得了先進後才多加的一點口糧，我不能白白地就讓他搶了去。可是，那人已將饃饃放進了嘴裏，脖子一伸就咽了下去。

那人把包穀麵饃饃咽了後就跪了下來，脖子一伸說道，你打吧。

我看那人這副模樣，把腳在地上一跺，歎了一聲，就走了過去。

然而，這情景卻被趙耀祖看見了。趙耀祖上去就踹了這人一腳，然後，一把揪住這人的頭髮就打了起來。

我實在看不過去，說道，趙股長，看在我的面子上就把他放了吧。

趙耀祖看了看我，猛地在我胸口上一拳，說道，你算個屌，你還把你看成個人了，你撒泡尿照照，你有啥面子。

我一聽這話，一股無名的火氣「呼」地冒了上來，一把抓住趙耀祖的胳膊擰了過去，然後在他的屁股上狠狠地一腳。

趙耀祖一個狗吃屎趴在了地上。

此時，周圍的犯人們都愣了！

只見趙耀祖從屁股後面拔出了手槍，一骨碌翻了起來。

我迎了上去。扒開黑棉襖敞開胸膛，說道，打呀，往這兒打。

賴世俊也走了上來說道，楊鵬，讓他打。

人們一下圍了上來。

此時，在跟前看了多時的劉宏說道，老趙，把槍收起來。

趙耀祖一看這個樣子，把槍插進了槍套，望著劉宏說道，場長。

你再不要說了，我剛才全看見了。劉宏說著叫上趙耀祖往場部走去。

我與趙耀祖的兩次大的矛盾，都是以我占了上風而告終，如果遇上別人那就不得活了。可是，劉宏看到，我們這些行伍出身的人都在互相照應著，所以，他對趙耀祖說，對我們這些人要適當注意點工作方法。

這件事情發生後，趙耀祖在表面上對我客氣的多了，今日裏見我和雷燕在一起，不知是嫉妒還是為了什麼，卻問起了我改造的怎麼樣。

我知道黃鼠狼給雞拜年沒安好心，轉身就向洞口走去。

我望了望天，天上有一朵白雲，白雲像一頭白色的駱駝在藍天上奔跑，是那樣的自由、灑脫，相比之下我卻是那樣的孤獨、無力。我深深地吸了一口氣，在這藍天白雲之下我的呼吸竟是那樣的微弱。

第十六章

昨晚又下了一場大雪，早上起來整個山水溝白茫茫的一片。大片大片的雪花紛紛揚揚，天地之間混混沌沌，只看見一朵朵雪花上上下下不斷地飛舞著，跳躍著。

河西走廊不下雪時連一星半點雪都看不見，整天价亂刮著刀子風，但若下起雪來，鋪天蓋地好似到了白雪皚皚的冰雪世界。

這天，死的人真是多，光我們洞穴裏一下就死了五個。洞穴裏走的走，來的來，天天死人，天天又進人，我不知道從這洞穴裏送走了多少與我共度難關的右派分子。這幾天來，人死得多，我們已來不及給死者掛牌子了。每天，把死者用被子一捲，用繩子一紮，放到門外，然後把死者的褥子加蓋到地窩子上面，或是塞到洞口門板的縫隙裏。死的人死了，活的人還要繼續活下去。服務組裏的人經常可以得到些死者的物品，我們用死者的衣服、手錶或其他一些貴重物品到周圍老鄉跟前再換來一些吃的。

這天早上，我和服務組裏的人先把死了的人抬出洞外，然後我就幫活著的人解手、吃飯。漫天的雪花落了下來，像一個白色的幃幕掛在天地之間，我站在雪地中頻頻欠身謝幕，又好似隔著幃幕去看另外一個世界。每天和死人打交道，我的意識已將活人和死人分不清了，一分鐘前他還和我說著話，話還沒完，他頭一歪人就死了。在這銀白色的世界，任何一朵落去的雪花，我都看見它們已經把青春落下，然後是愛情，最後是生命，落在我腳踏的這片貧瘠荒涼的地方。

馬豐是一個很要強的人，他不願意麻煩別人。他在他的眼前拴了一條繩子，每天早上拽著繩子先坐起來，然後自己扶著洞壁慢慢地去解手。

這天早上，他一出門就被洞前的雪滑了一跤。他爬在地上掙扎著想起來，可怎麼也起不來了。於是他喊起了我的名字。

我聽到他的聲音，好似非常的遙遠。

我出來後，見他那個樣子，我就說，小馬快來抓住我的手。說著，我就將他扶了起來。

馬豐解完手，我把他扶進房間，給他倒了點開水。馬豐接過水就喝了起來。然後，我就和服務組的人們一起把屍體抬到馬車上。

每天人死得多了，場裏專門成立了掩埋組。馬車上坐著三個人，加上我們每個服務組抽出一個人，用馬車把死人拉到黃沙梁子上往下滾，滾到下面人摞著人一起用黃沙掩埋。我突然感到，夾邊溝的右派就像門前的雪花一樣往下落，落下一層，掃掉一層，然而新的一層又厚厚地落了下來。這是我們埋死人最多的一天，早上拉出去了二十八個人，下午又拉出去了三十六個人，六十四個人就像六十四朵白色的雪花，悄無聲息地飄落在了這冰冷的荒灘沙漠裏。

風漸漸停了，碎雪還左右飄蕩，盤旋漫舞，像無數個精靈與剛離開這些屍體的魂靈在一起狂跳。

雪整整下了一尺多厚，馬拉著屍體在雪地上奔跑。

到了黃沙梁子，我們想把屍體分開埋，可黃沙與雪水凍結在一起，地硬得挖不下去。我們就讓馬車又把屍體往崖坎下面拉，這時馬車就被一個東西支住拉不過去了。我以為是個石頭，就用鐵鍁撥了撥，一撥才知道是一個屍體。於是，我們就把那屍體往邊上拖。我將屍體一翻，這時我突然看到那個屍體的肚子被豁了開來，地上有凍凝固了的黑紫的血。

初時我們還以為這屍體是不是被野獸吃了內臟。但我們詳細一看才發現，那屍體的肚子是用刀子豁開的，而且大腿和小腿也被刀子割去了肉。

若是以前，我會被眼前的一切驚得目瞪口呆的，可現在我對這些已經完全麻木了。

我們把這具死屍和我們拉的屍體一起用崖坎上撬下來的沙石埋了起來。

偷吃死人的事不知讓誰報告了場部，場部就開始追查。追查這件事很快就被查了出來，原來是農業隊的幾個犯人幹的。

他們把屍體挖出來。因為這些屍體埋得都很淺，不費多大力氣就可以將屍體上面的沙土扒去。然後，掏出心、肺、肝、腎，煮著吃。但是，他們不承認割了大腿和小腿肚子上的肉。

他們被用繩子捆了起來。當管教把繩子纏在他們身上，用腳一蹬一扯時，只聽他們呼天叫地，痛苦地在地上呻吟著。

劉宏大聲罵道，狗日的吃人呢，膽子真是不小。

地上一個右派叫道，吃人的不是我們，是你們這些王八蛋。死了兩千人了，你們還想讓我們全死完嗎？

這時，一個管教過去把那人的繩子又用力蹬扯了一下，那人殺豬般地叫了幾聲就無聲無息了。

這幾個人被捆著扔在會議室裏。待下午進來的人一看，最後又被蹬扯了捆繩的那個人已被活活憋死了，其他幾個人頭拱著地，不斷地發出輕輕的呻吟。

人們趕快報告劉宏，待把這幾個人放開，他們的胳膊已經腫得抬不起來了。

那晚，月亮經不住水一樣的月光的誘惑，爬到被白雪覆蓋的戈壁沙灘上，映到我們住的洞穴和地窩子裏，樹影婆娑，魑魅魍魎，在寂靜的夜幕中給人一種心悸的感覺。

雷燕從食堂出來，裝著一個包穀麵窩窩頭急急忙忙去找我。走不多遠，對面過來了一個人，到了跟前雷燕才認出這是趙耀祖。

她想躲開這個人，可趙耀祖偏偏迎了上來。她就靠在牆上，往遠處望去。

趙耀祖過來沒從道上過去，卻站在了雷燕的旁邊。你又要去找楊鵬？那可是一隻怪鳥，你不怕影響了你的前途。

我會有什麼前途？

起碼可以早點兒離開這裏。

我離不離開這裏用不著你管。

我偏要管。趙耀祖一把抓住了雷燕的胳膊，說著把手伸進了雷燕的懷裏。

放開我。雷燕使勁掙扎著。

怎麼了？進了趟醫院就不認識老相好了。趙耀祖說道。

趙耀祖緊緊箍著雷燕的腰，嘴裏喃喃地說道。我倆還和以前一樣好吧，我保證讓你儘快出去。

我不出去，我就要死在這裏。

雷燕不知為什麼，自從被機器扯了頭皮以後，她對所有的管教都是那麼的反感。

傻女子，這麼年輕才活人呢，別老想著死。

雷燕轉過身往趙耀祖臉上撕了一把。

趙耀祖一愣，把臉抹了抹，往雷燕跟前邁進了一步。「打得好。打是親，罵是愛，再摸我一下。」

雷燕望著這張逼過來的臭嘴，伸開右手用五指又往那個臉上抓了一把。

趙耀祖用手摸了一下臉，一看這個樣，就轉身沒意思地走了。他這人別看在我們男右派跟前凶得很，在女右派們跟前就像沒了骨頭。

雷燕走到我們的洞穴跟前，悄悄把我叫了出來。

她撫摸著我的臉流下了眼淚，從懷裏掏出了那個包穀麵窩窩頭。

我說，我吃了你吃啥？

她說，我在食堂裏比你活泛。實際上她早就餓得沒了一月一次的潮紅。

我貪婪地接過她手裏的包穀麵窩窩頭，望了她一眼，一下就塞進了自己的嘴裏。

她說，你抱抱我。

我把她一把攬在懷裏，在她那小嘴上親了一口。

我說，你趕快走吧，會讓人看見的。

她說，我偏不走。

我又在她的嘴上深深地親了一口。

她把我輕輕一推，甩著她頭上的兩個羊角小辮一溜煙鑽入了灰黑的夜幕之中。

雪下了三天，北風就刮起來了。北風在山水溝野獸般的咆哮著，雪渣兒彌漫了天空。傅玄三天不出門，手兒就癢了。他走出門外，眼前的一抹陽光無可奈何地消失在大漠深處，時間像山水溝裏的一株枯樹凝固了，所有的妄念在這一刻消失殆盡，傅玄又一次陷入了孤立無援的境地。

今晚上摸一下場長們的小灶，傅玄自言自語地說道。

他知道下雪不冷化雪冷，雪停之後的刀子風把人們阻到了地窩子和各自的洞穴裏，這會兒正是開始行動的時候。他在冥冥之中聽到了一種召喚，他太想知道在犯人們一個個死去的今天，這些場長書記們到底吃著什麼。

夜無情地拉下了帷幕，好似有意識為他遮蔽，提供一個千載難逢的機會。

他從一扇窗戶邊沿鑽進了黑洞洞的廚房。他摸來摸去什麼都沒有了，正在他灰心喪氣想要出來的時候，他發現燒火的灶門裏有一個沙鍋，他借著月光發現這是一鍋肉，一鍋散發著濃濃香味的紅燒肉。

他憑著多年的經驗，馬上想到這肯定是留給哪一位場長和書記的。

不見這肉還罷，今天見了他的氣一股腦兒全湧了上來。這些當官的口口聲聲說要與我們共度今日的難關，他們原來在背地裏不但有糧吃，還能吃到這麼香的紅燒肉。

他毫不客氣地大吃大嚼起來。一沙鍋紅燒肉沒吃上十分鐘就全到了他的肚子裏。

吃完後他舔了舔嘴唇，把嘴一抹就準備出去。沒想到，門響了，是開門鎖的聲音。

他大驚失色，趕快躲到了水缸的後面。

他看見進來了一個人，這人到灶門裏拿出沙鍋看了一眼，馬上驚慌地朝四周瞧了瞧，然後走出門外又從外面把門鎖了起來。

傅玄想，此處不可久留，趕快走。

沒想到，他進來時那麼敏捷，吃了一沙鍋紅燒肉，出的時候爬不出去了，他又急又慌，越慌越爬不出去。

這時，門又響了，借著月光他才看清進來的原來是書記白鑫。

出來吧，不然我就開槍了。白鑫說道。

傅玄走了出來，輕輕地叫了一聲，白書記。

好大的膽子，偷東西竟然偷到場長書記的食堂裏來了。

傅玄低著頭說，不敢，不敢。

不敢把一鍋肉都吃完了。白鑫說道。

白書記你們不知道，我們一天喝著些菜湯湯，不像你們還能吃上紅燒肉。

傅玄大著膽子說了起來。

你還想吃不吃？白鑫說道。

傅玄早聽人說，這白書記陰得很，鷹鉤鼻子小白臉，表面上一臉笑容，暗地裏下刀子比誰都狠。

白鑫果然端出來幾個饅頭。傅玄說著就跪了下去。「白書記饒命，我再不敢了。」

白鑫說，那次醫務所是不是你偷的？

傅玄不知道這書記葫蘆裏賣得什麼藥，說道，不是我偷的。

真不是你偷的？你別害怕，你只要說出李湘義的抽屜裏裝的是什麼，我就放了你，否則，我把你交給管教股。傅玄一聽要把他交給管教股，一下慌得不知所措，他說，白書記，那次確實不是我偷的，可我偷過李所長一次，他的抽屜裏全是死了的犯人們的東西。

有啥？快說。白鑫眼睛裏放出兩道白光，直直逼了過來。

啥都有。大羅馬、瓦斯針，還有錢和糧票，這人吃死人吃得肥啊！傅玄趁機把這些全盤托了出來。

好，我就放了你，以後可不能再這麼偷了。

白鑫拍了拍傅玄的肩膀，傅玄趕快溜了出去。

傅玄到了洞穴，就悄悄躺了下來。他想，我這一輩子可說是坎坷人生。然而，無論遇到什麼情況，他始終沒有忘記父親對自己的教導。父親說，做人就要做一個誠實的人。人一生中兩樣東西不能拿，別人的東西不能拿，公家的東西不能沾不能拿。可是，為了這張嘴，為了這條命，他沒有聽父親的話。

父親在九泉之下能原諒自己嗎？

傅玄不斷地怨恨自己沒有聽父親的話，可當肚子餓的時候，他又去偷，他又去幹一些違心的事情，於是，他就整日裏生活在這樣一種不斷否定自己，又不斷重複去偷的矛盾生活之中。

犯人們的生存條件越來越惡劣了。夏日裏，只是饑餓難耐營養不足，使人們倒斃在這大漠荒溝裏；而如今，饑寒交迫，使一個個犯人連凍帶餓，貧病交加，無聲無息地在荒灘上死去。

場裏的領導也開始發慌。劉宏想，雖然這些犯人都是反黨反社會主義的右派分子和反革命分子、壞分子，可必然是些人嘛。就這樣眼睜睜看著這三千多人整個兒死完，上面一旦追查起來，也脫不了自己的干係。雖然自己反映過多次，可是眼前的事情非常嚴重，必須繼續反映。不反映這裏的真實情況，上面追查下來，這是自己的責任；向上面反映了，他們解決不了，是上面的問題。於是，他一方面向地委反映這裏死人的情況，要求解決糧食，另一方面，他和白鑫找李湘義談話，讓李湘義給每一個死了的犯人詳細編出一個病歷。過去編了還不行，要編得滴水不漏，要編得更詳細一點。

李湘義初時還想推，白鑫就話裏有話旁敲側擊，點出了李湘義的所作所為。

白鑫說，跟著組織幹，還是往錯誤的道路上繼續滑下去，這事你自己掂量清楚。

李湘義鼻子上流出了汗，說道，我一定聽白書記的，完成組織交給我的任務。

白鑫是剛解放時的高中生，上學的時候文文靜靜的，誰見了誰都說這娃乖，將來肯定是個有出息的人。然而，這些年他被「革命」、「躍進」、「階級鬥爭」搞得昏了頭腦，他整天价翻閱著馬列的書，尤其他喜歡馬列關於無產階級專政理論的論述。他想，中國現在正是無產階級與資產階級較量的關鍵時刻，不對資產階級進行全面的專政，資產階級就會在中國實行資本主義復辟，人民就會重吃二茬苦，再受二次罪。尤其他看到〈為什麼說資產階級右派是反動派〉的社論之後，他感到有了一種共鳴。所以，他看到犯人們大量死去，他不感到驚慌。在他的眼裏這些資產階級右派和反革命別看現在一個個一付可憐樣，可都是些最可恨最可怕的妖怪，這些妖怪在骨子裏是反對社會主義的，是反對共產黨的。因為，他有這種想法，所以在夾邊溝農場，他可以用一些送來的壞分子，可以用一些從勞改隊留下的刑事犯，但他決不允許用那些反黨反社會主義的右派分子，他認為右派就是反動派，資產階級右派分子是當今社會主義中國最危險的敵人。他說，知識份子就要經常敲打著，不然這些人就會翹尾巴。於是，他在場裏提拔幹部，就看誰的立場堅定，誰對右派整得凶，他就提拔誰。然而，這樣做的結果是管教們的立場越來越堅定、心越來越狠，右派們也開始大量的死亡。這時，他又開始對他的信仰產生懷疑，對夾邊溝犯人的死也有了害怕。但是，他將中央的指示和省委的講話和他的所作所為一對照，他覺得他沒有錯。可他還是擔心有一天這天要翻過來，上面會追查這裏的一切。

白鑫讓李湘義給每個死人詳細建立了病歷檔案。有死於肝腹水的，有死於腎衰竭的，還有死於心肌梗塞的等等。總之，他讓李湘義動用自已的聰明才智，編得既詳細，又真實，真可以說是天衣無縫了。

第十七章

由於犯人的大量死亡，鋌而走險的人就多了起來。除了那些奄奄一息的人之外，不是逃跑的，就是偷著去吃死人的，因為，山水溝裏已沒有任何代食品可讓人充饑了。場裏於是就在黃沙梁子上搭了一間小屋，派去守墳地的就是賴世俊。

賴世俊人緣好，在場裏待得時間長，上上下下都知道。另外，賴世俊是個無爹無媽、無妻無子的光棍一條，當基建隊長的時候，劉宏就經常派他去嘉峪關、張掖等地採購東西，根本不怕他跑。這時候，犯人們都躺了下來，基建隊長也閒著沒事，劉宏就把他派到這裏來了。

賴世俊去後就發現，他的小屋邊上經常有一隻狼臥著。剛開始他拿著鐵鍬就去趕，趕了幾天那狼還是回來與他不遠不近的臥著。他於是想，這狼是不是一隻母狼，看他一個光棍漢實在寂寞來陪他呢。時間長了他也就不趕它，讓狼在他小屋前面臥著，他還給狼抱過去了一捆草。

天越來越冷了。風刮著山水溝裏的洞穴和草遮住的地窩子，到處是一片淒涼。

吃完食堂供應的菜湯湯後，犯人們就蜷縮在沒有爐子的洞穴和地窩子裏捱延時日。人的生命，說脆弱確實脆弱，好好的一個人晚上睡下，早上已硬成了一具僵屍。然而，人的生命有時卻很頑強，在這根本無法生存的惡劣環境中，竟然還有這麼幾百人在這裏苟延殘喘。

吃完晚飯，太陽已經落入西面大山深處，趙耀祖吃飽喝足無處發洩，心中就對雷燕恨得咬牙切齒。他到食堂喊出雷燕，本想讓她到他的宿舍去的，可雷燕吊著個臉不吭聲，於是他就讓雷燕趕上驢車到明水河車站拉點煤去。

雷燕問，就我一個人去嗎？

趙耀祖說，你這個大小姐還想要個當差的，你一個人不去，還讓誰陪你去嗎？雷燕二話沒說趕著驢車就要走。這時，我走了過來說道，我陪雷燕去吧。

趙耀祖把臉一變，罵道，把你還能行了，平時看你老實規矩，見個女人就沒命了。

我說，天黑了，她一個女人家遇上狼咋辦？

他說，你狗日的是不是想跑，你還有你的事呢，把那些柴草背到東溝去，讓各洞裡加點草。

我望了一眼趕著驢車的雷燕。我知道這是趙耀祖對我們的報復。

趙耀祖笑了笑。他嘴角的笑容裏有一絲暗暗的陰毒。

雷燕把驢車趕上就往明水河車站走去。場部管教們生火用的煤就是從那裏運來的。

夜，挾著寒冷的刀子風，吹過漫漫的乾灘，穿過嘩嘩作響的白楊樹，跳過泛著磷光燦燦的白骨，也拂過雷燕疲憊憔悴的面頰。多麼孤寂的夜啊，閃閃的星星望著黑乎乎的戈壁灘上蹣跚的驢車。

雷燕朝火車站那面望了望，沉沉的夜空中不時有火車隆隆的轟鳴。場裏已有二三十個出逃的犯人就是從那裏抓回來的，由於已到了這個份上，場裏對逃跑的犯人處理的鬆了點，再沒打，也沒捆，只是不准吃飯罰著去讓坐禁閉。

犯人們本來身體已經不行了，被罰扣了飯食，就越發餓得慌了。另外，人一旦被抓回來精神就整個兒垮了，所以，大多數逃跑被抓回來的犯人都沒活了過去。

雷燕此時想到了我。她想，這些日子裏，場裏的人一批批地死去，人們連凍帶餓都沒了人樣，這樣下去，犯人們會死完的，楊鵬他能挺過去嗎？

這時的驢車後面不遠不近跟著一頭狼，就是賴世俊門前那頭剛發過情的母狼。

母狼望著驢車上的那團紅簇，走走停停，停停走走，磨著它那鋒利無比的尖牙。它不想冒然去叼它嘴邊的這塊肉，它要瞅一個最佳的時機把這件事情辦得乾淨俐落。

這時，一道溝坎擋住了驢車的行進，雷燕從車上跳了下來，走到車後面就撅著屁股推了起來。

這是多麼好的一個機會啊！母狼望著雷燕往後撅著的屁股，心裏一陣興奮。然而，此時它卻突然看見了一個男人站在地邊上，朝這面望著。於是，它又坐在了高高的一道土坎上，舔了舔嘴唇，咽了一口唾沫，緊緊地盯著驢車後面的那個女人的一舉一動。

地邊上站著的男人是賴世俊。

賴世俊左手提著一根棍，右手拿著甩石頭的皮兜子。他早已看見了雷燕，也看見了跟在雷燕後面的那只母狼。他想，這女人怎麼這麼晚了還要往火車站去。他不願意過早地打碎狼與人之間短暫的平靜，因為這只母狼已陪他在那墳地邊上度過了十多個夜晚。

他知道他將墳地看得緊，母狼這些日子餓急了，他不怪母狼。他不是也餓急了，也在做著和母狼一樣的勾當。賴世俊從地邊走了過來，把手搭在了驢車上。雷燕不願意與賴世俊說話，她早就知道賴世俊流氓成性的過去。她想，這樣的人還算人嗎？

母狼看賴世俊幫著雷燕，不知道是嫉妒還是氣惱，總之，它跑到他們前面扒著地上的土，揚起的後爪把沙土撒得雷燕一頭一臉。

賴世俊平時就覺得這女人很好。雖然，他與雷燕很少說話，然而，這女人是他心裏的神。他一生中風風雨雨多少年，沒有一個女人真真疼過他，願意和他過。可是，雷燕每次見了她總是對他笑著。那笑就像一朵綻開的牡丹，令他心花怒放。

他陪著雷燕到明水河車站往驢車上裝了煤，又陪雷燕把煤拉回來卸了車。

這時，雷燕轉過身來，朝他揮了揮手，他似乎覺得雷燕對著他笑了一下。

賴世俊一邊往回走，一邊想著心事，不知道為什麼從年輕時起，他一到夜深人靜時，大腦就顯得格外的清醒。夜幕中他殺過鬼子，打過老蔣。晚夕裏他嫖過賭過，就連這吃死人的勾當，也是他在這神不知鬼不覺的黑夜裏幹下的事情。這些日子來，每當他對著月亮挖出屍體，剖開肚皮，挖出難友的心肺時，他的內心曾經顫慄過，可是，當他夜間睡在草鋪上，肚子餓得「咕、咕」叫時，他又去幹這種令他心中慚愧，萬分內疚的勾當。但他心不貪，每次處理掉一個屍體，再把屍體深深地掩埋，然後把人肉用燒紅的土塊焙乾，放下來慢慢地吃。所以，多少吃人肉的犯人都被查了出來，他卻被場裏抽到黃沙梁子，專門去守那些掩埋在地下的死屍。

賴世俊像一個遊魂，一個人往黃沙梁子邊的小屋走去，他感到他的魂靈已與死去的那些犯人們完全融合在了一起。他貪婪的目光掃了掃沙地上隆起的一個個墳包，他好似看到那一雙雙眼睛緊緊盯著他。

他趴在了地上。他用頭碰著那沙地邊的枯枝亂草，喃喃地說道，原諒我吧，原諒我吧，誰知道這世道會變得要人的命呀。

風中飄浮著他那淒婉的哀嚎，和母狼的聲音混為一體，在茫茫的山水溝彙成一曲令人心悸的嘯叫。

這時，他突然聽到了一聲撕心裂肺的尖叫，緊接著是母狼低沉的一陣吼聲。賴世俊心想不好，這畜生要禍害人了。他提起木棍朝狼吼的方向追去，只見狼拖著一個人向遠處奔跑。他追了一段路，但根本無法與狼的疾馳相比，他只有大聲地對著遠去的狼大喊大叫。

原來被狼叼走的是趙耀祖。趙耀祖因為雷燕拒絕他以後，心裏真不是個滋味，他又恨又氣，又急又惱，生理的要求使他身上似燃著熊熊的火，真想立馬把這個花骨朵攬到自己的懷裏。當雷燕把煤拉來與賴世俊分手後，正往宿舍走去，趙耀祖猛地從前面擋住了她的去路，她剛想往後跑，他一把拽住了她的棉襖。她掙脫他的手，拼命地往後跑去。就在這時她聽到身後拽她的趙耀祖發出一聲恐怖的尖叫，她回頭一看，只見一條狼咬著趙耀祖的脖子，把他往後一甩，背到了它的身上。她驚了一下，然後從地上撿起石塊，追著狼砸了過去。

母狼朝山水溝深處跑去。第二天，管教們在山水溝下面發現了一堆白骨，白骨跟前扔著趙耀祖的一隻皮鞋。母狼每晚還是在賴世俊的小屋門邊臥著，它還是望著天，不時朝遠方發出一聲長長的尖嘯。

雷燕一個人去拉煤，急得我心急火燎。我給東溝各洞穴和地窩子送了草之後，只有待在洞穴裏躺著，根本沒有辦法。這些日子逃跑的人多，場裏組織了巡邏隊，管教們騎著馬手裏都提著槍，我只有不時在洞外往遠處望上一眼。

我太累了。整日裏給病人打飯餵飯，接屎接尿，早上還要到黃沙梁子掩埋屍體。可是，我吃的還是食堂裏的菜湯湯，只是我每天可以吃點賴世俊給我的黃老鼠肉乾，才使我沒有倒了下去。

這一時期我經常做夢，做一些大吃大嚼的美夢。我夢見了我的桑傑卓瑪，是她給我做了香噴噴的羊肉手抓。我倆吃著手抓羊肉，望著遠處插入雲端的雪峰，一股奇香無比的肉味刺激著我的食欲，我整整吃了三大盤。

吃完肉，我把桑傑卓瑪抱到馬上就往草原深處奔去，只聽耳邊風聲呼呼，馬蹄嗒嗒，銀鈴似的歌聲從天邊飄來。此時我感到草原是那麼寬宏博大，它是愛心永遠的牧場。一年四季之中，從青草發芽到草木枯黃，從野花飄香到北風呼嘯，總有桑傑卓瑪在千里草原忙碌奔波的身影和悄悄記下的綠色日記。從挖蕨麻到採蘑菇，從揀草籽到拾牛糞，她個個都行，樣樣能幹。尤其在寒風刺骨的初冬時節，那些緊貼在草皮上的一坨坨冰凍結霜的牛糞，在草原細毛眼裏宛若一朵朵盛開的雪蓮，令她心花怒放，在夜長晝短的冬日裏從日出到日落。在她的身上有女性的堅韌，藏民族的勤勞勇敢。餓了，啃幾口凍得乾冷的饅頭大餅；渴了，採幾串小溪邊天然的冰棒；睏了，就乾脆躺在朝陽的山坡上，享受清風豔陽的關照。當然，最最愜意的莫過於我倆坐在暖暖的火爐旁，一邊嗅著牛糞火散發的青草氣息，一邊喝著熱騰騰的奶茶，撕扯著羊肉手抓，狼吞虎嚥。

走回草原，無疑回到了氣勢雄渾、壯美遼闊的綠色家園。我感到我像一隻勇敢自豪的草原雄鷹，在廣袤無垠、悠遠蒼茫的天地間頂著風雪飛翔，用稚嫩的翅膀支撐起一方夢想的晴空，盡情舒展自身的張力個性，我緊緊擁著桑傑卓瑪不斷地向上再向上。

突然，天外吹來一陣狂風，把我和桑傑卓瑪從馬上刮到了天上。

暴風如此驟急，高原天公的臉說變就變，急風驟雨，雷鳴電閃，我在狂叫中來到了一處陰森可怖的地方。

這不就是夾邊溝毛家山我們掩埋難友的沙坡嗎？在這綿延數十里的沙坡上到處都有我的同志

和難友。

我忽然看到我前面的那個人就是大個子劉作成。我大聲喊著，劉老師，劉老師——。

劉作成轉過身來，他黑髮披肩，兩眼血紅。

冤枉啊！他涕泗滂沱，淚如雨下。他說，我幹了什麼？我是真心為了共產黨才提那些建議的，為什麼說我是右派。

冤枉啊——！

他的喊叫引來了周圍眾多更加淒厲的喊叫，冤枉啊！冤枉啊——！

我說別喊了，這裏哪一個不是冤枉的，有什麼好喊的。

我這一喊，沒有人再喊了，只有薛榮向我走來。我想，咋回事，怎麼又到了明水河的亂墳崗，又進了黃沙彌漫的沙梁子？

薛榮。我抓住了他冰冷的手。

薛榮見了我大哭了起來，周圍的人們都大哭了起來。淚水化作了雨水，嘩嘩啦啦地直往下倒。這裏有個人的冤屈，有他人的情債，有整個中華民族的痛苦與悲傷，古今中外多少事，冤有頭來債有主。一時間，雨水變成了滔滔的洪流向遠方那黑暗的門洞冲去。

我就是隨那滔滔的洪流回到現實世界中來的。

我看見馬豐撫摸著我的臉。

你做夢了，看把你滿頭大汗的。馬豐說道。

小馬。

我緊緊握住了馬豐的手。

這些日子多虧你了，看把你累成啥樣子了？馬豐說道。

累些沒啥，就是把人餓著不成了。我望著馬豐說道。

我已經是有今天沒明天的人了，楊老師你可不能死，你一定要活著出去。馬豐說道。

我說，我活不出去了。

不，你一定要活著出去。你不僅要活，還要把我帶出去。馬豐堅定地說道。

我對馬豐的話感到驚奇，我望瞭望他的臉。

他說，我在夾邊溝的時候，有那麼好的機會，可我沒有跑，就是對共產黨抱得希望太大。今天想跑，已經不行了，我知道我就是今明兩天的事了。可你必須要出去，不要再在這裏等死了，放開膽子了跑。

我說，抓回來怎麼辦？

再跑嘛，抓回來再跑。人大不了一死，跑才有生的希望。

我沒有吭聲。

馬豐接著說，楊老師，我知道你是一個好人，所以，我就把這事託付給你了。我死後你把我的心掏出來吃上，那時候你就不是一個人，你的身上還有我，我會幫你逃出這個魔窟的。

我聽著馬豐的話，驚得渾身起了一層雞皮疙瘩，半天說不出話來。我們知道現在的人們已經沒有力氣去挖墓穴，所以為了走得體面一點，我們每個人都已早早挖好了自己的墓穴，也互相已經囑託好了，誰走了，另外的人就將他掩埋到他自己挖的墓穴裏面，但馬豐的話仍然讓我非常驚詫。

我說，小馬你是不是瘋了，你不要胡說，我們都能活著出去。

不！我活不出去，只要你把我的靈魂帶出去就可以了。馬豐拼足全身的力氣說道。說著，他給我留下了他家的地址，他媽媽的姓名，並拿出了他僅存的五斤糧票和八元錢。我這時才想到，馬豐的妻子在他來夾邊溝後，與他劃清界限離婚了。不怪他沒提他妻子一個字。

他說，你出去後一定要看看我的媽媽，那麼我也就見到我的媽媽了。

他說完這一切就緊緊抓住了我的手。

我的好兄弟，你一定能活著出去，你一定能見上你的媽媽。你人這麼好，老天爺也會睜開眼睛看見的。

他說，我根本不信這一套。這世界好人一個一個的死，壞人你看他們活得多滋潤，老天爺已經瞎了眼睛。

我們就這麼一句一句地說著，說得很平靜。

這時，我看見他頭一歪就不說話了。

我摸了摸他的嘴，人已沒氣了。

我望著他的臉，是那樣的安祥，那樣的寧靜。人死如燈滅，送走了一個一個的兄弟難友，我才深深地體會到這話是多麼的精闢。記得我小時候坐在奶奶的身邊，當油燈裏的油快乾，燈快熄滅的時候，一閃一亮，一亮一閃，最後猛的一亮就滅了。我的難友們死的時候大多也是這樣，他們的心力和體力慢慢衰竭，最後就這麼一個迴光返照，人就完了。

我趕快去找賴世俊，說了馬豐最後的遺言。

賴世俊說，把人拉來。

這天早上，各洞穴、地窩子門上又橫七豎八摞了很多用棉被捆紮的屍體。我給馬豐換上了他最愛穿的那件中山裝，把他的屍體直接送到了墳地他自己挖好的坑裏。

這時，我聽到了駝鈴的響聲。天際泛出了一縷紅霞，從遠方走來一位騎著駱駝的姑娘。那姑娘穿著紅衣衫，頭上紮著一條藍色的彩帶。這不就是馬豐放在我們洞穴裏的那幅油畫嗎？我不知道這是現實還是夢幻，因為，對於我，現實和夢幻已經完全溶合成了一個不可分割的整體。

第十八章

月亮升上了中天，泛著冷冷的白光，用一種半眯半睜的眼睛斜視著幽暗的明水山水溝。這時，一個黑影從溝邊上打了個滾，在月光下一閃，進入了場部領導的小灶食堂。

他進來的很順利，門上面那個小窗戶好像有意為他開著。他一縮身一弓腰，心中劃過一絲暗暗的欣喜。

他先是在籠裏取出饅頭，手一捏，往嘴裏塞了一個。

他太幸運了。由於練出了這套飛簷走壁的絕活，他從夾邊溝吃到明水河，多少人在這世道裏一個個死去，可他活過來了，而且活得思維敏捷，手腳麻利。雖然，出過一些小小的閃失，可誰也沒有他活得這般自由自在。

他一連吃了三個饅頭之後，他忽然聞到了一股奇香無比的味道。憑他靈敏的嗅覺，他知道這是羊肉的香味。他想，農場裏的羊越來越少，原來進入了這些王八蛋們的肚子裏。

他順著香味在爐灶裏摸到了一隻鐵罐，他急不可奈地往外一拉，只聽「哐啷」一聲響，梁上一根鐵棒砸了下來。他往後一退，鐵棒從他眼前滑下，一下砸到了他的右腿上。

他使勁將壓在腿上的鐵棒抬了抬，那鑽心的疼痛一下漫遍了他的全身。

這時，門打開了，七八個人提著棍子闖了進來。他一眼就看見了書記白鑫。他還是痛苦地呻吟著。

只聽白鑫說道，傅玄，有個再一再二可沒有再三再四。

他說，白書記你好狠啊！

白鑫說，再不要打他，你們幾個把他抬回去。

人們七手八腳過來抬起鐵棒，傅玄這時才殺豬般地叫了起來。

傅玄是在昏迷中被抬進洞穴的，到了洞裏我趕快和幾個服務員把他送進了醫務所。

到了醫務所已是雞叫時節，我們趕快將李湘義叫了起來。

救這賊骨頭幹啥？

李湘義過來望了傅玄一眼又要去睡。

李所長，大人不見小人怪，你就行行好吧。

李湘義在我的一再央求之下，才勉強給傅玄打了一針止痛劑。

我望著傅玄痛苦的樣子說道，老傅先忍一忍，天亮了我給場裏說，看能不能把你送到高臺縣醫院去。

天一亮，我就到場部去找劉宏。

劉宏說，該不該送醫院讓李所長找我。

我說，李所長不給老傅好好地看。

我知道李湘義原來也是劉宏的人，後來因為白鑫抓了李湘義的把柄，在幾件事上這小子跟著白鑫跑，劉宏對這人已經非常反感，我此時故意在他跟前挑撥了一下。

劉宏說，你讓李所長來找我。

我聽到劉宏這話，趕快去找李湘義。

我說，李所長，劉場長叫你去呢。

李湘義聽了我的話，把我看了一眼，鼻子裏「哼」了一聲，不情願地往場部走去。

由於我的努力，這天下午傅玄被拖拉機拉著送到了高臺縣醫院。

我望著遠去的拖拉機笑了。雖然，我不知道傅玄在高臺縣醫院被治療得如何，但我想，傅玄只要離開這裏總會是有救的，比在這裏躺著要好。

送走傅玄我本想好好睡一覺，可洞裏的病號又喊了起來。

這個喊，老楊，給我倒些水。那個說，老楊，不好意思，又得麻煩你了。

我知道這個人是要解手了。

我在這直不起腰的洞穴裏爬過來爬過去，感到有點支撐不住了，可我一看這些人的臉，心又軟了。我知道這裏每一個人活得都很艱難，他們在喊我的時候，其實都是實在沒有辦法才叫我的。

我不知道從這個洞穴裏抬出去了多少人，他們中有很多人都這樣喊過我。每天早上掩埋組來時，馬車上的屍體摞得高高的，這些死屍已將我的心變硬，變得麻木了。我只有聽見這些衰弱的聲音，才可使我冷酷的心慢慢復甦，重新有了人的良知。

我感到世界為什麼會是這樣，這些善良的人一個個就這麼無助地痛苦死去，他們到底做了什麼？他們來到這個世界上，他們的父母親為了讓他們上學，為了給國家造就人才，從小到大省吃儉用付出了多少心血。而他們一腔熱血想報效自己的祖國，可他們卻被無端的陷害、冤枉，被強加了右派分子的罪名送到這沒有人煙的荒灘戈壁進行脫胎換骨的改造，這改造到底什麼時候才是個盡頭，難道就讓他們這麼不明不白地被拋屍在這荒無人煙的地方嗎？

我想，這世界怎麼變得是非不分，黑白顛倒，沒有一點公理了呢？

我每天肚子餓時就會胡思亂想，每到這時我就盼望賴世俊或雷燕能給我拿來些吃的。

果然，賴世俊進來了。

我說，你這黃老鼠是從哪裡抓的？

我對他的黃老鼠肉發生了懷疑。別人連一個黃老鼠也抓不到，他為什麼能夠天天抓到，但我不願意將這張窗戶紙捅破，我已猜出他的黃老鼠肉到底是什麼了。

他說，我一天閒著沒事滿坡滿窪地找，總比你們在這附近找要機會多。

我知道他雖然比我們自由，可場裏給他的活並不輕，除了在黃沙梁子守那些屍體外，他還有積肥的任務，他再哪裡有時間去抓黃老鼠？

每天他用糞車把洞穴地窩子門前的糞尿拉到墳地上面，雖然是驢拉，可他還要把糞尿用土拌了發酵起來，待成了熟肥後，再拌些土，用鐵鍬拍成糞餅。所以，我們經過黃沙梁子，從很遠的地方就會聞到臭氣薰天的大糞味。

我吃了老賴給我的黃老鼠肉，覺得身上又有了力氣。

我說，老賴，你要多保重身體。

他悄悄地說，做好準備，想法逃跑。

他說這話時很神秘，我知道他已做好了準備。這事情雖然在我心裏醞釀了很久，但當他說出此話時，我的心裏還是有點緊張。

我點了點頭。

這時就聽見洞外有女人說話的聲音。

這段時間，犯人們的家屬陸陸續續地到場裏來。從家裏送東西的有，千里迢迢來這裏照料病人的也有。我想，這又是誰家的女人來了？

進來的女人有三十歲左右，穿著一件碎花小棉襖。一爬進洞，往裏面瞅了瞅。

因為，洞穴裏太黑，外面進來的人，剛進洞都看不見裏面的人。

我說，你找誰？

這時候，裏面的人就喊，快把門簾放下，凍死人了。她趕快把洞口掛的一床被子放了下來，說道，我找薛榮。

我將她上下打量了一眼，猜想這可能是薛榮的老婆。

我說，快坐，快坐，先喝些水。

女人長得很秀麗，看來是從遠路上來的，滿臉的風塵。

女人說，薛榮在哪裡？

我早聽薛榮說過他老婆是從抗美援朝下來的，他們倆從小青梅竹馬，在省教育局當著個小頭頭，看這架勢確實還有些幹部的派頭。

我說，嫂子，我給你倒水，喝點水了再說。

女人見我比較熱情，對我有了好感。爬到我跟前坐下說道，那些人們說薛榮沒了，我不信。薛榮來的時候身體比我好得多，朝鮮戰場條件那麼艱苦，他的多少戰友都犧牲了，他卻堅持了下來，他怎麼能說沒就沒了呢？是不是他們把薛榮害死的，我上北京告他們的狀去。

我說，嫂子你冷靜點，薛榮是沒了。他是得了病去世的。

他得的什麼病？

我說，得的感冒。

我們對外是不敢說餓死的，場裏不讓說，誰要說誰就是污蔑社會主義。這年代我們最怕無限上綱，扣大帽子，不知誰發明了右派分子的帽子，已經把我們壓到了十八層地獄，所以，我們誰都不敢說他們是餓死的。

她說，得感冒還能死人？不要騙我了，我也多少識幾個字呢。別人你們能騙得了，騙我，我能相信嗎？

說完她就「嗚嗚嗚」地哭了起來。

我說，嫂子別哭了，這裏還有好幾個病人呢？

她一聽說有病人，一下站了起來，說道，我看一看誰病了，得的什麼病？

這時黑暗中一個聲音說道，這洞裏的都是病人。

得的什麼病？

缺食病。還是那個人的聲音。

你們挨餓了，薛榮是餓死的了。女人想了想說道。我沒有吭聲。我不想在這個節骨眼上惹事生非，我要讓場裏的人對我完全失去警惕後，找機會逃跑。

女人說，能領我到薛榮的墳上去嗎？

我說，可以。

女人從包裹捧出些炒麵說道，你們幾個人分著吃點。說著她揉了揉那已紅腫了的眼睛。

我和賴世俊把女人領到了薛榮的墳前。

這是一個小小的土堆，它在亂墳崗成百個土堆當中只佔據著一點不大的位置。

一隻烏鴉在旁邊不遠處的樹上叫著，死寂的空氣開始震顫、攪動。昏黃的天空中，太陽顯得那麼黯淡沒有生氣。女人跪了下來，她摘下頭上的髮髻，放在薛榮的墳前。

她把臉貼到墳堆上說道，薛榮，我來了，你能聽到我的聲音嗎？

我和賴世俊在旁邊跪著，誰也不說話。

女人又說道，薛榮，你每次來信，說你還好，誰知道你受了那麼多的罪，挨了那麼多的餓，你怎麼在信中隻字不提呢？我知道我來晚了，我對不起你呀，我再也看不見你了。可我想你，我愛你，我知道你也想我，你也愛我。可是，我們兩人已生活在了不同的兩個世界裏，是他們把我們分開的，是那些王八蛋把我們分開的。

我聽到這裏，心裏一陣劇烈的震顫。這場運動使多少人蒙屈含冤，使多少人家破人亡，使多少有情人天各一方。我想，如果我死在這裏，桑傑卓瑪不也是這樣孤單、這樣可憐嗎？

女人從包裹又挖出些炒麵來，把白生生的炒麵撒到墳頭上。

我說，嫂子，該走了。再這樣下去會把你凍成病的。

女人看了我和賴世俊一眼，說道，你們先走吧，我想在這裏再待一會兒。

我和賴世俊還是那樣跪著，我們的周圍此時又過來了一些犯人跪著。

這時女人爬在墳地上大哭了起來，她一邊哭，一邊聲嘶力竭地喊道，薛榮，你好狠心啊！你的事業還未完成，你還那麼年輕，你為啥要扔下我一個人走呀！女人哭著，我們都哭著，亂墳崗裏一片哭聲。烏雲壓了下來，蒼天強忍著眼淚，好似也要與我們一起痛哭。

女人整整哭了將近半個時辰。

突然，枯樹上的烏鴉紛紛飛了起來，人們抬起頭，只見女人緩緩站起，朝遠方走去。

我望著女人的背影大聲喊道，嫂子走好。

這時，亂墳崗捲起了一陣風，風中飄灑著雪花，把女人整個兒包了起來。

人們含著眼淚齊聲喊道，嫂子走好——。

第十九章

傅玄被送到高臺縣醫院的第三天，腿子上就被釘了鋼針打了石膏。他躺在病床上想，只要我能從床上下來，他們又要把我帶回明水的山水溝，這一次回去非得把命送到那裏。可是，這根被壓斷了的傷腿才做了手術接了骨，才在定型的階段，自己只有躺在病床上延捱時日了。躺到第十天，他試著用手拄著拐子往前走，這時壓折的右腿裏的血管「嘭嘭嘭」地跳，血憋著腿疼得他又坐在了床上。

但是，他想有這麼好的機會再不跑，就沒有機會了。這兩天送他來的那個管教說，場裏已經開始催他們回去，不是醫院堅持不讓他們出院，說不定他已被拉了回去。

他一聽，臉就嚇得白了。心想，就是死在外面，也絕不能再回去。

就在這天晚上他跑了，他趁著那個管教睡著，利用上廁所的機會逃了出去。

他用雙拐撐著往前跑。火車站離醫院不上四百米，他到車站上正好碰上了一輛從玉門到蘭州的火車，買了票趕快上了車。

到了車上，躺在車門過道裏，他才感到腿子像針紮了一樣的疼，可當火車往蘭州奔跑時，他的心裏一下舒緩多了。

他想，多少個日日夜夜裏，自己在陰陽界上徘徊著，不是將臉面放到褲兜裏，去幹偷竊之事，死神早牽著我的手去了。

到了蘭州他又重新住進了醫院，因為他逃跑時骨頭又被拉了開來，醫院為他重新接了骨，定了型。

傅玄住在醫院裏給周恩來總理寫了一封長信，他詳細地把當前農場餓死人的情況向周總理做了揭露。他說，周總理，農場現在已經發生了人吃人的事情，已經有將近兩千多右派餓死在了這裏，但是，農場還在欺瞞著上面，如果中央再不採取措施，農場裏的右派會全部死完的。他一連用了五個十萬火急，用大大的驚嘆號點在後面。他害怕周總理收不到，整整齊齊抄了三封，分別寄給了國務院辦公廳、國務院和周總理本人。

傅玄逃跑後，白鑫開始找我的麻煩，說我為傅玄求情，才使他逃跑了的。

我說，不說你們把人沒有看好，我只是為了讓給他治腿，才為他求情的，我怎麼知道他會跑了呢？

但是，我也不想再與白鑫這樣的畜生說什麼，我看到薛榮老婆在墳場上悲痛欲絕的一幕之後，我感到我們這些堂堂鬚眉，真不如這麼一個弱女子有情有意。

我是鐵了心要跑了。可是，由於場裏犯人連續不斷地逃跑，場裏把犯人看管得越來越緊了。可我想，逃總會有生的希望，不逃終究是死路一條。我已經感到死神在向我招手，我痛苦地望了一下天的盡頭。我看到天的盡頭殘陽如血，我好似看到眾多難友在血一樣的天邊哭號著，那聲音撕心裂肺，淒淒慘慘。他們不是去摟去抱自己心愛的女人，為情而獻出自己的生命，而是為了生存，為了一點僅有的生存希望而進行了多少次抗爭，但終歸還是去了那漫漫天的盡頭。

就在我與賴世俊商量準備要逃的中午，賴世俊卻因打了一個管教而被關了起來。

這天，天上下著紛紛揚揚的小雪，人們都躺在草鋪上，聞著空氣裏散發出雪花的清香。到了中午，天上發了白，雪慢慢地停了下來。這時，一位管教就因為一個打飯的右派跑時撞了他一下，就將這個右派一盆子菜湯打翻到了地上。

賴世俊此時站在高坎上望著，他本是不想說這個管教的。多一事不如少一事，就像自己什麼也沒有看見。

可是，那個管教卻揪住這個右派不依不饒了，這一下激得賴世俊就來了氣。

賴世俊說，到這份上了，人連命都保不住了，撞你一下，也沒有多大關係嘛。

那個管教聽到賴世俊的話愣了片刻。他想你賴世俊也不過是個二勞改，比那些右派們好不了多少，竟敢用這種口氣教訓我。

他沒理賴世俊，「啪啪」就給了那個右派兩個耳光。賴世俊過來一把將那右派拉到身後，自己迎了上去。

那個管教一看這樣，右手掄著皮帶就往賴世俊臉上打。

賴世俊一邊用手擋著臉，一邊往後退，退到地邊腳下一滑就從地坎上滾了下去。

那個管教此時站在地邊上罵道，老不死的，一個勞改犯，你還把自己當成人了。

這時，地坎下面扔著一根木棒。賴世俊順手拿起木棒，一個箭步跳上地坎，不待那管教回過神來，木棒掃在了那管教的腿上。

那管教「哎喲」一聲，坐在了地上，臉一下就變得沒了血色。

就在這時，白鑫正從這裏經過，他只看見了賴世俊提棒打人的情景。他對幾個炊事員喊道，把賴世俊給我捆起來。

這幾個炊事員都是書記的打手。白鑫一喊，幾個人過去把麻繩往賴世俊的脖子上一搭，往兩條胳膊上一纏，朝後從背上拉了過去。其中一個炊事員把膝蓋頂住賴世俊的後背，雙手一用力，繩子「唰」地響了一聲。

我知道這一搭一纏一拉，再加上一頂一扯，若是另外一個人，早疼得把尿都能撒到褲襠裏了，然而，賴世俊只是將眉頭皺了皺。

我看出，賴世俊這條漢子忍受著多麼大的痛苦。

白鑫喊道，給我吊起來。

只見幾個炊事員把麻繩的一頭扔到一個樹杈上，往下一拉，賴世俊就被吊了起來。

人們誰都不敢求情。在夾邊溝時這樣捆人吊人打人的事情多了，可到了明水山水溝後，右派們已都餓得沒了人樣，人們再沒見過誰把人還往樹上吊。

可我並不害怕，到這個份上了，大不了一個死，我不能眼看著朋友遭這樣的毒手。

我說，人都快死完了，你們還把人往樹上吊。

白鑫說，你看見他拿上棒子打人了沒有？

我說，是誰先打人的？你問一問他。

我指著那個管教說道。

賴世俊平時很講義氣，樂於助人，他的人緣好。我這一說，人們都圍了上來。人們喊道，把人放下來。

白鑫一見這個樣子，說道，沒王法了，捆吊是小事，還殺頭呢。

然而，白鑫還是感覺到了人們的憤怒，他讓炊事員把賴世俊放下來，將繩子解開，把賴世俊關了起來。

賴世俊被單獨關進了一間離伙房很近的房子裏，沒人打他，也沒人問他，只有雷燕悄悄給他送來點吃的。

但是，沒了賴世俊，山水溝的廁所臭得人都進不去了。原先，還有人嫉妒他自由自在，一個人住著個小屋，而這時廁所裏大小便滿地，雖是冷月寒天，但糞便摞糞便，人們沒處站腳時，才感到這裏沒這個人確實不行。

於是，賴世俊就被放了出來，放出來的他胳膊腫得小腿一樣粗，根本沒法清理廁所。人們就埋怨管教隨便打人，把犯人們根本不當人。說著說著人們就說場裏天天死那麼多人，你白鑫還要耍威風，我們全死完，讓你一個人當書記去。然而，這話只是人們躺在草鋪上，私下裏的一點議論。

原先，我在國民黨的時代，提著腦袋在國民黨軍隊內部進行革命，我從來對我的信仰沒有產生過懷疑。解放後，我當縣長，當局長，始終對工作兢兢業業。就是我被打成右派，送到夾邊溝，我也認為共產黨不會冤枉一個好人，我的冤案總有一天會得到平反。直到今天，我雖被開除了黨籍，開除了公職，雖然，我現在已經成了一個反黨反社會主義的右派分子，但我對共產主義的信念一點也沒有改變。但是，而今已到了死亡的邊緣，我沒有理由再在這裏坐以待斃。

賴世俊被捆被關後，更堅定了他逃跑的決心，我們開始準備行動。

有一天我問他，馬豐說的事你辦了沒有？

他說，辦了。

我說，你怎麼辦了？

他說，已把他融在了我們的血液之中。

我望著他的臉，他顯得那樣的平靜。

我回味著他說得「我們」，我突然明白他每次給我的黃老鼠肉原來是難友們的屍體。

我低下了頭，我感到深深地內疚。上軍校時，有一個國文教員就說原始社會就有過人腹葬，說當時還是一種進步。到夾邊溝後，聽說賴世俊當八路的時候，吃過日本鬼子。當時聽說人吃人，我感到非常震驚和害怕。可是，現在我也吃了人肉，而且吃的是自己的難友，我還算個人嗎？但是，我又有什麼辦法呀，假如沒有賴世俊對我的接濟，要是沒有這黃老鼠肉，我可能早已進了那黃沙彌漫的墳地。

我默默地聽著賴世俊對我的訴說，他告訴我，已經有十二個弟兄融進了我們的身體。

我知道我罪孽深重，自言自語地說道，原諒我吧，如若我在這裏出去，我一定要為你們祈禱。

就在我準備和賴世俊逃跑的時候，桑傑卓瑪也在積極準備到農場來看我。

這段時間一種莫名的恐懼令她心緒不安。她已經兩個月沒有收到我的信了，這種煩躁使她整日心慌、鬱悶、坐立不安，一種急欲要見我的心情，促使她又隻身一人要到農場去見我。

她炒了二十斤炒麵，拿了五斤酥油，裝了一斤茶葉就上路了。

她是徒步來到西寧城的，她還不知道我們已經遷徙到了明水灘，她要從這裏乘長途車去酒泉夾邊溝的。

她睡在了一個馬車店裏。馬車店的店老闆在她一進門時，就用一雙色迷迷的眼睛在她身上舔吐著。然而，她習慣了這些眼神，自從我去了夾邊溝以後，不知道多少男人都在她身上打過主意。

店老闆長著一個棗核子臉，留著八字鬍，身子不高，一對小眼睛眨巴眨巴不時地在她臉上瞅著。他把她安排在了二層閣樓的一間小房子裏。

她太睏了。一上床就困得合了眼，一覺醒來，太陽已透過窗戶把刺眼的陽光照了進來。她伸了伸懶腰坐起，突然她大驚失色，大聲地叫了起來。

原來，她的炒麵和酥油沒有了。

昨天臨睡覺時，她還把炒麵和酥油枕在了頭下，怎麼說沒就沒有了呢？

她懷疑是店老闆偷的。

她找見店老闆說，你見我的炒麵和酥油了沒有？

店老闆說，你不是一個人睡著一間房子，把炒麵、酥油都拿進去了嘛。

她眼睛發呆，直直地望著店老闆。

這年景，人人都餓著肚子，你帶那麼多炒麵、酥油能不丟嗎？命不丟掉就算好了。店老闆說道。

她知道沒辦法，轉身就從馬車店裏走了出去。

走了兩天才回了家，回到家她望著千戶老爺就大哭了起來。

千戶老爺說，姑娘別哭了，我們打湊些了你再去，楊縣長可是個好人呀！

桑傑卓瑪這次還是帶了二十斤炒麵、五斤酥油，她知道我這時候最需要的是吃的。她上次去了夾邊溝，看見我們吃的東西她流下了眼淚。所以，她回去後，連續給我郵了三次炒麵，每次十斤，足足有三十斤的炒麵。可我一次也沒有收到，都被農場管教半道上截了去，他們自己吃了。

但是，她還以為這些炒麵我收到了，被我吃了，她心中才多少有了點寬慰。

桑傑卓瑪這次進了另外一家馬車店，這家馬車店是一家回民開的。

她這次再沒敢貪睡，晚上把炒麵和酥油藏在自己的皮袍裏，第二天她就坐上班車去了酒泉。她坐在汽車上，望著碧空萬里的藍天，心裏那個高興呀！多少個日日夜夜，她每時每刻都盼著這一天，盼著與她的楊縣長相見。

記得她嫁給我的那一年，千戶老爺舉辦了一年一度的賽馬會。

賽馬會上，千戶老爺和我一人騎了一匹馬，舉行了一次別開生面的比賽。

千戶老爺騎的是一匹棗紅馬，我騎的是一匹白蹄小青馬。千戶老爺在草原上出人頭地了一輩子，他要在氣勢上壓倒我這位共產黨的縣長。

然而，他那天卻輸了，他輸得最後從馬上掉了下來。千戶老爺那天一連喝了八大碗酒，他說，共產黨我服了，我鬥不過共產黨。

她想，千戶老爺的聲音好像就在昨天，可我的楊縣長今日裏卻受著這麼大的磨難。這次去後給農場好好說說，把楊縣長放回來那該是多好啊！

然而，她到夾邊溝後，已是人去樓空，只有幾個骨瘦如柴的犯人待在昔日那個熱鬧的場部大院裏。人們告訴她我們已經去了明水，而且她得知犯人們到明水去後有好多人已經餓死了。

那晚，她和一個剛從明水過來的女人住在一起。那女人的男人得了肝腹水，肚子鼓起來後，被場裏從明水送到了夾邊溝。

她問那女人，明水那面怎麼樣？

那女人說，一個個餓得都沒了人樣，定定地躺在那裏等死呢。

她一聽這話，心一下掉到了井裏，她不知道她的楊縣長是死是活，現在情況到底如何？

第二十章

這是一個明月高照的夜晚，如水的月光在大地上輕輕地流淌著。一股散發著陣陣馨香的糜麵窩窩頭就在食堂一扇大蒸籠裏，這是農場管教幹部們吃的。雷燕白日裏在食堂管理員的眼皮底下，她不敢拿，晚上下班時她幽靈般地躲在了伙房水缸的後面。

明水冬天的夜，格外的寧靜，天空中有無數閃動的星星。雷燕借著月光到了蒸籠旁邊。她剛伸手抓住一個糜麵窩窩頭，一隻鐵鉗似的大手緊緊卡住了她的手腕。

她看清了這是白鑫的臉。她沒吭聲，趁白鑫剛一鬆手，她將窩窩頭一下塞進了嘴裏。

她想，你打吧，反正我已把窩窩頭吃進了嘴裏。隨後的事情卻很簡單，他像一頭發情後無法控制的公豬，嘴裏「哼哼哼」地叫，從後面抱住了她，兩隻手在她兩個乳頭上揉來揉去。

她說，先別忙，你答應我一件事情，不然你休想沾上我的便宜。

說著，她一下退到了後邊，舉起了手中的菜刀。啥事？他急不可耐地說道。他說這話時眼睛發紅，聲音顫抖。

他想，這女人還想詐我。

讓我拿十個窩窩頭。

他說，犯人們連個窩窩頭的渣渣都吃不上，管教們一天也只能吃一個半個，你要拿十個？十個，一個也不能少。她說著又往後退了半步。白鑫想了一下說道，行，十個就十個，行了吧？她款款地脫下了衣裳，眼眶裏的淚水在月光下晶瑩透明。

夜，還是那樣的寧靜，沒有風，沒有雨，只有月光在地上輕輕地流淌。

第二天，太陽還沒有出來，雷燕就去找我。

當她在僻靜處拿出十個麋麵窩窩頭，真使我大吃一驚。

我問，這是哪兒來的？

她說，別問了，找機會快走。

說著，她又打開一個包袱，取出一套破舊的衣服。把你身上的那套衣裳換下來。她說著把破舊的衣服遞給我。

我心裏納悶她到底要幹啥？

接著，她拉我去找賴世俊。

賴世俊說，這兩天還不能走。場裏這兩天巡邏得特別緊，弄不好事情就會給砸了。

雷燕說，我弄了十個糜麵窩窩頭。

賴世俊說，那不要緊，這十個窩窩頭先養養身子，等機會再說吧。

雷燕眼睛紅了一下說道，我就怕楊鵬再熬不下去了。

雷燕的擔心不是沒有道理的，這條山水溝每天都要死三四十個人，人心惶惶，誰都不知道明天的太陽從哪裡升起。

賴世俊說，這件事不能太急，要瞅機會，機會肯定會來的。

雷燕走後，賴世俊說，先吃上個窩頭了再說。

我倆每人捧著個窩頭慢慢地吃，慢慢地嚥。吃一會在火上烤一下再將黃黃脆脆的焦饃饃吃掉，然後再烤再吃，恐害怕讓這有營養的東西從腸胃中匆匆滑過，我要將它慢慢地吸收進去。

這麼香甜的窩窩頭，我已是半年多再沒有吃過這種奢侈品了。平日裏那些管教拿著窩窩頭，有意識地在我們眼前咬，把嘴拌得「啪啪」直響，我心裏當時那個恨呀！今日裏我真高興，我也吃上窩窩頭了，但我不知道這十個窩窩頭裏有多少雷燕的眼淚。

我每天在洞穴裏幫人打飯、餵飯，還要給那些爬不起來的犯人接屎接尿。我發現我一天天地不行了，人變得軟弱無力，頭腦發癡，躺在哪裡就倒在哪裡，不想起來了。過去的日子裏，我和掩埋組的人們一同埋屍體，兩個人在屍體前後一抓，一晃一悠就甩到了馬車上。然而，這幾天我抓住屍體，腿就開始顫抖。甩上幾具屍體，頭發暈，心發慌，氣就喘得不行了。我想，我每天多少還可加點吃的，都成了這個樣子，別人當然就更熬不過去了。賴世俊說，這幾天你就多在洞裏躺著，讓管教們看你已經不行了，讓他們失去對你的注意。

我想，不用裝，我現在確實不行了。

我躺了下來，場裏就在我們洞裏又換了一個服務員。

這天中午，一縷陽光從洞門縫裏擠進洞穴，我和人們躺在草鋪上望著爬滿蜘蛛網的頂棚，突然，洞外有白鑫的聲音。我想這個書記今天怎麼到這裏來了？正這麼想著，只見洞口的破被子被拉開了，白鑫低著頭爬了進來。

立正！白鑫操著每次講話時的口令大喊一聲。

我們都沒動。我們已沒有一點力氣從草鋪上爬起來了。

白鑫見我們都沒動，氣急敗壞地說，大家快起來，中央領導看你們來了。

這時，就見一個女人被一群人擁著走了進來。

那女人說，讓大家躺著，我只是轉著看看。

我想有什麼好看的，都已是鬼門關上的人了，你也看不上幾眼了。然而，當那女人面對我的一剎那間，我突然認出了她。

我說，錢大姐。

那女人聽到這微弱的聲音，愣了一下！隨後轉過身來望著我。你是誰？

我是楊鵬，我在延安見過你。

你怎麼在這裏？

我被打成了右派分子。

放屁！全他媽的胡搞。

錢瑛大姐說完就走了出去。我從她的眼神中看出，她對當前的極左路線已憤怒到了極點。我知道錢大姐過去在戰爭年月裏叱吒風雲，現在中央監察委員會任國家監察部部長、黨組書記。誰也沒有想到，這正是傅玄給周總理寫了信後，中央派錢瑛大姐率領中央工作組來調查夾邊溝問題來的。

過了兩天，我正躺在鋪上，賴世俊走了進來。他把我領到他的小屋前面說道，機會來了。他說，場裏為了明年的播種，讓我要擴大拾糞的範圍。

我問，什麼時候走。

他說，明天就走，你換下來的衣服我已穿在了李毅的屍體上。

我知道在農場，李毅從個頭長相和我極為相似，前兩天還是我給送到墳地去的。逃跑的念頭我早已萌發，而且已做好了隨時出發的準備，但賴世俊一說，我仍然有點緊張，心「怦怦怦」地跳個不停。

這晚，山水溝上面刮過一陣陣的寒風。大地封凍沉沒在蒼白的空氣裏。第二天東方剛一發白，我正急切等待賴世俊的到來，突然，白鑫讓一個管教來叫我。

我跟著那個管教到了白鑫的房裏。白鑫盯著我的眼睛半天不說話，過了一會兒慢騰騰地說道，聽說你想逃跑？

我知道這又是我們同洞穴的人告了密。夾邊溝的人雖然都在死亡線上，可在這些管教們的特殊管理下，每個人都時時想著揭發別人，立功贖罪。這兩天雖然我表現的若無其事，但是我的異常舉動不知又讓誰看出來了，因為他通過告密可以換得了半個饃饃。

我說，你放開讓我跑，我能跑著出去嗎？

他說，我量你也沒那個膽子。於是，他對我說道，今天我只想告訴你，千萬不要做蠢事。說完，他讓那個管教把我原送回了我住的洞穴。

我剛躺了下來，只見賴世俊在門外朝我招了一下手，我裝成解手悄悄走了出去。不待我回過神來，賴世俊猛地將我抱起，打開送糞的桶蓋，把我塞了進去。

我蹲在糞桶裏面。糞桶雖然是空的，可裝過糞尿的糞桶臭氣薰天，薰得我頭暈目眩。馬拉著糞桶往前面顛，我不知道前面是否有路，但是，我相信雷燕的話是對的，跑或許有一條生路，在這裏必死無疑。我就是帶著一線生的希望，去邁出人間那最可怕的地獄之門。

賴世俊說，跟前的幾個火車站不敢去，我們到駱駝城車站去。

他這樣說是有道理的，自從我們遷徙到明水山水溝後，隔三差五的就有人跑，也有人跑掉了，抓回來的也不少。抓回來的人被扣飯關禁閉，然後就送進了嚴管隊。這段時間，跟前的幾個火車站都派去了管教。

到了駱駝城車站，賴世俊把糞車停了下來。

我頂開糞蓋，跳了下去，頓覺外面的空氣又香又甜。我深深地吸了幾口空氣，說道，走吧。你走吧，我要回去。他笑著說道。

我抓住他的手說道，你瘋了。

他說，我沒有瘋，我還要等雷燕，她一個女人家我不放心。

說著，他從車簷上取下一個挎包給了我。

裏面裝的全是黃老鼠肉，路上吃。他說著把包遞給我後，打馬就往回路走去。

我望著他的背影，眼裏流下了兩行混濁的眼淚。進了車站，我突然看見了一個管教，我正想往邊上躲，可來不及了，他也看見了我。

這個管教我沒和他打過交道，但我知道他姓黃，他手裏提著一個銬子望著我微微地笑著。

我猛轉身就往外面跑去，他也緊緊地在我後面追了上來。

我想，今天不是你死，就是我活，絕不能落在這個人的手裏。

我跑到一個土坡前猛地一蹲，那管教跑得猛，從我的頭上栽了過去。我跳了上去，卡住了那個管教的脖子，奪下銬子把他銬了起來，然後抽出他的褲帶紮住了他的腿，把他的臭襪子脫下，塞到了他的嘴裏。

我再沒敢進車站，而是擦著牆根向遠方跑去。

我知道我闖了大禍，這下可不得了。夾邊溝一個犯人拿著鐵鍬砍了管教，抓回來就被槍斃了。我要是被抓回去，非被槍斃了不可。

我慌慌張張地朝東面逃去，高一腳，低一腳，拖著浮腫的腿一口氣跑了二十里路。

由於緊張慌亂，我不知怎麼竟誤入了一片光禿禿的戈壁荒灘。這裏沒有人煙，到處是奇形怪狀的一疙瘩一疙瘩的沙包。

看到眼前的一切我突然一驚，這是不是就是賴世俊所說的吃人灘。

賴世俊曾經說過，元山子跟前有個吃人灘，那年他們夾邊溝勞改隊在酒泉往高臺這一段鋪鐵路，有三個逃犯就進到了這裏。他們在這裏碰到了一群黑色的食肉蟻，食肉蟻由遠而近發出「沙，沙，沙」的聲音，鋪天蓋地向他們襲來。這種小螞蟻兇殘異常，它能嗅出人味並火速召集同類，全線出擊。賴世俊就是這三個逃犯中的一個，他親眼看到另兩位逃犯被這種小螞蟻活活吞噬。多虧他騎著快馬返回到勞改隊，犯人們用火燒了一道火牆，才使人們躲過了那場劫難。我望著一個接一個的小沙包，這裏看不見一片村莊，也見不到一棵樹木，茫茫沙海與天地相連，既沒有路又分不清東南西北。

我吃了幾塊賴世俊給我的黃老鼠肉，我知道這是什麼，但我始終不願說出來，就連今天我也不想說出來我吃的是人肉乾。這不是我的虛偽，而是他們已與我成為了一個整體，我的皮囊成了這些人的寄託，我不是我自己，而是十二個靈魂的一個集合體。

走到下午，我的嘴唇上已乾裂得滲出了血。但我相信我是能夠從這裏走出去的，因為，我聽到了火車的轟鳴。大約下午四點左右，忽然一陣疾風過後，滾滾的烏雲壓了下來，我想是不是要下雪了。

果然天上飄下了雪花。我欣喜若狂，跪在了地上，高舉雙手等著老天賜於我的救命甘露。我眼巴巴地凝視著密密麻麻的雪花從雲層裏落了下來，奇怪的是這些雪花只在我的眼前狂飛亂舞，它到不了我的手裏。原來這裏乾燥無比，還沒有等雪花降落到地面，就被極其乾燥的空氣蒸發光了。我仰望蒼天，感到大自然太殘酷了，我無力地倒在沙丘上準備去迎接死亡。

我躺在沙地上哆嗦著，桑傑卓瑪的身影不斷浮現在我的眼前。我想，不能就這樣死去，為了我的桑傑卓瑪，我爬也要從這裏爬出去。我好似看到了星星，天空一黑一亮，我想，這是一種非常危險的徵兆，我已經開始虛脫，暈眩的出現，說明生命已經極度虛弱了。

這時，一股寒流逼近，又刮起了大沙暴。到處是一片刺耳的呼嘯，一座座小沙包，轉眼間就被搬得無影無蹤。

我想到避風的低窪處躲一下，不知怎麼我的腿卻不聽使喚。我知道絕對不能停下來，停下來就意味著死亡，停下來我就會被凍成一具僵屍。

風沙打得我睜不開眼，站不住腳，我只是憑著一種向望，一種對桑傑卓瑪刻骨銘心的愛戀，一寸一寸向前走去，不斷地將腳從沙地裏拔出來。不久，我吃驚地發現，原來準備躲避的低窪處，竟被風沙捲起了一座碩大無比的沙山。

當夜幕降臨的時候，我終於走出了這片令人生畏的吃人灘。當我從冰縫中掬起由祁連山上流下的溪水時，我突然感覺這好像是一場夢，一場發生在瞬間的噩夢。

第二十一章

當我從山水溝逃出來的第八天，桑傑卓瑪到了明水場部。

桑傑卓瑪一進依著溝彎蓋起的場部，幹部們馬上被這穿著一身藏袍的年輕女人給吸引了，他們於是就說道，你們看楊鵬的老婆來了。

幹部們想，楊鵬死了，給這女人怎麼說呢？

於是，人們就把辦公室門關了起來。

桑傑卓瑪早就看見了劉宏，她認識這個黑臉場長，她就直接走進了場長辦公室。

劉場長，我找我的楊縣長。她的漢話說得不太好，但還是勉強能聽清楚。

人們想，她怎麼將楊鵬還叫楊縣長呢？

劉宏把頭抬起說道，他死了。

什麼？他死了。他是怎麼死的？桑傑卓瑪一聽這話眼淚就流了下來，她上去搖著這個黑臉場長的膀子大聲說道。

劉宏眯著一隻眼說道，病死的。他對來的家屬都是這麼說的，他知道繞來繞去沒有必要，這些家屬總是要打聽個水落石出。

他得的什麼病呀？桑傑卓瑪淚如雨下了，哽咽著問道。

肝炎。

什麼？

他得的是肝炎。劉宏說得斬釘截鐵。

她搖了搖頭。抽咽著問道，他現在在哪裡？

劉宏對跟前一位年輕人說道，小郭，領這個女人到墳地去一趟。

小郭在前面引著，桑傑卓瑪暈暈乎乎地跟在他的後面。

到了墳地，墳地上飄著零零星星的雪花。

桑傑卓瑪跪了下來，捧著糌粑就向天上扔去。

小郭指著一個小沙包說，這就是楊鵬。

她先是對著沙包磕起了頭，嘴裏不知喃喃地說著什麼。

接著她瘋狂地扒起了沙包，不一會兒扒出了一個沙坑，一床被子裹著一具屍體，她慢慢地解開繩索，顯現了一件深藍色的中山裝。

桑傑卓瑪一眼就認出這是她和楊縣長在婚禮上，楊縣長穿過的那件深藍色的中山裝，她的眼前剎時出現了當年喜慶的場面。

當年的楊縣長和眼前黃沙中的屍體已經完全不一樣了，她真不相信這會是事實。

啊，我的楊縣長——。她的淚水像泉水般地噴湧了出來。

然而，當她將屍體完全扒出來後，她突然驚叫一聲，這不是我的楊縣長！

不是他是誰？賴世俊在她後面說道。

小郭也說，人餓得變了樣，不是他能是誰呢？乾燥冷凍的沙地已使屍體癟了下去，屍體的臂部上的皮肉被人割了一大片。賴世俊和小郭這麼一說，桑傑卓瑪對她的直覺發生了懷疑。她伸出鮮血淋淋的手，輕輕撫了一下屍體的臉說道，我要把他帶回去。

你要把他帶回去？

對，我要把他帶回去。

小郭聽到這話驚了一下。接著說道，我先請示一下領導了再說。

小郭找了劉宏，劉宏和白鑫研究後，認為桑傑卓瑪是少數民族，就同意了這件事情。

小郭來到沙包後面時，桑傑卓瑪已將屍體捆紮好，裝在了麻袋裏。

這時，天上有一隻鷹在盤旋著，無邊的遠處有星星點點晶瑩的石頭在閃爍。

賴世俊不敢對桑傑卓瑪告訴實情，他害怕一個女人家會把一切事情搞亂的。但他看到這女人要把屍體背走後，他心裏又產生了一種莫名的不安。他知道這女人是勸不住的，讓她去吧，回去後她自然就會明白了一切。

桑傑卓瑪弓著腰昂著頭走了，她好似完成了一件偉大的事情。

寒冷的風呼呼地吹著，暈乎乎的太陽顯得那麼冰涼。

桑傑卓瑪望著在寒風中顫抖的山水溝，看著祁連山上發出的微微藍光。她發現一片蒼茫直接延伸到了天際的最深處，淒然、蕭瑟而又空洞。

這時，昏黃的天空中，一隻老鷹悠悠飛翔，飛著飛著就定格了，雙翅展得直直的，一動不動。廣袤荒蕪的戈壁灘，寬闊無際的天空，淺薄零亂的雲層，灰不溜秋的色調，合而為一變成了一個魔幻的棱鏡。桑傑卓瑪置身在此情此景當中，生出異常飄浮的感覺，她不知前面的路是否平坦，只覺得對於奇遇景觀突發出一種既驚詫恐慌而又貪婪無魘的心情。

桑傑卓瑪從墳地走到場部所在的高地上，過了乾涸的明水河，僅用了半個小時就到了河壩。河壩裏一片凸起的沙地上有一眼泉，人叫板坦井。在過去的年代裏，板坦井是放牧的駱駝吃水的地方。明水這地方怪，別的地方在地上挖下近百米才可打出水來，而板坦井這地方只要向下挖兩米，水就會往上直冒。

過了板坦井地勢又高了。很快，她的腳就踩到了鬆軟的沙子了。沙子越來越厚，逐漸變成了一道沙梁。

沙梁迎著她的一面是個緩坡，可是走上去一看，北面的坡又陡又高。她走進沙窩子來了。這裏隆起著一道又一道的沙梁，每一道沙梁都有幾十米上百米長，呈東西方向排列。沙梁往北延伸數公里，向東綿延十幾公里。每當颳風的時候，這裏飛沙走石昏天暗地風聲如雷，所以當地人把這片沙窩子稱做鳴沙窩。縱眼望去，黃沙漫漫，無邊無際的沙海向東方流去。她背著屍體，沒去坐車，沒有進村，而是順著大路直接往前走去。突然，無數沙粒在她周圍繞起了圓圈，形成一個個小小的旋渦，升騰直上，隨後疾速沒入遠方。

漸漸地，沙丘抖起威風來了，顯得放浪不羈。黃沙漫捲，三座巨大的沙丘倏然而至，滾滾向前推進，宛如被狂風連根拔起的大樹，在一里地外擋住了她的去路。她望著大沙丘，心中一陣莫名的恐懼，她用手將身後的屍體緊緊攔住。

這時，三個沙漠幽靈驀地融為一體，咆哮著向她撲來。

狂風掀起巨大的沙柱，騰躍起數百尺。她躲在一道城牆後面，一下子分不清東南西北。無數沙粒從龍捲風的桎梏下逃逸出來，四面灑落，像一條條鞭子在她身上臉上抽打著。大約一里遠處，突然立起一堵沙牆，遮蔽了日光，荒原一下子變得朦朧了，她怯生生地處在一片迷惘之中。

決定生死的最後關頭來到了，只要有一念之差，便會抱恨黃泉。眼下明擺著，插上翅膀也無法逃離沙魔的巨掌。

大地在飛沙的撞擊下顫慄著，刺耳的喧囂聲震耳欲聾。狂沙大發雷霆，把地皮剝得精光，暴風呼嘯，縱橫肆虐，一塊塊石粒被扔到半空中，又墜落下來惡狠狠地敲打在她的身上。她用皮襖裹著頭，爬在遼闊的沙漠上。

她龜縮在一道古城牆的頹垣斷壁之間，突然閃過一個念頭，她覺得暴風所演奏的華彩樂章已達到了高潮，再不會甚囂塵上，不可一世的沙漠大風暴亦不過如此。她把屍體緊緊摟抱在懷裏。殊不知一語未了，巨魔再次兇相畢露，風捲狂沙扶搖直上咆哮尖叫，一聲高過一聲。整整刮了半個多小時，狂風漩渦終於遠逝，樂曲漸弱，趨向尾聲。

風暴止息了好久，桑傑卓瑪仍然躺在沙地上，她凍得瑟瑟發抖，頭昏眼花手腳無力。多少個日日夜夜裏，心中的楊縣長如一輪燦爛的明月，牽腸掛肚時時揪著她的心。

薄暮時分，她從地上爬起，解下羊皮袋，喝了幾口水，只覺神清氣爽，一股暖流從身上緩緩穿過她的全身。她輕輕拍了拍屍體。

她說，楊縣長，我們走吧。你不是要與我一塊去放羊嗎？回到家，我們就走，離開這個是非之地。

大戈壁收斂起它的猙獰面目，重新恢復了迷人的魅力。在沙丘陰影的幽暗處呈現出一片深褐色，其邊緣處和斜陽投下的餘暉融合在一起，形成縷縷金絲。她往遠處望去，在地平線的東方，在天空最後一縷亮光的映射下，聳峙著一簇房屋的剪影，彷佛是座古代寺院的廢墟。

我走進了一個村莊，村裏不知為何死寂的沒有一點聲音。我看到了一個用石頭圍起來的院落，我知道這是一個農民人家。我又累又渴，我急不可奈地用手敲了大門上的門環。可是，任憑我把門敲得山響，一直沒有人來開門。我知道我再喝不上水我就要被渴死了，於是，我將手伸進門裏將裏面頂得一個門杠撥了開來。我走進院子喊了一聲，有人嘛。沒有人的回答。我感到奇怪，就往簡陋的土房的小窗洞裏看了一眼，這一看不要緊，驀地嚇我一大跳，冷汗立時沁於額頭。原來屋內只鋪著破氈的土炕上，靠牆直坐著一個年輕女人，她勾著頭，上身穿一件嶄新的大紅棉襖，緊閉雙眼，懷裏抱著一個沒有了聲息的孩子。她好像還有一絲微息，又似早已坐化。炕沿下直挺挺放著兩具男屍，窗子上爬著一個個綠頭蒼蠅。我心頭突突直跳，一股刺鼻的臭氣薰得我趕忙退了過來。

我在門上站了一會，當心情平靜之後我趕快到跟前廚房的缸裏舀了一碗水喝了下去。死人我已經見得多了，可這麼一家人這麼全部死去，無人掩埋，還是讓我有點震驚。我這已不是第一次看到公社農民的現狀了，去年我在嘉峪關栽電線杆的時候，已經有所瞭解。轟轟烈烈的總路線、大躍進、人民公社，大煉鋼鐵、放衛星、食堂吃飯不要錢、跑步進入共產主義，多麼美好的理想，沒想到轉瞬間變成了餓殍遍野、哀魂滿地的殘酷現實。

在這個人家我喝了水，我趕快到一個叫許三灣的小站扒了一輛往東面走的悶罐子車。

火車轟鳴著合著我的心律。我啃了一口雷燕帶給我的糜麵窩窩頭，雖然時間久了有點硬，放到嘴裏卻是那麼的香甜。我的淚水一點一滴地灑在往事的記憶裏，我想起了賴世俊和雷燕。我說，你們倆人為什麼不和我一塊兒飛啊，出了地獄的門檻，外面的空氣好新鮮。這時，我感覺我是多麼的卑鄙、自私，我為什麼拋下雷燕，一個人逃跑呢？我無地自容，沒有誰能挽回結局，只有火車不斷地往前飛奔。寒風從火車的門縫裏擠了進來，刺得我腿子疼痛難忍，我的眼淚又一次為他們長流，我的心又一次為他們揪得隱隱發痛。我默默地為他們祈禱。我為自己的自私而感到羞愧，一個堂堂的男子漢在危難的時候，自己跑了，逃了，而將兩個患難與共的朋友扔在了山水溝裏。

我從悶罐子車裏往外看，外面漆黑一片，只有遠處閃閃爍爍的燈光。風嗚嗚地吼著，擦肩而過。

望著外面朦朧的夜景，我知道我看到的是世界最表面的現象，但實質是這世界被一個怪獸拖向深沉、衰老、死亡的邊緣，像一片落葉，無聲無息。這一刻我在風中體驗著生命的渺小、短暫，我的桑傑卓瑪和小燕子啊，我們還沒有怎麼歡笑和痛哭，一切就成了昨日的煙雲，正如白天過去黑夜來臨，只有心靈尋找心靈，但心靈之間總是隔著萬水千山。

人是需要回憶的，但回憶走得久遠了，也就感到現實的渺茫。回憶會給我精神上安慰，現實會給我人生經驗。我又想起了桑傑卓瑪和那片綠色草地上的人們，他們是那樣的善良憨厚而又純樸。我知道他們一步步離我近了，可我仍然是那樣的孤獨、苦悶、焦慮和無奈。

那是我與桑傑卓瑪結婚後的夏天，我們去了聖潔的青海湖。那裏青草碧綠，湖深海藍，一群群鳥兒在湖面上自由飛翔。

當我放眼八百里青海湖，走近十萬隻鳥的鳥島時，我好似看見了巍峨的日月山，望見了英俊瀟灑、才華橫溢、武略疊出的吐蕃大臣路東贊和文成公主向我走來。

這是迎親的隊伍。

我們在這裏聽到了一首首扣人心弦的拉伊，這些情歌把愛情唱得像十五的月亮一樣圓，像青海湖中的珍寶那樣貴。神秘的愛情，幸福的愛情，美滿的愛情，在這些拉伊中流露得那麼淋漓盡致，像鑲嵌於茫茫雪域大地、崢嶸雪山上的金顆玉珠。

我與桑傑卓瑪在草地上騎馬，下到冰冷的青海湖中戲水，有那麼多鳥兒以為湖面上多了兩個奇怪的同類，在我們的頭頂「嘎嘎」叫著，把湖水灑落在我們的頭上。我說桑傑卓瑪，這裏才是我們的歸宿，才是我們永遠歌唱的地方。多少年過去了，我仍然沉浸在那美妙的一瞬，遺憾的是沒有拍張照片，留下那永遠的懷念。

第三天中午，悶罐子車才在蘭州土門墩停了下來。我從火車上跳下，伸了伸腰，似曾相識而又不很相識的蘭州城，你還認識我嗎？想當年，我在這裏暗中是共產黨的地下黨副書記，明裏指揮著國民黨的千百軍馬，而如今我惶惶然如喪家之犬又投到了你的懷抱裏。

我在蘭州西站外面眼望著黃土飛揚的馬路，只見一個黑臉漢子搶了一個女人的飯碗。

女人瘋了般地撲了過去，可那黑臉漢子卻把一隻骯髒的手伸進了碗裏，抓起麵條就塞進了嘴裏。

我往肚子裏嚥了一口吐沫，肚子裏「咕嚕嚕」地叫。我望著那些端飯碗的人們，涎水止不住流了下來，我也去搶嗎？我計算著搶到麵條進入嘴裏的時間。

然而，我還是沒有那麼大的膽量，我給飯店掌櫃的伸出了手，一隻骨瘦如柴的手。

飯店掌櫃的見我眼窩深陷，一根細脖子上撐著一個碩大無比的腦袋。他自言自語地說道，人怎麼成了這個樣子？

他遞給了我一個包子。

我記住了這一天，它又一次使我感受到了人世間的可怕，和人世間的關愛，最可怕的莫過於人間饑餓帶給人們的苦難，而最關愛的是在人最需要幫助的時候。我不知道這苦難是天災還是人禍，但我清楚夾邊溝死去的都是中華民族最優秀的棟樑。

這天我用虛弱的身體支撐著給夾邊溝農場的領導寫了一封信，這是一封以一個逃犯口氣寫的匿名信。

尊敬的農場領導：

您們好！

我是一個逃跑的犯人，一個幸運逃出地獄的犯人。我知道這話您們不願意聽，這種逃跑的事實您們也不願意接受。但這沒有辦法，我要活命，我還不想死，我還想為社會主義祖國再做出一些貢獻。不知您們意識到了沒有，您們在農場的所作所為已經完全失去了一個人起碼的良知。在您們看來，哪怕全農場的犯人死完，也不能讓一個犯人從那裏逃出去，這是您們的職責，這是您們的權利，因為，您們為了榮譽，為了您們進一步的升遷，您們要創造一個人世間沒有的奇蹟。

夾邊溝農場前前後後已有兩千多人死了，他們死得很痛苦，他們死得很窩囊，他們本想好好改造，有朝一日堂堂正正地從那裏走出去，用他們的汗水和知識更好地報效自己的祖國，然而，他們卻被饑餓和寒冷奪取了生命，死在了那塊黃色的土地上。

我和我的難友們一樣，為了生存苦苦地掙扎著，我們不想死，不想白白地把生命丟在那戈壁荒漠裏。因為，我們還年輕，如果我們七十歲入土，還有三四十年的時間在等待著我們。我們這裏有教師、作家、畫家、新聞記者、工程師和科學家，有無數黨的優秀幹部，祖國培育他們花費了那麼大的代價。可是，他們卻一個個倒在了他們充滿希望的土地上。

我知道我再不跑出來，我也會很快地死去，所以，我跑了。此時，我才感到生命比什麼都重要，有了生命，才談得上為人民服務，才能更好地報效祖國。我用一個人的權利，希望您們放掉那些還活著的人們，讓他們趕快出去，讓他們留下生命！

我現在還到處流浪，等過了這一段死亡難關後，我願意接受您們最為嚴厲的審判。

我愛祖國，我愛中國共產黨，我愛偉大的人民。此致

敬禮！

一個不願留姓名的右派分子

一九六〇年十二月十二日

我害怕他們看出我的筆跡，是用正楷字體寫完這封信的。當我把信發出之後，我緩緩地舒了一口氣。我站在黃河鐵橋上，望著滾滾的黃河水，望著蘭州北山上的那尊白塔，我看見白塔上面有一隻鴿子飛起飛落繞著山頂盤旋，我忽然覺得我有了一種白由放鬆的感覺，我看到了一種對生活的希望。

第二十二章

我又扒上開往青海的一輛卡車，卡車把我帶到了冰天雪地的草原。從日月山俯衝下去，廣袤的草原正溫順地蹲在路邊等我。我無法用語言來描述這驟然的相見，我應該古老地騎一匹白馬來看它，可惜我身無分文，衣裳襤褸地進入聖潔的草原，我來到了倒淌河，一條不可思議的河。

準確地說，我見到的它已不能稱為河而是幾尺寬的河溝。在枯草紛飛的草原上，它的存在已是一個驚喜，冰封的河面下有五彩的鵝卵石，有了幾分縹緲，倒像一縷婀娜的炊煙多情著要上天去似的。

我突然聽到了拉伊。

我的眼睛裏含著淚水，我知道這歌兒是從牧民們嘴裏流淌出來的。我躺在草地上，聽到拉伊在頭頂上盤旋，溫柔而矯健又掠過我的臉頰和河旁燦若繁星的瑪尼石堆，充滿了涼意和悵惘，宛如淒涼的故事剛剛鳴奏起了序曲。

我無法離開拉伊營造出的氛圍，那細若遊絲的歌聲始終追逐著我，很經心地觸及我，再細膩地撫摸、纏繞我，我的身體軟弱無力，手和腳如同沉浸於水，涼意和悵惘由下至上。

我被一個牧民抱到了馬背上。因為我又渴又餓，瘦弱的如一根草，在馬背上左右搖晃，是她們把我摟在懷裏，給我嘴裏餵甘甜的牛奶。我望著她們黑黝黝的臉，吮吸著她們的乳頭，我忽然想起了我親愛的媽媽，我是吃媽媽的奶一點點長大的。沒想到她們把我摟得那麼緊，我只有那微弱的吃奶力氣。

然而，什麼能留得住我呢？我一個浮躁而世俗的靈魂，靠那些優美的藍天、草原、拉伊，靠這些能把我平凡的人生昇華進天堂嗎？我哭了，仰望高原夜空裏無比碩大明亮的星星，我的心卻嚮往著心上人桑傑卓瑪。

我在這裏聽到了她們的訴說，合作化、反封建反迷信後的戰爭讓曼爾瑪這個村莊已沒有了男人。我聽到了她們苦難的人生，她們好似在訴說著遙遠的過去，訴說著天邊飄浮的白雲。

這裏北面的山上是原始森林。森林裏千姿百態的樹木，美麗而歡欣地生長著。我深深地體會到，靈魂即是裸著的身體，身體即是裸著的靈魂，各自以其蓬勃的生命組成了這個生機盎然的森林。這裏沒有虛偽，沒有猥瑣，沒有扭曲，沒有壓抑。大樹小樹，高樹矮樹和不見端底的藤蔓，和諧自由地生活在一起，不分聖俗。

我天天從一個山頭跑向另一個山頭，我決心練成一隻敏捷的小鹿從這裏出去後，就去找找那心愛的桑傑卓瑪。

雷聲從天上緩緩地滾過，百鳥不再歌唱，可牧民們的拉伊還在感化著我的心靈，她們要讓我與天、地、樹林和倒淌河水完全融為一體。

曼爾瑪這個村莊有了我這個男人，牧民們就要我做男人的事情。她們教我馴馬，這是一門絕技，只有最驃悍最機敏的騎手才能勝任這項工作。我雖然在軍隊裏騎過烈馬，可那已經是遙遠的過去。然而，女人的眼睛能給男人以無窮的力量，我在那一個個女人牧民的鼓勵下跳上了一匹狂奔亂跑的青鬃馬。我手持一根套馬杆，這是一根結實而有韌性的木杆，杆頭上繫有皮繩，這皮繩就是用來套馬脖子的。一匹火紅的紅鬃馬在我前面迅速逃奔，我舉起馬鞭往青鬃馬的尻子上狠狠抽去，青鬃馬一下跳了起來，擦著草尖飛快地向前追去，紅鬃馬左奔右跳使我遲遲不能得手，我沒有氣餒，而是瞅準機會準確無誤地將皮繩套在了紅鬃馬的脖子上。

這時，驚恐的紅鬃馬牽著我的套馬杆狂奔亂跳，我沒有急於制服它，而是緊緊抓住套馬杆不放。忽然，我感到渾身的血液開始湧動，一股強大的力量集聚到了我的身上，這些力量是那些牧民們用酥油和奶茶輸送到我機體的強大能量。

我雙手緊握套馬杆尾隨紅鬃馬奔跑了近四百多米。我的青鬃馬已挨著了這匹渾身噴著火焰的紅鬃馬，我乘機敏捷果斷地跳上了紅鬃馬的馬背。

一場驚心動魄的場面出現了。紅鬃馬第一次被人騎上後，暴跳如雷，忽兒狂奔亂跑，忽兒前蹲後蹶，忽兒猛跳搖晃，它要使出各種動作要把我從馬背上摔下來。我騎在跳躍的馬背上，忍受著紅鬃馬的折騰，雙手緊抓馬鬃，隨著紅鬃馬頑悍倔強的姿態，不斷地改變騎法，前俯後仰，驅馬直前。整整一個多小時，紅鬃馬跳到最後聲嘶力竭，一下倒在了草地上。我迅速地給它戴上籠頭，搭上了馬鞍，它還張著嘴直喘粗氣，用一雙銅鈴鐺般的眼睛瞪著我。

我用手撫摸著它的頭顱，突然，我看見了它眼睛裏閃耀著晶瑩的淚花花。

牧民們跑過來把我抬起，她們笑得嘻嘻哈哈，我在她們的甩動下恐怕從高處跌落下來。我看得出，那種舒暢、豁達、愉悅、清新的美妙感覺，從她們的身心深處油然而生，在此環境中，我好似感覺自己與藍色夜幕裏的雪山之水完全匯融到了一起。

桑傑卓瑪背著屍體經過了一個個車站，車站工作人員一聽她背的是死人，都不讓她進站，於是，她背著屍體就往家裏走。

她在冰天雪地裏整整走了半個多月。餓了吃幾口炒麵，渴了就到山泉和小溪裏喝幾口水，晚上則在莊人的柴草堆裏睡上一夜。她憑著對心上人刻骨銘心的愛，經受了常人無法想像的困難，在藏曆新年前終於回了家。

到家後，屍體已經發了臭。她知道發臭後的屍體鷲鷹不吃，亡人就升不了天，弄不好還要下十八層地獄。

千戶老爺請來了天葬師，讓喇嘛悄悄念了經。她把屍體在太陽出來以前背到了天葬台。她和天葬師一起往太陽升起的地方磕了三個頭，她看到了東面天空一抹鮮紅的彩霞。

這時，頭頂響起一聲尖利的呼嘯，一陣急驟的狂風將她的頭髮捲起。這是一隻鷲鷹的翅膀掀起的巨大波瀾。

一會兒鷲鷹都落在四周的山岩石上，大約有二十多隻。

她望著天葬師笑了笑，用利斧把屍體整個兒剁成了肉塊。她想，讓我的楊縣長轉世後還和我在一起，我們不是還要到青海湖草原一起去放羊嗎？

又一群烏鴉落了下來，圍在了她的四周，慢慢地向她靠攏。

她往岩底下靠了靠，鷲鷹和烏鴉都圍到了剁碎的屍體旁邊。

然而，它們聞了聞後就又飛起，落到了山岩頂上。她的臉開始發白，心兒猛烈地跳動。她知道屍體已經發臭，這些神鳥不願意將他帶走。

於是，她又從家裏背來了一口袋糌粑，她和天葬師一起把拌了糌粑的肉塊向天上拋去。一會兒，鋪天蓋地黑壓壓的一片落了下來，神鳥們開始搶食糌粑拌了的屍體。

這時，她的眼裏浸滿了淚水，臉兒已完全塗滿了紅暈。

她隨著天葬師又向東面磕了三個頭。將骨頭敲碎，拌上糌粑撒在了地上。

鷲鷹和烏鴉把碎屍骨渣清理乾淨後就往天上飛去，天上剎時佈滿了五彩的霞光，一輪噴薄欲出的紅日冉冉升起在了東方。

桑傑卓瑪做完這一切，就告別了千戶老爺向草原深處走去。

她想，那些靈性的神鳥已經把她的楊縣長帶到了草原深處。她要去找他，和他一起在遼闊的大草原上去放羊。

她騎了一匹馬，帶了四隻牧羊犬，趕著三百隻羊兒走了。

她深深吸了一口氣，再慢慢地把它吐出來，她感到大草原的空氣竟是那樣的香甜。過去多少個日子裏，她在一種污濁世俗的環境裏生活著，人們勾心鬥角，爾虞我詐。她不明白這世界怎麼在一夜之間變得如此冷酷。

草原漸漸寬闊，到處是鮮花，遍地是綠油油的青草，羊兒到了這裏好像比她還要快活，無拘無束，急得四個牧羊犬東奔西跑，狂吠亂叫。

她走向一處坡頂，頂上是一眼緩緩噴吐的清泉。她跪下來捧著香甜的泉水喝了七八口，然後，她坐了下來。她想起了她的弟弟隆慶，就是喝了仇人下了毒的泉水死在了家鄉的那眼泉邊。假若人們都相親相愛，不要有那麼多仇恨，這世界不是更多了一分清明。

此時，周圍一片寧靜，只有天籟之音和馬兒的噴吐、羊子的吃草聲，彷彿是從另外一個世界傳來的聲音。她想，楊縣長此時肯定就在她的身邊，他不知現在是一隻鳥還是一隻兔子還是一個什麼，總之，他轉世後肯定在她的身邊，她多麼想他又是一位英俊的少年，出現在她的眼前。

灑在身上的陽光使她溫暖和愜意，她打了一個呵欠，四眼藏獒虎子趁勢臥在了她的身邊。她爬在虎子的身上打了個盹，她不願想得那麼複雜。她想不通這朗朗乾坤，竟有人去到泉水裏去投毒，大千世界也會有那麼多魑魅魍魎。

她想，她和楊縣長那麼多年，我們怎麼沒要一個孩子？

那些年，楊縣長說，我們遇上了好社會，人民當家做了主人，我們好好學習工作幾年，孩子我們遲幾年再要。那些日子裏，楊縣長白天工作，晚上就教她學習文化，沒想到，事情變化的竟那麼突然，轉眼間已是人去樓空。

她從腰上解下木碗，放上青稞炒麵，她捏了一個炒麵娃娃，她讓炒麵娃娃順著她的喉管進到了她的肚子裏。

我現在懷一個娃娃該多好啊。她望著吃草的羊群默默地說道。

這時，一隻調皮的公羊離開羊群，向北面的山溝裏跑去，虎子把她用頭碰了碰，待她坐起，虎子箭一般地從公羊前面包抄了過去，連追帶咬把公羊從山溝裏趕了出來。

虎子是這幾隻牧羊犬的首領，它指揮牧羊犬始終把羊群限制在方圓四百米的範圍之內，這樣，它們既可以讓羊群盡情地享受水肥草美，又可以防止突發的不測。

虎子知道，大草原是深不可測的，這時節還是陽光明媚，說不準一會兒就會有急風暴雨，再說，這裏除了有神出鬼沒的狼之外，還有兇猛異常的豹子。

虎子是盡心盡責的，除了時時對周圍的山山嶺嶺保持高度的警惕之外，還處處關心著它的主人桑傑卓瑪。她病了，它會跑到草原深處採來一枝仙草妙藥；她累了，它會及時地臥下來，讓她枕在它的身上；她餓了，它會馬上把炒麵羊皮袋子給她拿來；她渴了，它會及時地找到水源。

虎子雖然不會說話，可它會察言觀色，它明白她心裏想的事情。這使得桑傑卓瑪感到奇了，她經常為此而放聲大笑，也安慰了她那孤獨、寂寞的心。

走過平安台，她到她燒放的土灰前望了一眼。她看到了一隻腳印，一隻人的腳印，她是那樣的欣喜。

這裏的人們天葬前，都要到平安台路邊上燒放一些土灰。天葬完後第三天，他們就到這裏來看，如果土灰上留下的是馬的蹄印，說明亡人已轉世成了一匹馬。若是牛的蹄印，說明亡人轉世成了一頭牛。總之，留下什麼動物的蹄印，亡人就轉世成了什麼動物。

今日裏，她看到的是人的腳印，怎能不使她欣喜若狂呢？

她笑出了聲來，笑得前仰後合，與自己相愛的人相遇、相愛、相守，並且又送到了這個世界上。她知道在她的心願下，他投到了青海湖畔。她要去找他，那裏水肥草美，是他日日思，夜夜盼，早已想去的地方。

第二十三章

一九六〇年十二月底，也就是我逃出明水一個月後的一天，這天，天上飄著幾縷繾綣的白雲，茫茫的戈壁大地上沙柳和駱駝草閃動著星星點點般的光澤。

為了落實中共中央西蘭會議精神，糾正以張仲良為首甘肅省委的錯誤路線，搶救遍佈甘肅各個農場右派們的人命，由中央檢查團和西北局及本省幹部組成的工作組終於到達了明水灘。他們一來，立即著手把地窩子和洞穴裏的重病號抬到附近公社一所學校的平房進行治療和調養。注射葡萄糖，散發康復丸，宰殺了場裏的瘦弱的駱駝、馬和羊熬成湯，每日限量供應兩個白麵饃饃。然而，死神並沒有停止它們的肆虐，耗盡了能量的犯人們還在不斷死亡。

元月八日，一輛馬車停到了賴世俊的小屋前。

雷燕從小屋裏扶出賴世俊往馬車上走，他們是要回家了。

賴世俊停下腳步，眼望著黃沙梁子墳地裏一個個小小的沙包，他突然跪在地上痛哭流涕了。

這時，一股風吹了過來，黃沙梁子捲起一個高大的旋柱，旋柱時走時停，在賴世俊和雷燕面前停了片刻，又向南面戈壁灘上的亂墳崗跑去。

他知道這是兩千多冤魂在向他們告別。

他說，弟兄們，我走了，我會經常看你們來的。

他和雷燕跳上了馬車。

馬車夫把鞭子打得「叭，叭」直響。他和雷燕這次都是去蘭州。他是專門去送雷燕的，他要去找雷燕那個廠的廠長，看看這人到底長得是個什麼模樣。他也不想回來了，不管夾邊溝農場何去何從，那一個個年輕活潑身影的消失，已使他心靈成灰，他知道他若再要在這裏待下去，他會完全窒息的。

馬車把他們拉到了東南邊的明水河車站。下了馬車，他倆就去攙扶那些要回家的難友。突然，一個難友跪了下去。賴世俊趕快跑向前去，可那個難友伸了伸手，脖子一歪就去了。賴世俊朝這個難友看了看，這個難友骨瘦如柴，還睜著一雙大大的眼睛，眼睛裏流露出對回家無限的渴望。

賴世俊記得，明水河車站就是他們從夾邊溝過來時下車的地方，離他們住的洞穴不足十里。可就在這十里之間，有多少人望穿秋水聽著隆隆的火車轟鳴一個個倒斃在了戈壁荒漠。因為，他們是犯人，他們是說了實話而著了禍的右派分子、反革命分子和壞分子。

賴世俊和雷燕坐在火車上心裏沉重萬分，他們並沒有脫離苦海的興奮。他們看著眼前用擔架抬上來的難友，默默地為他們祝福。

總算活到這一天了。雷燕說道。

賴世俊點了點頭。

賴大哥你準備上哪去？

你上哪我就到哪。賴世俊望著她的眼睛說道。

不要工作了？

不要了。

不在農場就業了你吃啥？

能在夾邊溝出來的人，還怕沒飯吃？

賴世俊想，你不答應我，我就跟你一輩子。

雷燕說，你看上我什麼了？

我就看上你的人好。

不怕我在蘭州甩了你。

你不是那種人。

你就那麼看重我。

我就這麼看重你。我相信能在這個地方同生死共患難過的朋友，永遠都會是好朋友。

是朋友不一定是夫妻。

那就要看你了。

賴世俊說完這話，緊緊握住了雷燕的手。

雷燕沒有拒絕他的手。她想，在夾邊溝的兩年多的日子裏，她為了生存，含著淚逢場作戲，然而，她知道只有兩個人對她的情是真的。一個人是楊鵬，一個就是賴大哥。賴大哥雖然比她大二十歲，可他為人豪爽，有情有義，是一個真正的男人。

他們在蘭州東站下了火車，然後到附近一家餐館吃了羊肉泡饃，洗了個澡才去了雷燕的家。

雷燕的家在安寧區，父母親都是西北師院的老師。賴世俊進了門，見雷燕的父母都在板凳上坐著，就叫了一聲，大叔，大媽。

雷燕見他這個樣子就笑了，說道，爸，媽，這是我的朋友。

雷燕的爸爸媽媽望著這個比女兒大了很多歲數的紅臉男人就笑了，他們笑得很慈祥。

雷燕想，爸爸媽媽被劃為右派後，幸虧沒有被送到夾邊溝，送到夾邊溝肯定是回不來的。

雷燕的媽媽問，這位朋友，你在哪裡上班呀？

賴世俊不知怎麼說是好。

雷燕說，我這位朋友是在農場上班，他不幹了，想在蘭州再找工作。

雷燕的媽媽一聽這話，臉就吊了下來。這一切都被賴世俊看在了眼裏。

雷燕的父親說，說這麼多話幹啥，人家都是遠路上來的人，先吃飯。

不忙了，我倆一下火車就吃過了。賴世俊說道。

那麼先喝水，雷燕的父親不緊不慢地說道。

這幾年多虧你照顧了我的燕燕。你叫楊鵬吧？雷燕的父親問道。

我叫賴世俊，楊鵬也是我們的朋友。賴世俊說道。

他出來了嗎？

出來了。不待賴世俊說，雷燕搶著說道。

賴世俊想，雷燕在信上肯定每次都提到楊鵬，不然的話兩位老人怎麼記得這麼清楚。

賴世俊看出，雷燕的母親已不似剛進門時那般熱情了。他想，這也不怪，誰不願意自己的女兒生活的好一點呢？在這個年頭，城裏人沒有工作，就沒法生活。

於是，以後的日子裏，雷燕就陪著賴世俊到各單位去找工作。然而，人們一聽是一個留在農場的犯人，誰還敢要他呢？

有一天，賴世俊在街上走，看見幾個拉架子車的，他就問，同志，你們這工作是怎麼幹的？那些人說，只要有力氣，找輛架子車就可以幹。

原來，這些拉架子車的，不是勞改釋放犯，就是被開除了公職的右派或反革命。

賴世俊心想，就跟著他們幹吧。他從安寧區十里店買了一輛二手貨架子車，第二天就到木器廠去拉木頭。

就在這個月的十五日，賴世俊和雷燕在街道辦事處進行了登記，領了結婚證。

雷燕的媽媽對這件婚事不同意，可她父親說，這世道人們都在浪尖上漂著，不能光講這個條件，那個條件，主要是看人好，人本分、踏實，這比啥都強。

我住在曼爾瑪村已不知不覺一年多了，在這裏牧民們不但救了我的命，還把我養得身強力壯。我對她們說，我要去找我的桑傑卓瑪。

牧民們說，我們把人沒看錯，你的確是一個有情有義的人，快去找你的桑傑卓瑪吧。

她們把紅鬃馬給了我，一直把我送到了岸山底下的公路上。

我狠狠地抽了幾鞭子紅鬃馬，紅鬃馬奮起前蹄向遠方奔去。

我義無反顧地去找我的桑傑卓瑪。我不知道這三年來她怎樣生活，但我想她一定會等著我，因為我們早有約定，我們要到青海湖畔一個無人知曉的大草原上去放羊。

紅鬃馬順著公路向前奔跑，馬蹄「嗒嗒」敲碎了積雪，踏破了山尖，一直馱著我去找我的桑傑卓瑪。

從曼爾瑪村出來，當我走在路上，或在人群中時，就好像有無數雙眼睛盯著我，我驚恐，我害怕，我怕再回到那地獄般的夾邊溝農場中去。但是，當我聞到草原的芳香，看到那些寬袍大袖的藏族同胞時，我就有了一種安全感，一種被裹在皮袍中睡覺的感覺。

一路上我不敢坐汽車，也無法坐公共汽車，在這鐵桶般禁錮的社會裏，坐車買票要單位介紹信，出門吃飯要有糧票，我哪有什麼介紹信，我只有穿著藏家人的皮袍，騎著我的紅鬃馬向千戶老爺家奔去。

經過兩天兩夜的跋涉我才到了千戶老爺的家門口，望著縣城裏那一座座熟悉的平房，看著我曾工作過的縣委大院，我哭了。房屋依舊，人事變遷，我不知和我一起曾經在這裏共事過的同事朋友們是否還好，我只有遠遠眺了一下縣委大院的門，然後匆匆而過。

我直接去了千戶老爺的家裏，但我徘徊在門前的河灘不敢冒然進去。因為天底下到處都潛伏著一種暗暗的殺機，稍有不慎，將會招來殺身之禍。

我牽著紅鬃馬在河邊溜達，就見千戶老爺門上出來了個人，我往邊上躲了躲，定睛一看這不是千戶老爺家的紮西嗎？

我跑過去喊了一聲，紮西。

紮西回過頭望著我，半天沒有認出我來。

我說，我是楊鵬，你不認識我了？

紮西瞅著我細細打量了一番，說道，你是楊縣長嗎？

我聽了這話心裏很悲哀。原先我和桑傑卓瑪到了千戶老爺家，都是紮西給我們打水端飯，他怎麼不認識我了？你看我是人是鬼，你難道不認識我了？我抓住了他的手喊道。

紮西此時也認出了我，把我拉到邊上悄悄說道，楊縣長，縣公安局和州公安廳一直在抓你，說你逃跑時把一個管教用銬子銬上凍死了。幸虧你沒進去，這裏面住的全是公社民兵大隊的人，一進去不是自投羅網了嘛。

我想，他們怎麼知道那管教是我綁的？

我說，桑傑卓瑪現在在哪裡？

紮西就告訴我，桑傑卓瑪怎樣到了夾邊溝，如何背回了屍體，她又是怎樣天葬了屍體，趕著羊群走進了大草原等等。

我聽著聽著就淚流滿面了。

我說，你剛才是說農場知道我跑了嗎？

紮西說，原先不知道，都還以為你死了。你跑出來的事還是一九六一年十一月農場撤銷後，人們無意識之間說出來的，公安局經過推算把你列為殺害那個管教的重大嫌疑犯。可我們都認為你死了，沒想到你真的還活著。

我說，千戶老爺現在也不在這裏住了？

從這裏搬走已經有一年了。我是貧下中牧，現在在民兵大隊當著小隊長。紮西說道。

他接著說，楊縣長趕快跑，前些日子還有人到這裏打問你的消息呢。

我抓住紮西的手說道，紮西，我的好兄弟，你見了桑傑卓瑪就說我一直在找她。她不會來了，這一年多來就沒有她的一點音訊。紮西說完和我匆匆告別，我看著他那彎腰駝背的樣子，心想，他原來是一個多麼活潑可愛的小夥子，才幾年時間，歲月竟然把他消磨得如此小心謹慎。

我又喊了一聲，紮西。

紮西回過頭來望著我。

我說，我這匹馬先放到你這裏。

他點了點頭，過來牽上紅鬃馬就走了。

這天，我又返回了蘭州，我是想見一見雷燕了再去找桑傑卓瑪。

我是扒了一輛火車到蘭州火車東站的。

下了火車，我不敢從車站門上出去，就一直往西面走。這時正是中午時節，車站沒有幾個人，我順著鐵路往上走，沒有引起人們的注意。走不多遠，我趕快從鐵路邊一個小巷道穿了過去。

到了蘭州的大路上，我心裏豁然明亮了許多，可我還是不敢在人多處走。我怕遇見熟人，我怕被便衣盯梢，於是我就到一個茶館裏要了茶，躺在馬紮子上睡著了。

我一直睡到晚上十點鐘，茶館收場時才將我趕了出來。出來後我不敢進候車室，因為那裏有便衣，我怕被便衣盤問露出馬腳。我也不能進旅社，那裏住宿要介紹信。我只有在馬路上一個人走，而且不能短途徘徊，而是長距離地轉著圈子。

我從蘭州東站走到西關什字，再從西關什字從另一條路到達蘭州東站，我就這樣不停地走啊走，恐害怕坐在哪裡又被當作盲流收去。

十月的蘭州夜晚，冷風已開始襲人，尤其到了早上四五點鐘，逼人的寒氣凍得我嗦嗦發抖。我覺得我進了一個冰冷的寒洞，四周黑黝黝的，沒有一點聲息，然而個個窗洞都有一雙眼睛盯著我，盯著我這個孤獨、徬徨的幽靈。我想，我還是直接去找雷燕吧。於是，我就在寒風的擁抱下又往西北師院走去。

到了師院一打聽，不知是人們明哲保身還是真不知道，誰都說他們不知道有個姓雷的。這樣，我就又回到火車東站。因為，別的地方根本無法待下去，待的時間一長就會引起人們的注意。

我又進了茶館子。我從外面買了個蒸饃，一邊喝茶一邊吃，躺在馬紮子上美美地睡了一覺。這種馬紮子就是用幾根木條和帆布做的躺椅，睡在上面還真舒服，一覺睡到了下午四點。我不知下一步該怎麼辦，因為，我身上只有不多的一點錢了，我沒有錢再坐火車往西面走，我只有設法掙到一點錢後再做下一步的打算。

我在茶館裏待了三天，也就是我在蘭州的夜晚當了三天夜遊神之後，這天我聽到茶館裏一個人說，蘭州西站貨場裏當搬運工能掙錢。

我問那個人，這話當真？

那人說，只要出上死力氣掙個百八十塊錢不成問題。

我說，你怎麼知道？

那人說，你看你這個人，我怎麼知道，我就是在那裏掙錢養家糊口呢。

我說，你能不能帶我去？

他說，你是幹什麼的？

家裏鬧饑荒到外面混口飯吃。我望著他說道。

好，明天你跟我走。那人拍著我的膀子說道。

我一聽這話，心裏那個高興啊，只要能掙上錢，我就不怕沒有飯吃，有了飯吃我就可以去找我的桑傑卓瑪。

第二十四章

蘭州西站貨場在土門墩南側，這裏每天運來大量的貨物，因為需要的裝卸工多，三教九流各種人物無所不有。

我在這裏碰見了傅玄。傅玄告訴我，他從高臺縣醫院逃出來後，在蘭州東躲西藏了半年光景，就到水利廳要求回單位工作。可這時單位第一把手正是劃他為右派、送他到夾邊溝去的那個牛正寬。

傅玄告訴我，那天他到水利廳直接進了書記辦公室，牛正寬見他進來，拿著報紙連頭都沒抬一下。

牛書記。傅玄望著牛正寬說道。

找我有啥事？牛正寬把頭抬了一下冷冷地說道。

我想回來工作。傅玄說著拿出農場的介紹信雙手遞給了牛正寬。

牛正寬把介紹信往桌子上一放，連看都沒看，說道，你想回來工作就能工作嘛，我還想當中央委員呢，能行嗎？你要知道，你已經被開除了公職。你也是個有文化的人，開除了公職就是從單位除了名，你想回來工作動機是好的，可想上班工作的人社會上有一層呢，你想這可能不可能。

傅玄說，中央有文件讓安排我們的工作，牛書記你就行個好吧，沒有工作我連飯都吃不上。牛正寬說，中央的文件多了，具體問題具體對待。誰讓你反黨反社會主義呢，後悔了吧，這個孽障沒人憐惜，就連你老婆都和你劃清界限離了婚，你想，我們能有什麼辦法呢？

這話不說還好。牛正寬一說，像一把刀子捅在了傅玄的心尖上，他只覺一股無名之火往上湧，真想將巴掌搧到把這畜生的臉上。

傅玄指著牛正寬罵道，你這個不得好死的王八蛋。牛正寬說，看把你氣的，自作自受，誰也幫不了你的忙。

傅玄從水利廳出來後想，五七年白土原水利工程上，自己提了正確建議，反遭這狗日的陷害差點丟了性命，給國家帶來那麼大損失的這個王八蛋，今日裏反倒成了水利廳的第一把手，這世界有什麼是非，還有什麼公道。

那是一九五七年的八月，全省重點水利工程白土原渠道的修建中，傅玄發現渠道挖在白土崖中間，表面上渠道端端直直，光光淨淨很是好看。但白土原從來沒有上過水，而且，大白土一遇水很容易滲漏，就是當時不滲漏，如若遇上田鼠打洞等意外事情，水一漏，就會使整個崖坎塌陷下去。傅玄看到這種情況，就詳細寫了一封材料交給了水利廳。水利廳領導看了這封材料心裏很不舒服，他們想，再過兩天就要開慶功大會了，怎麼半路上又殺出了個程咬金，這如何是好。領導們就叫來了當時負責白土原水渠修建的牛正寬。

牛正寬一看這個材料，說道，這次渠道修建沒讓傅玄插手，這人嫉妒不服氣，才給你們告這個狀的。

當時幾位領導想，一是將慶功會的通知已發了下去，再收回來怕窩了面子；二是他們認為傅玄一個歷史上有重大問題的人說這個話，是不是有反對社會主義建設的不良動機。於是，他們對傅玄的材料沒有理睬。

開慶功會的這天，水渠下游紅旗招展，鑼鼓喧天，人們搭起了慶功台，省上很多領導都被請來參加這次慶功大會。然而，上午九點的慶功大會，一直等到下午兩點水還沒有下來，人們就急了，當時一來這裏沒有電話，二來山溝裏汽車無法上去，水利廳就派人騎著馬往上游查看。不看還好，一看真把人嚇了一大跳，滾滾的渠水夾著混濁的泥土將白土原崖坎整個兒冲了下來，淹沒了原下的幾十畝良田。

這件事本來是傅玄占了理，如果水利廳採納了他的意見，水渠改道修建頂多延遲幾天，將會給國家和人民挽回多少經濟損失。然而，這條建議卻成了牛正寬的心頭大恨，他感到這個傅玄還敢撤他這個工程總指揮的台，還敢到水利廳去告他的狀。這時，正好給他這個部門下了五個右派的指標，他就把一個指標給了傅玄，並且將他劃為極右分子，建議開除公職，送到了夾邊溝勞教農場進行改造。

所以說，這次傅玄從夾邊溝回來，牛正寬一見這人心裏就不舒服，他怎麼能讓這個老對頭再進水利廳給他脹氣呢？

傅玄對我說，先在這兒幹吧，混著吃個肚子了再說。

我說，到這裏來還需老傅你多多關照。

說那些客套話幹啥，光憑從夾邊溝死人堆裏出來的交情，有我吃的就有你老楊吃的。傅玄此時心情暢快，拉著我向各個裝卸工進行介紹。

我從傅玄的派頭可以看出，傅玄在裝卸工人裏面是很有威信的。

初來乍到有傅玄的關照，我每月還能掙一百多塊錢，活雖然累了些，但收入真不算少。像傅玄這些老裝卸工每月起碼能掙二百五十多塊，比市委書記拿的錢還多。

我在這裏幹了一年多還算平安無事，可是不知怎麼西站貨場突然引起了上面領導的注意。上面做出決定，一是降低裝卸工的工資，和社會上人們的收入基本持平；二是對人員全面進行清查，摸清裝卸工的政治面貌。

傅玄因為從夾邊溝出來後，在落實中央搶救人命的指示時，已將戶口遷出，雖然單位不要他，但他託關係找門子將戶口報到了蘭州市城關區，而且在蘭州黃河北廟灘子找了一間房子住著。但是，我一沒有戶口，二沒有住處，又是一個被公安局通緝的殺人嫌疑犯。

填表審查的那天，我拿著表去找傅玄。

老傅，看來這裏幹不成了？我垂頭喪氣地說道。傅玄想了想說道，天無絕人之路，我倆到甘南販肉去，想不想幹。

我還有什麼想幹或不想幹的選擇呢？這時，全國正在施行三自一包，市場上也可以做些小買賣。我說道，幹，只要能掙上錢就幹。

第二天，我們就離開了貨場，去了甘肅省甘南藏族自治州。

我們包了一輛卡車，過了七道梁，經過臨洮、臨夏，當天就到了夏河縣。

夏河的草原一馬平川，綠油油的草地上點綴著一朵朵鮮豔的小花，風兒一吹，綠草翻著波浪好似一個無邊無際的綠色海洋。一群群的牛羊，一個個白色的氈房，我一呼吸到草原清新的空氣，心情頓時舒暢明亮多了。

我們進了一個氈房，主人問了我們的來意之後，說道，先喝茶。

我們也不推辭，就在卡墊上坐了下來。

我詳細地打量了主人一眼，這是一個約莫四十開外的中年漢子，黑黑的臉被太陽曬得有點發紅，一條長辮子盤在頭上。他穿著皮靴，皮襖上繫著一條紅綢子，一條右臂露在皮襖外面，在我們跟前有意識地擺弄著他的一把藏刀。

我接過主人的奶茶一氣喝乾，主人又接過我的碗去舀。

我已是好長時間再沒喝過這種奶茶了，喝起來感到是那樣的香甜。

我問主人賣不賣羊。

主人說，給的價錢好就賣。

我問，一隻羊多少錢？

他說，看你要多大的羊，大一些的五十塊，小一些的三十塊。

我和傅玄合計了一下。大一些的羊能宰個四五十斤肉，小一些的能宰個三十斤左右，每斤肉按一元二角計算，加上路費，賺不上錢，還要擔那麼大風險，根本不合算。

我說，你也太狠心了吧，你說個實話倒底給多少價錢。

他說，我看你兩人也是個實心人，大羊三十五，小一些的二十塊。

再便宜一些，給個實價錢，我們就多要些你的羊。傅玄說道。

他說，再不能便宜了。

我對傅玄說，那就這樣吧。

主人領我們到了一群羊跟前說道，你倆人先挑。

我和傅玄在一個高坡上，東跑跑，西瞧瞧，看中一個羊，就給主人指一下。我們整整挑了四十隻羊。

我想，三四百隻的羊群中，挑了這些羊，他再能從羊群中將這四十隻羊找出來嗎？

只見主人把羊群趕到一個彎子裏。

這彎子三面是土坎，羊跳不上去，主人撲上去抓了一隻，再撲上去又抓一隻，不上半個時辰四十隻羊都被放到了我們的卡車網罩裏。

我看得呆了，真佩服藏家人識羊抓羊的本事。

回到蘭州，傅玄說，我們還是賣活羊，這樣比宰殺了少賣幾個錢，但能省好多事，多跑幾趟啥都來了。

傅玄住在廟灘子一帶，這裏回民多，有許多賣肉開飯館的，我們以平均每隻羊五十塊出手，除過路費，整整賺了五百元。

我拿著我的那份二百五十元錢，不知這是夢還是現實。我一個從死人堆裏爬出來的人，還能掙這麼多錢，我是連想都不敢想的。可我確實掙了，這錢就攥在我的手心裏，我摸得著看得見，心裏別說有多麼的高興了！

這天，我倆到西關什字一個僻靜的清真小飯館買了三斤牛肉，打了兩斤高粱散酒就喝了起來。喝著喝著我倆就話匣子關不住了。

傅玄說，那個人不如曹操，曹操在官渡之戰後一把火燒了軍中很多人寄給袁紹的書信，就是為了留住人才，而那個人把舊社會給國民黨幹過大事小事的人都打成了歷史反革命，就連說了實話的人也當成了敵人。

我知道傅玄說的那個人就是毛澤東，我對此也有同感，可這話能說嗎？

我往四周看了看說道，老傅，你醉了，莫談國事。傅玄笑了笑說道，我沒醉。談什麼國事呢，你我一個豬狗不如的人，還有什麼權利談國家大事。然後，他念了一句宋代秦觀的《踏莎行·郴州旅舍》中的一句詩，「可堪孤館閉春寒，杜鵑聲裏斜陽暮。」

我聽了此詩，內心淒苦萬分，把頭低了下去。

傅玄看我黯然神傷的情景，也長長地歎了一口氣。他抿了一下酒說道，老楊，你的桑傑卓瑪還沒有消息？

我說，還沒有，我準備攢些錢了再去找她。

他聽到我的話「嗚嗚嗚」地哭了起來。

他說，我真羨慕你們。你這一輩子還有人愛你，你也有個人去愛，可我遇了這麼一個女人，我有地位有錢時，貼在我的身上，我倒了霉時，她比誰都跑得快。我說，老傅，話不能這麼說，那女人也是為了自己的生存嗎？

傅玄聽了我的話，把桌子「嘭」地一拍說道，呸！這女人的心毒得很，你不知道。反右運動時揭發我的材料多半是她寫的，不是她我根本去不了夾邊溝。

我望著他痛哭流涕的樣子再沒吭聲。我想，這年月一把階級鬥爭的利劍懸在人們的頭上，稍微沾點黑疤別人就要將你置於死地，這不怪任何個人，怪應該怪這個社會，怪應該怪製造這個政策的人，他使多少人家破人亡，又使多少人妻離子散。

我說，老傅再找一個嘛？

傅玄說，再不找了，再不找了。

他說此話時把桌子拍得「啪啪」直響。

我知道他心裏難受，但我想，老傅是受了刺激，說話才這麼絕對，世上的好女人多了，他若再找個對他好的女人，這人也是個重情重義的男人，日子肯定能過好。

老傅，你看下一步我們怎麼辦？我看他痛不欲生的樣子，有意把話插了開來。

他抬起頭來，望了望我說道，繼續幹，趁現在政策寬鬆，好好掙些錢了再說。

他說這話時又挺起了腰板。

我看著他那自信的臉，心想，環境真能改變人，從我初見他時的一介書生，到一個全夾邊溝有名的大賊，再到如今這樣一個既重義氣又自信的男人，他的每一步足跡，在我的腦海裏都留下了深刻的印象。

第二十五章

桑傑卓瑪來到青海湖畔，她把帳房紮到了一處朝陽的草坡上。這裏背靠美麗的青海湖，眼觀遼闊碧綠的草場，是放牧的最佳地方。

每日清晨，太陽從湖中冉冉升起，千萬隻各種各樣的水鳥上下飛舞，唱著美麗動聽的歌，把她的思緒帶到了遙遠的地方。

她相信她的楊縣長肯定轉世到了這個地方，他現在到底在哪座山頭，到底在哪座帳房？她望著飛起飛落的各種鳥兒，她想，這些鳥兒對她這麼親熱，是不是他轉世成了一隻飛翔的鳥兒。

在滿天的飛鳥中，最大的種群是赤麻鴨。棕紅的體羽，棕白色的頭頸，黑色的翼、尾，體色豔麗，舉止凝重、安詳，姿態優美、嫻雅，在寧靜的水面上遊弋、展翅，不時發出「哦……哦」的呼應聲。

水中捕食的潛鴨、白眉鴨和鴨類中最小而玲瓏的綠翅鴨。

她看到那飄飄而來的紅嘴鷗，群體作直線式的翱翔，緩慢而有規律地鼓翼前進，左右顧盼，探尋水中的魚食。這種紅嘴鷗的頭暗灰色，體羽淡灰白色，紅嘴，紅腳，長長的翅膀，瘦白的身體。

順著「呼——嘎——嘎——」的鳥鳴聲望去，她看見草地上飛起了一隻戴勝。戴勝在江南越冬後又回到了這裏開始生兒育女。她知道戴勝的羽冠平時收攏，激動時便迅速展開，宛若孔雀開屏，十分華麗。戴勝的鳴聲急促，由高而低，同時羽冠聳起，隨著聲聲高鳴，猶如摺扇之啟閉。當聳冠時常引頸鼓喉，頭亦上下急動，好似頻頻點首，頗具風趣。它飛行時輕盈婀娜，雙翼上下鼓動，酷似一個大花蝴蝶。

這些鳥兒裏還有大天鵝、灰鶴、白鷺、斑頭雁、紅尾鴝等等。她對每種鳥兒的起居以及各自的習性已非常熟悉。她相信她的楊縣長肯定在這裏，不論轉世成什麼他一定也每天看著她。

這時，她看到虎子跳起去追逐一隻銀鷗，她笑了笑，她知道虎子是在和這些水鳥在玩耍。這種銀鷗背部和兩翅深灰色，翼尖黑色，其餘部分全是白色，一會兒在水面展翅作舞，一會兒又到草地滑翔鳴唱。虎子見了這種銀鷗就會又叫又跳，銀鷗也有意識地逗它、惹它。

桑傑卓瑪每天融在這綠草碧水之間，心靈與愛人相伴，望著牛兒羊子啃著青草，她感到無比的幸福。

她想起了媽媽在小時候講給她的故事。

在吉祥的時代，白雪皚皚的喜瑪拉雅山下，有一個叫白瑪協嘎的地方。當地有一對老夫婦想再生一個寶貝兒子。她們每遇吉日良時，就到神山轉經，去寺廟上供。果然，他們在四十歲那年，又懷上了孩子，夫妻倆高興地不得了，臉上每道皺紋都變成了笑容。

一天，白瑪協嘎出現了種種奇異景象，雪山升起七色彩虹，天空灑下芳香的花雨，妙音女神央金拉姆，在彩雲裏不停地彈奏動聽的樂曲。就在這個時候，孩子生下來了。一看，又是一個女孩。老夫妻倆感到非常失望，甚至想把她施捨給人家。鄰居們紛紛勸道：小姑娘落生的時候，有這麼多奇異的景象，莫非是女神央金拉姆投胎在了我們家鄉！夫妻倆聽到這些話，臉上愁雲消散，化悲為喜，給小女兒取名央金拉姆。

草地上的格桑花一朵朵盛開，央金拉姆一天天長大，長得像十五的月兒一樣美麗，長得像夏天的白蓮一樣好看。她戒棄貪心、暴怒、愚癡、驕傲、嫉妒五種惡行，具有婦女的八種美德。央金拉姆還有一副美妙的歌喉，能在六弦琴上彈奏種種樂曲。每當彈唱的時候，不管是雪花飄飄的冬天，還是天色漆黑的夜晚，大家都聚攏在她的窗前聽。

後來她遭到兩個姐姐的嫉妒，離開了家，在路上與皇太子相愛，但因種種原因使她又和皇太子相別。

相別後的皇太子和央金拉姆，他們倆時時思念著對方。為了追求愛情，央金拉姆去到京城去找皇太子。

不知道走了多少天，她來到一座美麗的峽谷，仙鶴、野鹿、羚羊，雙雙對對，在草地上自由自在地漫遊，央金拉姆看到這些，思念起京城的皇太子，便彈奏起六弦琴唱道：請看東邊的草坪上，對對金鹿多麼的歡暢，想起京城的皇太子，不由我流淚悲傷。請看南邊的草坪上，雙雙仙鶴多麼的歡暢，想起京城的皇太子，淚水打濕我的衣裳。

正在她低聲吟唱的時候，由崖上傳來了小鵬鳥的慘叫聲，原來是一隻山羊大的黑青蛙，想把小鵬鳥吃下去，央金拉姆撿起一塊石頭，朝天上禱告了三次，便向黑青蛙砸去，一下就把黑青蛙砸死了。這時候，公鵬鳥和母鵬鳥從遠方飛回來，對央金拉姆十分感激。鵬鳥說，可愛的姑娘，你打死了孽龍，救出了我們的孩子，是我們的大恩人呀！你有什麼願望，儘管給我們提吧。央金拉姆說，你們展翅能飛萬里，每天飛遍世界各個地方，可知道京城裏出了什麼變故？鵬鳥說，聽說京城的皇太子思念情人太深已命在旦夕，京城裏世界各地的名醫，都沒法把他的生命拯救。姑娘聽到此話，頓時暈倒在了地上，過了半天才醒轉過來。她向大鵬鳥講明瞭自已和太子的關係，並且告訴她千里遠行的原由。鵬鳥高興地說，姑娘，我們相遇，恐怕是神佛的指使，因為只有我們的藥物，才能讓太子起死回生。說罷，拿出一隻鵬蛋，還有從雪山冰峰上採集的九種草藥，細心地告訴她如何調治，如何服用。

大鵬馱著央金拉姆，只用半天工夫，就到了京城外，落在牡丹園中，說，姑娘，這回你一定能治好太子的病，請放心去吧！

央金拉姆走進樹林，換上藏族青年男子的衣服，不管衛士的阻擋，心急火燎地往太子的住地跑。

衛士擋往她，急忙向皇帝稟報，皇帝下令將她召進宮去。姑娘依照大鵬鳥傳授的辦法，把鵬鳥蛋摻進牛奶裏，調進九種草藥，用小火慢慢燒化，一半敷在太子身上，一半灌進太子嘴裏。果然十分靈驗，過了一會兒，太子從昏迷中蘇醒，又過了三天，已經能下床走路了。半個月以後，太子在央金拉姆的陪伴下，在溫泉裏洗去瘡疤，換上絲綢袍服，又像過去一樣年輕英俊，光彩照人。

太子向皇帝報告和央金拉姆認識的經過，還有這位姑娘女扮男裝，一個人來到京城救活自己的情況。皇帝、皇后、各位大臣十分驚奇，決定以最隆重的禮節，把央金拉姆請到京城來和太子成親。

桑傑卓瑪每當想到媽媽講的這個故事她就有一種激動，她暗暗下定決心要以央金拉姆為榜樣，做一個善良的人，追求最美好的愛情。然而，命運卻把她和心上人分了開來，並且讓自己所愛的人遭受了這麼大的磨難，她每想到這些就有一種恍惚，所以，當她看到青海湖面上自由飛翔的那些鳥兒時，她就有一種抑制不住的衝動，有一種從來沒有過的嚮往，她多麼希望和她的心上人化為雙雙對對的鳥兒，天天在一起，追逐嬉戲，一會兒直插雲霄，一會兒又潛入湖底，一會兒又在綠草地上相伴而眠。但她不認為自己是孤獨的，她想她的心上人肯定就在這裏。所以，她每日望著太陽升起又落下，她都是那樣的安祥。

我和傅玄第一次倒賣羊就賺了五百多元，使我們一下鼓起了信心，雖然，我倆都是生意場上的生手，可成功的喜悅使我們又往甘南拉了五次羊，這五次使我們足足賺了三千元。

碌曲這地方有著大片的原始森林，豐饒的天然牧場，群山穿流的河水。在這裏一片森林就是一個綠色的王國，它的一木一草及各種真菌、苔蘚和無數種昆蟲、動物、飛禽，以一種天然的平衡彼此奇妙地連結在一起，構成了細微而複雜的生態體系。在這裏每一棵樹的一枝一葉根根蔓蔓，吸附著塵沙泥土積聚著陽光雨露，在冬天滿樹白雪，銀妝素裹。在雨季一棵大樹就是一個小的水庫，保護著山林水土防止了山洪的暴發，使得流淌了千年的河水總以慈母般的溫情緩緩地從碌曲這塊土地上流過，和世世代代生活在這裏的牧民們和諧相處。

我們走近牧場，牧民們從開過來的卡車就知道我們是收羊的。若他們也要賣羊，則將一隻羊捆綁後讓它跪在路邊。

我們的卡車停在了一個帳房前，我和傅玄有意識不下車，而是將頭伸出窗外。

一個男人走了過來，他腰間挎著一把藏刀。

他向我們招手說道，下來，喝個茶再走。

我們從路邊上捆綁的羊就知道他是想賣羊。

多少錢一隻？

他伸出了一個巴掌，也就是五十元。

我說，你賣的是牛還是羊？

他笑了笑說道，別急嘛，先下來喝個茶。

我望了一眼傅玄。

傅玄說，你好好開個價，我們還忙著呢。

他過來說道，急什麼呀，買賣不成情誼在，先下來慢慢說。

我倆看他這樣熱情，也就走下車去。

他讓我們到他的帳房裏去。

我說，再不去了，先去看羊。

他家的羊群在一處草坡上，足有三百多隻，而且，這些羊兒長得都很肥。

我說，你好好地給個價。

他對我和傅玄說道，我看你倆人也是個實心的買主，每隻羊按四十元賣給你們。

傅玄說，我們可要的羊多，你就便宜些。

我說，一隻羊三十元。

他說，你們要多少隻羊？

我說，這麼大的卡車，你看我們要多少隻羊。

好，就三十元賣給你們。他說著就把我們拉著到他的帳房裏去喝茶。

他讓我和傅玄坐到藏式方桌邊時，便拿過一隻木碗放到我們面前。接著他提起酥油茶壺，搖晃幾下，給我倆倒了滿滿一碗酥油茶。我在藏族地區工作多年，對喝酥油茶是非常熟悉的。所以剛倒下的酥油茶，我沒有馬上喝，而是和他聊天，問他家裏養羊的情況。等他再次提過酥油茶壺站到我跟前時，我這時才端起碗來，先在酥油碗裏輕輕地吹一圈，將浮在茶上的油花吹開，然後呷上一口，並且讚美說道：「這酥油茶打得真好，油和茶分都分不開。」他聽到我的話很高興，把碗放回桌上，又將我的碗添滿。就這樣，我們邊喝邊聊邊添。可我們心裏有事，一連喝了幾口，碗裏留點漂油花的茶底後。我說，先裝羊，等以後閒了再到你這裏好好來喝茶。

這一次我們在卡車上整整裝了五十隻羊。我和傅玄粗粗一估算，每隻羊最少賺上二十元錢，五十隻羊就是一千塊錢呀。

我倆一路打著口哨，又說又笑，別提有多興奮了。過了臨夏城，從洮河的渡船上過來，我們的車像脫韁的野馬一路撒著歡兒直往蘭州城奔去。

我們再沒有這麼高興過了。多少個日日夜夜我們是一些右派分子，只許規規矩矩不許亂說亂動，沒想到今日裏我們不僅能又說又笑，而且還能掙錢，還能掙大錢，這對於我們這些生活在社會最底層的人來說，仿佛是在做夢，做著一個不可思議的夢。

不知為什麼過了七道子梁，進入蘭州市區以後，我突然有一種恐慌，一種莫名其妙的恐慌。我想，我們是不是有點張狂。人狂沒好事，狗狂拉稀屎。五七年反右時，多少人不就是因為年輕氣盛，一跤栽倒而爬不起來了嗎？我為此曾對傅玄說過，我倆見好就收，別幹了。傅玄說，這趟把羊賣出後，我倆就洗手。我想也是，這趟回來賣了錢，我就去找我的桑傑卓瑪。

我的預感是對的，卡車剛進入蘭州市區到了小西湖，一輛北京吉普斜插過來擋住了我們的去路，吉普車上下來了五個公安把我倆叫下車來，一雙銬子戴到了我們的手上。

我和傅玄是以投機倒把罪名被抓進了小西湖派出所的。

被抓進派出所我一下慌了神。傅玄已把戶口落到了城關區。但我是從夾邊溝逃出來的，逃的時候反銬了那個管教，那位管教死在了戈壁灘上，我是一個盲流殺人嫌疑犯。我和傅玄被押進了派出所院裏的一間小房，房門一打開，只見裏面地上坐著七八個人。我靠著窗戶坐了下來，一問裏面的人都是些因投機倒把被關進來的。

待了大約有一個多小時，我聽見門上有人經過。同志，我要上廁所。我大聲喊道。

那人打開門問道，誰要上廁所？

我說，同志，我肚子疼得厲害。

我這一說，裏面又有幾個人喊道，我們也要上廁所。

那人見我穿著幹部制服，不像那幾個盲流那樣刁蠻，說道，你們幾個就在牆角的桶子裏尿。然後對我說道，你要大便就快去快回。

我趕快出來進了靠牆角的廁所。我四面一看，廁所西面有一道不太高的牆，我趁這難得的機會扒上牆頭趕快跳了過去。

過了牆是條巷道，我急忙從巷道跑了出去，出去後正好有一輛公共汽車開了過來，我就跳了上去。

我知道在這蘭州城裏待不成了，但我不知道下一步應該去哪裡？

這時，大街小巷都用白石灰在牆上寫著：「千萬不要忘記階級鬥爭」的大幅標語，整頓盲流，打擊投機倒把的呼聲一浪比一浪高。

於是，我去了青海，我又一次踏上了尋找桑傑卓瑪的路途。

我先到紮西那裏牽出了我的紅鬃馬，我想，她一定在青海湖畔，因為，這是我倆談論過多少次的嚮往。

然而，到了青海湖，我繞著湖邊找了三圈，根本不見桑傑卓瑪的身影，只有湖心島上那翹首盼望的望夫石。我瞧著那望夫石，看到那酷似瘦弱女子的石頭。那石頭眼巴巴翹望的神態是那樣的執著，那是我的桑傑卓瑪嗎？不，那是千百個夾邊溝右派妻子的眼睛。望眼欲穿，海枯石爛，但那顆心始終望著出門遠去了的年輕哥哥。我的眼睛模糊了，我多麼希望去代替他們去擁抱那個鐵了心腸要等待下去的女人。

第二十六章

我在青海湖畔遇到了一個喇嘛，這是一個有三十歲左右眉清目秀披著紅色袈裟的漢子。他說他叫奴巴，原來在寺院裏當喇嘛，他所在的那座寺院處在海拔四五千米的牧區。

奴巴這人很健談，他說他是寺院茶房裏的夥頭軍，藏話叫「麻急啦」。每日裏除去念經、作法事、燒茶外，他還到草原上撿牛糞，拾柴禾。在空曠冷清的草原上，他與附近一位牧羊姑娘由相見到相幫，再發展到了相愛。三年前，他剛滿三十歲，那位牧羊姑娘還是妙齡少女，不足十八歲。那段時間他們倆人那個愛呀，一天不見就似丟魂失魄。有一天，牧羊姑娘發現自己懷孕了。於是，她提出同他結婚。這實在是給了他一道難題。他鍾愛自己所從事的宗教職業。受戒發願的時候，他就發誓今生今世不再脫下袈裟，做一個虔誠的佛教徒。然而，他確實愛她，捨不得離開她。不久，寺院知道了這件事情，勸他還俗。他卻執意要留在寺裏，哪怕幹什麼髒活、苦活、累活他都心甘情願。但是，佛門不能留一個塵緣未斷的弟子。最後，寺院決定讓他帶上那個姑娘一起去喇嘛村。喇嘛村就在寺院跟前，在這裏住的男人們都曾當過喇嘛，後來娶妻生子。他們仍舊歸屬寺院管理，但不參與寺院喇嘛舉行的法會，僅參加一般性宗教活動。他們也和一般村民一樣從事生產勞動，每年向寺院裏交一定數量的糧食。

去年，一位做木碗生意的中年商人插足他們的家庭。從此，這個家庭不安寧了，三天吵架，兩天鬥嘴。有一段時間，她跟隨那個木碗商人出走了。但是，家裏有一個小男孩，因兒子揪心，牽腸掛肚，她今年又回到了這個家。

回家後，爭吵升級，並發展為動手。

他打了她。

她告到了公社，公社說他欺壓婦女，把他叫去關了起來。他不服，可不服不行呀。

他說，今天我才從公社回來。

他問我有沒有女人。

我不知道怎麼告訴他。

我說，我的女人叫桑傑卓瑪，我現在就去找她。

他說，女人真好。

他說這話時望著遠方的雪峰和雪峰上繾綣的白雲。

我說，你在公社待了多長時間？

他說，待了半個多月時間。

我想，夫妻之間在一起時不知道珍惜，倆人離開了才知道愛情的珍貴。

他說，你睡過幾個女人？

我笑了笑，笑得很難看。

他哈哈笑道，沒睡過女人陽間世上就白來了。

他告訴我，女人是如何如何的好，睡女人比吃肉喝酒還舒服。

我沒吭聲，只是靜靜地聽著。

他說著說著就用舌頭舔了一下嘴唇，然後問我想不想睡個女人。

我又是對著他笑了笑。我想，這奴巴真不是個安分守己的人。

他說著說著又說自己的命不好，還不如一隻狗。

我說，你怎麼把你看得比狗還賤了呢？

他說，人就是比狗賤，你不知道，人吃的是狗糧，享的是狗福。

我對他的話感到很是驚訝。

我說，怎麼會是人吃狗糧，享的狗福呢？應該是狗吃人糧，狗享人福才對呀？他說，人老幾輩都知道，古時候我們這裏連年五穀豐登，家家有餘糧。但有個女人用糌粑團子給小孩擦屁股，這件事被天神看見了，便發怒降災，使得這裏顆粒無收。那年景我們這地方餓死了很多人。於是，狗就天天向天神哭泣，天神以狗無罪，給了狗糧。這樣，人種的田裏才有了糧種，人也有了吃的。

我們倆人騎著馬，走了一路說了一路，在這空曠的原野裏有個人做伴，走起路來也沒覺得乏。

我這次是循著青海湖的邊緣向周圍的牧民打問的。

奴巴說，他是塵緣未斷遭受了報應，他不想回喇嘛村了，他要到喜馬拉雅山去做一個真正的喇嘛。

我們倆人，一個是有了女人要離開女人，一個是沒了女人要去尋找女人，我們懷著各自的心情走到了一起。在這茫茫的草原中找一個人就好比在大海裏撈針，奴巴陪著我找了兩個多月，我們沒有打問到桑傑卓瑪的一點消息，可是卻引起了這裏人們對我們的注意。

這時，在內地已開始了文化大革命，青海草原也聞到了階級鬥爭的火藥味。我想，必須先躲一躲這個風頭，不然會惹來麻煩。

奴巴說，跟我去喜馬拉雅山吧。

我正想暫避一下風頭，聽了奴巴這話，我就跟他一塊走了。

喜馬拉雅山的名稱出自印梵文，意為冰雪的居所，恰如其分地概括了它終年白雪皚皚的狀貌。它被稱為世界屋脊，是因為整個地區大部分是七千米以上的高峰，都聚集在它山體之上。全長二千四百多公里的喜馬拉雅山，像巨大的天然屏障，又像雄偉的萬里長城，屹立於亞洲中心，從而阻擋住印度洋暖濕氣流北上。

這冰冷嚴峻、萬籟俱寂、寒光逼人、高大雄奇的偉男子，與那柔軟多情、活力無限、歡騰不止、溫暖濕潤的雅魯藏布江形成鮮明的對照。一靜一動，一冷一熱，一穩健一靈活，真是一雙天成地合的伴侶。然而後者處於自己的特性，背對著那阻擋印度洋季風的高牆，從自身流經的大峽谷，悄悄引進印度洋季風，使其長驅直入，在雪域高原孕育滋生了一大片典型的熱帶和亞熱帶景觀。

走了十天才到喜馬拉雅山區，正趕上獵手們在獵殺扭角羚牛。

我不知道動物學家為什麼給它取扭角羚牛這樣一個名字，這個名字使我誤認為它是機靈而輕巧的羚羊類動物。到了喜馬拉雅山區，正巧碰上了獵手們圍獵扭角羚牛，才知道它是一種龐然大物，型體不小於我國南方的水牛。一頭中等扭角羚牛的肉，得八個人分開背，起碼有三四百斤。這裏的扭角羚牛很多，就和藏北羌塘草原的犛牛一樣，成群結隊地在雪線附近遊蕩。每年冬春兩季，獵隊登上黃葉飄落的崇山峻嶺，和這些強壯勇猛的獸群展開驚心動魄的搏鬥。

獵人們使喚的獵狗，或在各處燃放煙霧，將扭角羚牛群體驅趕到高山雪線附近，身軀龐大的扭角羚牛進入積雪區，沒有辦法奔跑，也沒有辦法跳蹦和抵人，獵手們便拉開強勁的弓，羽箭「嗖嗖」地朝它們身上飛射。

扭角羚牛中箭倒地了，射殺它的箭手，第一個歡呼著奔過去，騎在它的背上，雙手抓住犄角向大家發出「哦、哦、哦」的喊叫聲，這種喊叫相互呼應，表示祝賀。他們拿出短刀，割下羚牛的部分舌頭生吃。其用意是使它無法向森林動物的保護神頓青揚奔告狀。

他們打開獵物的胸腔和頭骨，舀出心血和腦髓，裝進一個大木碗，撒上從山下帶來的鹽巴和辣椒面，木碗由一個獵人傳給另一個獵人，直到把它喝完為止。

喝過牛血和牛腦，他們煨起松煙，吹牛角。同村的人看到和聽到了，不約而同地上山背肉。人們圍著獵物剝皮、肢解，按照古老的習俗分配。射殺羚牛的箭手，照慣例得到腦袋、心肺和脖子肉，喚狗的人分得牛皮，補箭的人分得後腿肉，其餘的一律分給全村的男女老幼。

我和奴巴看了獵手們捕殺羚牛的情景，我的心裏突然生出了一份悲哀，我和扭角羚牛是不是一樣，一隻無形的手在四處追捕我，他們抓住我也會這樣嗎？我突然對扭角羚牛產生了同情，這種同情實際上是兔死狐悲的一種憐憫。

奴巴看到我由白而黃的臉說道，你怎麼了？

我害怕，我倆趕快離開這裏。

怕什麼，這裏山高皇帝遠，天不管地不管，沒人動你。

咱倆快走，在這兒待下去我倆也得讓他們吃了。奴巴沒有吭聲。

過了一會兒他說道，你不瞭解他們，這裏的人誠實勇敢最講信用。他們與中原人從來不接觸，我倆放心在這裏住些日子。

我想也是，這年月外面風聲越來越緊，內地的文化大革命風暴橫掃一切牛鬼蛇神，像我這麼一個反黨反社會主義的右派分子加逃犯，在那些人手裏還能放得過去？

然而，我總是放心不下我的桑傑卓瑪，她現在到底在哪裡？為什麼我尋找了這麼多日子她仍然無蹤無跡？

我和奴巴把馬牽到一位老獵人的家裏，我們卸下行李準備在這裏住一段時間了再說。

雷燕從夾邊溝回來之後，原來整她去夾邊溝的那個廠長已經退休回家了，新來的廠長兼書記看了她由農場開來的介紹信，說道，你會幹什麼？

我是浙大中文系畢業的。雷燕望著新廠長說道。

那就到廠宣傳科去吧。

那行嗎？

有什麼不行呢。

雷燕到了廠宣傳科，真是有了用武之地，她恨不得一夜之間把這幾年耽誤了的時間全補回來。她平時出黑板報、寫稿件，逢年過節編排節目，領導說的和不說的，她都幹得非常認真，所以說，廠裏的宣傳工作自從她來之後，一下子發生了翻天覆地的變化。

廠裏很快給她摘了右派分子帽子，而且，她被提拔為廠宣傳科副科長。

雷燕非常清楚，廠裏之所以能夠這樣，主要是因為中央裏確實有實事求是的一些國家領導人認識到了大躍進、人民公社、虛報浮誇給人民帶來的災難，就因為這樣才使國民經濟開始好轉，下面的領導也開始敢用像她這樣的人了。當然，她也是非常感激這位廠長的，所以說，她一方面努力工作，另一方面她開始認真地進行學習，因為她心裏有太多的困惑。她想，彭德懷為人民鼓與呼有什麼錯誤，為什麼至今仍然得不到平反、改正，她從彭德懷的萬言書中看到了這位國家領導人光明磊落、無私無畏的人格風範，看到了一個對自己的立論身體力行的馬克思主義者。

這時候她已經和賴世俊結成了伴侶。雖然，賴世俊這時沒有正式工作，整天起雞叫睡半夜地拉架子車，但她感到這位賴大哥靠得住，是她須臾離不開的主心骨。

然而，這順心的日子並不長，就在她與賴世俊相愛的結晶，他們的姑娘珍珍三歲的時候，中國大地突然捲起了文化大革命的風暴，一夜之間她成了右派分子加現行反革命的雙料貨。

那天早上，她和平常一樣八點準時到廠裏去上班，一進廠門，大字報鋪天蓋地擁了過來，醒目的大幅標語上寫著「打倒右派、現行反革命分子雷燕！」「只許左派造反，不許右派翻天！」「橫掃一切牛鬼蛇神！」

她雖然只有三十四歲，可她已經飽經風霜，但她對這突如其來的政治風暴還是感到有點不知所措。前些日子她在報紙上看到毛澤東的〈炮打司令部——我的第一張大字報〉的文章，她簡直不敢相信自己的眼睛，這裏雖然沒有點名，實際上指的就是劉少奇、鄧小平。當廠裏貼出「打倒劉少奇」的標語時，她非常氣憤，她說這是對共產黨領導人的污蔑。她從自己的經歷和國家的發展中看到，在這場鬥爭中，以劉少奇為首的中央領導人是正確的。過去的歲月裏，毛澤東利用自己的威望整倒了彭德懷，讓在饑餓中嗷嗷待哺的全國人民完全陷入了絕境之中；今日裏毛澤東又要利用手中的權力去打倒劉少奇，讓剛剛喘過氣來的中國人民重新去遭受苦難。

她默默地念著：

谷撒地，薯葉枯。
青壯煉鐵去，收禾童與姑。
來年日子怎麼過，我為人民鼓與呼！

可她一個人的辯駁太微弱了，誰去聽她一個右派分子的胡言亂語。她在鬥爭會上被兩個膀大腰圓的漢子將兩條胳膊扳到後面，當她不由自主地將腰彎下去後，一個人又將她的頭髮扯了起來。

她被關進了牛棚，這裏有右派、反革命和壞分子總共三十多人。

她想到了死。可她死了珍珍和賴世俊怎麼辦？她讓賴世俊給她帶來了很多馬克思、恩格斯、列寧的著作。她認真地閱讀這些書，並且做了筆記，寫了心得，而且在每一次寫檢查時提出自己的一些疑問，她始終認為彭德懷是偉大的。她認為國家經過了這麼多年風風雨雨，再也受不了這樣大的痛苦和磨難。

然而，她卻為自己想得太少太少。

賴世俊雖然是行伍出身，也沒念過多少書，可他瞭解與自己朝夕相處、相敬相愛的妻子，他知道雷燕的話是不會錯的。

他每次去看她時都領著珍珍。

媽媽，他們為什麼要把你關在這裏？珍珍問道。

珍珍，你還小，你長大了就會知道他們為什麼要把媽媽關在這裏。雷燕的臉被打得青一塊，紫一塊，但她在珍珍的跟前不願流露出半點悲傷。她不想讓女兒過早地知道政治上的黑幕。

媽媽，關你的人都是大壞蛋。珍珍說道。

這時，賴世俊就對珍珍說，珍珍不敢這樣說話，讓他們聽見，他們又會打媽媽的。

珍珍聽到這話就不吭聲了。她每次臨走時，並不似其他孩子般鬧著要媽媽，而是調皮地把小嘴搭到雷燕的耳朵上說，媽媽再見，我天天都要來看你。

造反派們把雷燕又關了一個月，就把她給放了出來。雷燕出來的那天，天上下著毛毛細雨。她從廠裏出來，人們都望著她，但都不敢過來和她打招呼。幾個小學生在路邊朝她臉上身上扔過來石塊和瓜皮，嘴裏喊道，打右派了，打右派了——。

她聽到這話，鼻子一酸，眼裏一下湧出了眼淚，她認出了一個學生，那不是廠裏胡師傅的兒子胡小明嗎？她還給他補過語文。然而，她又一想，這畢竟是些孩子。於是她匆匆往前走去，她不想和任何人說話，她感到一個人的委屈算不了什麼，可他們為什麼要誣衊彭大將軍並要置他於死地呢？這世界到底怎麼了？去年這個時候，人們還引用毛澤東的話「三天不學習，趕不上劉少奇」，今日裏怎麼就對自己敬仰的朱老總、賀龍、彭德懷等國家領導人大肆誹謗。中國到底有沒有法制？天底下到底有沒有真理？

她從自己的經歷中得出，這是一個不讓人說實話的世界，被污蔑的這些國家領導人肯定是說了實話的人。她從自己得出的結論進一步去推想，那麼毛澤東就是錯誤的，五七年的反右，五八年的大躍進，講實話的人倒楣，講假話的人升天，人們瘋話狂語連篇，結果導致中國餓死了那麼多人。這裏有三分的天災，但起碼有七分的人禍，七千人大會上劉少奇也下了這樣的結論。國家通過施行「三自一包」政策，經濟剛剛有所好轉，今日裏毛澤東又要人們去造反，煽起那麼多無知的中學生到處又打又砸又搶。

她想到這裏有點害怕，可她卻是一個死鑽牛角尖的人，她不明白這一切到底要進行多久。

從廠裏到家裏有大約五六站路，可她不願意坐車，她就一直在雨中這樣走著。雨水從她的頭上流下，經過臉龐，她感到這樣才可以使自己頭腦清醒一點。從夾邊溝出來後，她已經對死置之於腦後了，她想真正的馬克思列寧主義者是無所畏懼的。

她要為真理而鬥爭。她認為真理在彭德懷這些中國共產黨人這一邊，真理在她這一邊，她沒有錯，每次讓她寫檢查她都是這樣說的。

她到商店給老賴買了一件絨褲，她知道老賴有關節炎，讓他穿上絨褲好好暖暖他的老寒腿。老賴不論天寒地凍整日裡拉架子車太辛苦了，到這個年紀了，她再不關心他，誰還能想到他呢？她給珍珍買了一雙小皮鞋，那次她領著珍珍逛商店，珍珍看著那雙小皮鞋的眼神，她看出來了。珍珍雖然嘴上不說，可她從那眼神中看出，珍珍對這雙小皮鞋太喜歡了。

雨，還是無休無止地下著，天空黑糊糊的不知聚集了多少苦水和冤屈，雨水使道路泥濘，天地昏濛，但她一直在雨水中這樣走著。

第二十七章

我們住的這個村莊是博嘎爾珞巴人的一個聚居地。這裏有三百多戶人家，在喜馬拉雅山下的一條小溪邊上，依山傍水，風景秀麗。

我們來的那天，珞巴人獵了一頭扭角羚牛滿載而歸，他們認為這是祖先鬼魂幫助的結果，應當剽殺幾頭牲口酬勞祖先。

第二天一早，幾個強壯的男人就去套一種巴敏牛。這種牛身軀高大，體格強壯，性情暴躁。平時珞巴人在它的身上烙上印記，趕進荒山野嶺讓它似野獸一樣隨意遊蕩。這天，漢子們拿著很長的竹索、藤條，進山尋找和捕捉。

到了下午，巴敏牛被捉來了，莊嚴而且隆重的剽牛祭鬼儀式正式開始了。整個村寨和附近幾個村寨的鄰居親友都被請來參加。我和奴巴也被他們邀請來參加他們的祭鬼儀式。

祭場上搭起巨大的竹架，架子上插著長長的竹竿，竿尖掛著蛇一樣扭曲的竹索，這是招鬼的標誌。院門打開了，強壯的巴敏牛被帶進來，拴在早已準備好的木樁上，它掃視周圍的環境，突然有一種不祥的預感，剎時眼睛充血而且滿懷敵意。它兩隻前蹄在地上扒著土，顯得狂躁不安。這時，一個頭插紅羽毛的大漢，在藤弓上搭起利箭，「嗖」地射在了牛身上。巴敏牛遭此突然的襲擊，吼叫著蹦了起來。在它騰空的一瞬間，早已準備好的洛巴漢子，揚起鋒利的大斧，朝牛的前額劈去。

只見巴敏牛頭骨破裂，腦漿迸射，像一架山一樣訇然倒地了。全場的人們在牛倒地之後，「嘔，嘔──」地喊了起來，奴巴將我拉起，我倆也跟著一陣狂熱的呼喊。

這晚，天上的月亮格外的明朗，場上生起十堆大火。火上煮著香氣四溢的牛肉。一會兒，肉端上來了，用大竹盆盛著擺在我們的面前。

我和奴巴用刀子割著牛肉塞進嘴裏，喝著村民們給我倆敬上來的青稞酒。

吃飽喝足我倆也醉醺醺地跳了起來。

我們學著他們將牛血塗抹在臉上，不時拍打一下自己的屁股，一會兒昂著頭吼叫，一會兒彎著腰跺腳，我在此氛圍當中，感到自己又復活了，又自由了，又年輕了，一種多少日子沒有了的感覺又恢復到了我的身上。

多少個日日夜夜裏，我東奔西逃，生活在一種驚恐和壓抑當中。白日裏，只要看見哪個單位門上掛著大牌子，我就感覺有一隻眼睛緊緊盯著我這個遊蕩在社會上的右派分子。見了熟人，我把帽檐一壓匆匆躲到邊上，害怕人們認出我這個殺人嫌疑犯。晚夕裏，我夢見一些人把我的胳膊反扭過去，把我的腦袋塞進褲襠裏，我就有一種被人扼住了脖子的感覺。

我正在盡情地跳舞，奴巴告訴我，他們要選村長了，這個村長民主改革前叫頭人，現在把頭人叫做村長，在村裏做的事和原先沒有兩樣。

我朝奴巴手指的方向望去，只見一個珞巴人跳到一個長木桌子前，桌子上擺著一溜二十多個大碗，他們把手中吃淨的骨頭放到各自認定的碗裏。當人們從桌邊走完，我們住的那一家的老獵人數了一下各個碗裏的骨頭後，舉起一個粗瓷大碗。

也就是說這個粗瓷大碗的骨頭最多。

人們一下歡呼跳躍，把一個健壯的漢子抬了起來，放到一個石臺子上的木製椅上。

我看到此情此景驚得發呆了，原來在這裏竟有如此民主的文明之光。

我和奴巴也爬在地上給新當選的頭人磕了頭，因為，我認為珞巴人自己的意願得到了尊重。

在這裏住了段日子以後，我瞭解到珞巴人信鬼不信神，他們崇奉原始的巫教，認為生產和生活中的一切好事和壞事，失敗與成功，都是各種各樣的鬼造成的。他們遇到任何疑難，想辦任何事情，都得向鬼請示。在珞巴人中，只有兩種人能夠直接與鬼打交道，一種叫「密齊」，就是卦師；另一種叫「紐布」，就是巫師，有男巫或女巫。在適當的情況下，鬼附在紐布的身上，通過這些巫師的語言和動作，告訴部落的人哪些事該幹，哪些事不該幹，哪些事應當這樣幹，哪些事應當那樣幹。珞巴人把這稱為紐布降神，也稱紐布跳鬼。

在一般人的心目中，鬼是非常可怕的，但珞巴人並不這麼認為，特別是其中相當一部分鬼，本自就是這個民族的祖先。例如掌管財富的米谷麥德，保護生命的布德剛德，保護獵人的阿崩崗日等等，都是珞巴神話傳說中的能人、英雄。充滿英雄崇拜和祖先崇拜的珞巴人，遇到困難便請求他們幫助。還有一些珞巴人告訴我，他們的祖先，最早聚集在雅魯藏布江中游耶寺附近。

某個珞巴人要出門打獵，做生意，或者得了痢疾，便把「紐布」請到木樓竹寮來跳鬼，紐布要披一塊紅色普魯，抓一柄長刀，坐進一個很大的竹籮。他用腳巧妙地蹬著籮底，使之不停地轉動，剛開始較慢，後來利用慣性，越來越快。當然，這和紐布平日裏的訓練很有關係，要有點過硬功夫。他給請鬼人留下的印象是他坐著竹籮飛一般地朝鬼的住所轉去，或者鬼已進入他的體內，坐著竹籮旋轉著回來。轉到適當的時候，紐布進入昏迷和顛狂狀態，說明鬼魂已附體，他不是人而是鬼了，可以預言吉凶或者給人治病了。紐布這時雖然鬼魂附體，但是他也可以趕鬼，他趕的是另外一些鬼，一些對人類、對牲畜、對莊稼、對獵物有害的小鬼、惡鬼、外地來的鬼。

跳一次鬼是很辛苦的，僅僅是坐在竹籮裏轉幾個小時，就叫人頭昏眼花了。因此，每次跳鬼，都能得到相當高的報酬，還有很好的酒肉招待。也有倒楣的，如果紐布給人跳神治病，病人不但沒被治好，反倒病人死了，這種事情連續發生二三次，部落裏的人就懷疑他吃了病人的靈魂，斷送了病人的性命。於是三家五戶聯合起來，把他稱作「鬼人」，動用武力將他趕出部落。還有更可怕的，便是把紐布殺死，將屍體剁碎，埋進深井狀的地洞，倒扣一口大鍋，使他永世不得翻身。

我和奴巴在這個村裏住了一段時間後，瞭解了很多珞巴人的生活習俗，也與他們結下了深厚的感情。然而好景不常，一天我和奴巴躺在房裏正睡覺，村長來找我和奴巴，說公社通知讓我們倆人去一下。

我聽了這話大驚失色，我第一個反應就是麻煩事來了。

村長走後，我對奴巴說，快走。

奴巴說，到哪裡去呢？

我自言自語地說道，說得也是我們往哪裡去呢？這個地方都待不下去，其他地方能站住腳嗎？

奴巴對我說，和我一起進寺院出家當喇嘛吧？

我沒有吭聲。心想，悠悠世界，茫茫乾坤，天地如此之大，竟然沒有我楊鵬的立錐之地？

我們連夜逃出了珞巴人的村莊。走在逶迤蜿蜒的山道，就像在峭壁上掏刻出來的岩壁上行走。臨山一邊近似直角的峭岩猙獰兇惡，張牙舞爪，隨時都像要打將過來坍塌下去的樣子。臨河一側是懸崖深壑、陡壁險石，奔騰飛瀉的峽水發出震撼空穀的隆隆巨響。

我倆往雪山深處走去，滿目雪白，寒氣逼人。忽然，在白色的冰雪世界上出現了一片紅色的雪，紅白相間構成了世上難逢的雪山奇觀。在太陽照耀下，粉紅色變成了玫瑰紅，顯得格外耀眼，令人驚詫不已。

你好比是銀子鑄成的燈兒，
我好比是燈裏的撚子；
愛情就像那點燈的酥油，
假若沒有狂風吹熄，
我倆是永遠的。

妹妹好比絲織衣服的面子，
哥哥好比是衣服的裏子；
愛情就像那縫衣的絲線，
假若沒有壞人來拆破，
我倆是永遠的。

這聲音多麼像我的桑傑卓瑪，我站在那裏一動不動地望著對面紅雪覆蓋山上的她。姑娘也向我瞅著，我看著她微微朝我笑了笑。

我突然把帽子扔到天上，大聲叫道，桑傑卓瑪——，桑傑卓瑪——。

奴巴則哈哈笑道，你瘋了，想女人想瘋了，這世界上的女人都成了你的桑傑卓瑪。

我沒有理他，跪在地上淚水「嘩嘩」地流了出來。我揉著我的心，我的心好痛好痛啊！

在內地的時候，我感到處處都有一雙眼睛盯著我。到了這偏僻的大山森林之中，我突然覺得自己成了一個流浪兒，我有一種被遺棄，被放逐，無所歸屬的感覺。

我又向對面山上的姑娘看了一眼。多麼好的一個姑娘，她能唱出這麼美妙動聽的歌，我離開這裏再能聽到這悠揚的拉伊嗎？

奴巴說，走吧。

我轉過身來朝他看了一眼，這時，我才感受到一個真實的我又回到了自己的身上。

我說，咱們走，趕快離開這裏。

我忽然覺得危險又到了我們身邊，我們必須儘快離開這裏。

我們去了山上的寺院。這寺院和西藏別的寺院沒啥區別，只是這裏是一個女活佛。

奴巴說他不願意在這裏出家，他想另找一個寺院，我知道他是嫌這裏是一個女活佛。我沒攔他，我待在了這裏，當了一個陀陀喇嘛。因為，我知道我每次逢凶化吉都是因為有了女人，我的預感告訴我，這裏就是我最好的避難之所。

這座寺院很大，寺內有兩層樓的經堂，喇嘛們居住修行的宅院裏有一座接一座的赭黃色小樓。

每天東方曙光初放，兩位經過訓練的小喇嘛即登上寺院屋頂，「嗚嗚嗚」地吹響雪白的海螺，所有的喇嘛悄無聲息地起身，迅速集中到經堂，由領誦師領頭誦念經文。

我深深地感到喇嘛們在探尋回歸到一種原初狀態的精神，這種精神啟開了我痛苦的心扉，我知道這種融精神自由與深刻的內心覺醒於一體的文化，是我為修行而奮鬥的目標。我沒有對神佛告訴夾邊溝慘絕人寰的過去，但我必須敞開胸懷將我罪孽的過去說出來，因為十二個亡靈時時在我眼前徘徊。

我默默地訴說著我的過去，我聽到了一種美妙的聲響，這是來自宇宙的一種天籟之音，如同千百種樂器同時奏響的一種樂曲。

一個沉悶的聲音說道，懺悔吧——。

我知道在這個世界上，我們每一個人都應該不斷地反思，勇敢地懺悔。反思應當是嚴肅的，懺悔也應當是神聖的，沒有高聲，沒有重語，沒有呵斥。

天空出現了一道七色的彩虹，它淩空而起，橫貫南北，與西方的晚霞相映成輝。我望了一眼通體光潔的太陽，看了一下被晚霞染紅的雪山，心中默默念起了「唵嘛呢吧咪吽」的六字真言，這是心靈與喜馬拉雅山共鳴的音樂，只有到了這裏，才會有這種感覺，才會無私、無畏、無欲、無忌。

我每日在寺廟裏承擔最繁重的勞役，熬茶、背水、搬運物件，晚間巡邏，閒下來則和喇嘛們一起讀經坐禪。

在經堂裏倒茶、分粥是很累的，是很激烈的一件事情。茶過三輪，開始分粥，我們這些分粥的陀陀喇嘛，左手挽著裝粥的鐵桶，右手抓著分粥的銅瓢，一聲號令，便朝堪布的法壇奔去。

頭一個到達目的地者，用銅瓢非常驕傲地在法壇邊的大柱上使勁一擊，宣告他是第一個優勝者。奔跑途中，陀陀喇嘛們互相擁擠，甚至用瓢桶阻擋別人，有的因此而受傷。這種競賽叫「吐巴唐尼」，即爭做光榮的第一位分粥人。

我一進寺院，就是以暫時避難為目的，所以，我不與他們爭，也不與他們搶，我只是默默地進行心靈的洗禮，準備有朝一日再去找我的桑傑卓瑪。

陀陀喇嘛在寺院裏地位極低，容易受到別人的耍弄和歧視，然而，由於我謙讓穩重，且對周圍的喇嘛很尊敬，所以，我也得到了他們的照顧與關心。

第二十八章

傅玄由於在甘南倒賣羊隻，被以投機倒把罪判了三年徒刑，送到天祝石膏礦背了三年石頭，出來時正趕上文化大革命。因為，他是被水利廳開除了公職的，一出來就交街道監督勞動改造。回到他那間小屋的第一天，傅玄就被拉到了鬥爭會上。他脖子上掛著「反革命右派分子傅玄」的牌子，低著頭用眼睛的餘光朝左右瞧了瞧，他發現與他同台站的有歷史反革命，有現行反革命，有壞分子，惟獨他一個人是右派，而且是前面加了反革命的右派分子。

傅玄已不是往日的傅玄了，上面烈日當空，下面喊聲震天，細鐵絲上吊著大木牌子掛在他的脖子上，頭上頂著一臉盆水，不時還有人揮拳踢腳吐唾沫，然而，他還是用手扶著臉盆站得那麼筆直。

這時，就聽見台下有人大喊，把那個姓傅的老右的頭砸下去。

傅玄不待人來砸，趕緊把腰弓了下去。

臺上一個人跳起來高呼：

打倒反革命右派分子傅玄！

無產階級文化大革命萬歲！

接著又有人高呼：

打倒壞分子賴世俊！

傅玄聽到喊聲，把頭抬了一下，沒防備被一個人在脖子上狠狠地打了一巴掌。「哐啷」一聲，臉盆掉在了地上，水整個兒潑灑了一地。

傅玄趕快把腰弓了下去，心想，老賴怎麼在這裏？這年月我們這些階級敵人不敢互相來往，沒想到「踏破鐵鞋無覓處」，在這裏遇到了夜夜思念的老朋友。

他看見老賴站在他右側的第三個位置，這時也朝他這邊悄悄偷看著。

傅玄不願聽這些人的胡說八道。自從他被打成右派分子後，他發現有些人為了達到自己的目的，可以將黑的說成白的，也可以把白的說成黑的，哪裡有什麼是非？若對這些人的話認起真來，真能把人活活氣死。

讓他們去說吧，他默默地背起了蘇東坡的〈西江月——黃州中秋〉，「世事一場大夢，人生幾度春秋？夜來風葉已鳴廊，看取眉頭鬢上。酒賤常愁客少，月明多被雲妨。中秋誰與共孤光？把盞淒然北望。」

在夾邊溝時他在劉作成的影響下，就開始背誦唐詩宋詞，在這裏他最喜歡的還是蘇東坡的詞，他感到蘇東坡的詞雄渾豪放，使人讀後似上了一個很高的境界，回味無窮。他對這種呵斥之聲已經習以為常了，但他仍然感到這次運動已不似原來般還讓人有解釋的餘地，疾風暴雨般的襲擊使他還是有點害怕。但那種對人的惡意誹謗，無端的攻擊，你不聽則罷，聽了使人活活脹氣。於是，他就儘量少看點，少聽點，用背詩誦詞來減少自己的注意力。

突然，他看到一個人上來，拿著稿子說了幾句之後，掄起巴掌就將賴世俊搧了起來。賴世俊頂的一臉盆水被打翻了，倒了他自己一身，他用手抹了一把臉，往後面退了一步，說道，毛主席說「要文鬥，不要武鬥。」

那人則大聲喊道：

打倒壞分子賴世俊！

無產階級專政萬歲！

那人接著繼續對賴世俊進行批判，說他如何流氓，怎樣雞奸，說到這個地方有意識抬高聲音說道，你們知道什麼叫雞奸嗎？你們不知道吧，賴世俊你給大家說說。

賴世俊沒有吭聲，只是將兩腳挪了挪。

那人就又喊起了口號，喊完口號接著說道，你是個壞分子，你老婆雷燕是反革命右派分子，還給毛主席寫信為劉少奇彭德懷喊冤叫屈，還攻擊我們偉大的林彪副主席和偉大的旗手江青同志。你們是同一個廁所裏的石頭又臭又硬。

傅玄此時才知道賴世俊和雷燕成了家，而且，雷燕在這場史無前例的運動中遭受著更大的苦難。

傅玄在夾邊溝時與雷燕接觸不多，但他聽過這女人唱歌，看過她跳舞唱戲。那水靈靈的模樣，那婉轉嘹亮的歌聲也使他曾經怦然心動。但自從他女人與他離婚，並提出要給孩子改姓劃清界限之後，他傷透了心，不願與任何女人接觸，他認為世上的女人都是大難來時各奔東西水性楊花沒有一點牢靠。他記得在上大學、帶兵、當工程師時，那女人給他說過多少甜言蜜語，而當他倒楣被打成右派分子後，她帶頭揭發批判他，還與他劃清界限。每當想起這些，他就感到心疼，過去的那些海誓山盟，甜言蜜語像一把把刀子戳著他的心。

但是，當他見了雷燕之後，他有一段時間沒法控制自己的情緒，總想和她說說話，就是她無意間對自己笑一下，他也感到是一種莫大的安慰。從夾邊溝出來後，他再沒聽到過她和賴世俊的消息，沒想到今天在鬥爭會上卻知道的這麼詳細。

鬥爭會開完已到了晚上八點，臨走時一個人對他說道，只許規規矩矩，不許亂說亂動。

他像一個被暴露在光天化日之下的厲鬼，趕快鑽進小屋，胡亂吃了幾口就躺了下來。

躺在床上，面對幽暗閃爍的蠟燭，他想，雷燕肯定遭了大難，那單薄的身體，那弱小的女子，能承受這麼大的衝擊嗎？他記得大鳴大放的時候，動員他們要給共產黨提意見，什麼「知無不言，言無不盡，言者無罪」，現在想起來這純粹是一個騙局。當時的一句實話，給自己帶來了無休無止的磨難。雖然自己五十剛剛出頭，可已經兩鬢斑白，牙齒鬆動，這一輩子算是完了。什麼水利專家，連個狗屁都不如。他蜷縮在床上把被子裹了裹。他想，還是死了的好，少受多少挫磨。夾邊溝死了的兩千多弟兄，當時看確實慘，回過頭來一看，我們這些活在世上讓木刀挫磨的人還不如他們。然而，他又一想，連國家主席劉少奇，黨的總書記鄧小平都塑成了泥像，五花大綁在各個廠門口和樹上，提著腦袋革了一輩子命的人都被打倒，踩了一隻腳，比起這些人，我們這些人又算得了什麼呢？

想到這裏，他心裏又好受了一點，國家都成了這樣，個人還算得了什麼，好死不如賴活著，就這麼往下堅持吧。

他將衣裳披上坐起，又將蘇東坡的〈臨江仙——夜飲東坡醒復醉〉寫了一遍。「夜飲東坡醒復醉，歸來彷佛三更。家童鼻息已雷鳴，敲門都不應，倚杖聽江聲。長恨此身非我有，何時忘卻營營？夜闌風靜縠紋平。小舟從此逝，江海寄餘生。」每當抄寫和誦念唐詩宋詞，他的心裏就會好受一點，這已經成了他每天的必做功課。

我到寺院後，生活穩定，活也不重，只是每天晚上睡不著覺，不斷回憶著過去一件件驚心動魄的往事。

我想起了一個人，這就是在新添墩和我在一個隊上的海全。我們當時把他叫「眼鏡子」，因為他經常戴著一個黃框眼鏡，文質彬彬的。

我對海全的印象很深，關鍵是他與其愛人雙桂生離死別的一段經歷，深深打動了我的心。

海全生在甘肅秦王川一個農民的家庭，他與雙桂在抗日戰爭時結了婚，婚後小倆口相親相愛，一天到晚待在房裏不願離開半步。他母親說道，好男兒志在四方，到蘭州上學去吧。

海全是個孝子，他知道母親守了大半輩子寡，她全部的希望就在自己身上。於是他到蘭州師範簡易師範上學去了。他到蘭州後心想母親和雙桂真是不容易啊！自己一個大男人家讓母親和妻子供他上學，心裏真不是個滋味。於是他發憤學習，蘭州師範簡易師範畢業後又被甘肅省教育廳保送到國立社會教育學院教育系學習。抗戰勝利後，國立社會教育學院又遷回了江蘇，他也隨同到了江南水鄉。一九四七年下半年，他又到臺灣台中中學實習語文教學，並指導圖書館工作，在臺灣的這些日子裏他走遍了祖國的寶島，他看到了日月潭，望見了七星岩，他為富饒美麗的寶島又從日本帝國主義手裏奪了回來而感到無比自豪。

在他上學的那些日子裏，雙桂全身心放在地裏，供他上學，一直默默地等著他。解放後，他到永登中學當了教務主任，小倆口終於生活在了一起。剛解放的那些日子裏，人們感到中國有希望了，海全甩開膀子拼命地工作，雙桂則在家裡拉娃娃做家務。短短的時間裏雙桂生了三個兒子，一對雙胞胎姑娘，母親身體也那麼硬朗，這時的海全那個高興啊，人生在世啥事能夠賽得過比翼雙飛的幸福生活呢？

然而，好日子剛剛過了幾年，一九五七年學校卻有人給他貼出了大字報，那些人紅口白牙說他在臺灣實習是受國民黨特務訓練。他給那些人解釋，可越解釋他越被人們懷疑，後來人們越說越玄乎，竟造謠說他是國民黨留在大陸的特務頭子。當縣反右辦公室給他戴右派分子帽子的時候，他找辦公室領導說，我沒有右派言論，怎麼能是右派分子呢？那位領導說，右派就是右派，不說話也是右派，因為你的思想是右的，不過隱藏的深罷了。

他無話可說了，因為這世界糊突了盜蹠、顏淵。當時對他的處理有兩條路可以選擇，一條路是留單位改造，另一條路是到夾邊溝勞動教養。

海全選擇了去夾邊溝，這是他自己挑選的。他想，單位裏的那些人信口雌黃可以無中生有，那麼，這些人今後還會繼續栽贓陷害，但是，到了夾邊溝後還有摘掉帽子重新做人的希望。

海全告訴我，雖然走的時候他早有思想準備，然而，當他要上火車時，他母親和愛人雙桂抱住他大哭了起來。哭聲嗚嗚咽咽，驚天地，泣鬼神，雙桂堅決要與他一同去夾邊溝。海全此時渾身顫抖，感到有點緊張，因為夾邊溝原來是勞改農場，早有傳聞，一聽「夾邊溝」三個字都讓人不寒而慄。尤其，此時此刻要與自己心愛的人就要分離，誰知道這一去何時何日才能相見。他對雙桂說道，媽媽年紀大了，你就在家多照顧媽媽和孩子們。雙桂聽到這話抱住他大哭了起來，過了一會她好像想起了什麼。含著淚水從包裹掏出了一個護肚帕。這護肚帕上面繡了一對鴛鴦，旁邊用青絲線繡了一首白居易的〈長相思〉。這詩是海全原來教給她的，她在海全求學的多少個日日夜夜裏不斷地在心裏念著它。這首詩本是閨婦思念丈夫，怨恨丈夫，直到丈夫歸來，怨恨才能消除的詩，但此時此地識字不多的雙桂送給他，他非常清楚妻子痛恨的是什麼。

列車前進了，海全從窗口看到母親和雙桂蒼白的臉，看到她倆在寒風中孤獨地在站臺上的身影，看到她倆癡癡地望著他為他送行，沒有揮手，也沒有微笑，他的心不禁顫抖了。「汴水流，泗水流，流到瓜洲古渡頭。吳山點點愁。思悠悠，恨悠悠，恨到歸時方始休。月明人倚樓。」

這一去兩地遠隔千里迢迢，但海全一直想著他的妻子雙桂和他孤寡的母親，雙桂和母親也省吃儉用每月給他寄來炒麵和十元錢。就在他餓倒瀉肚躺在鋪上慢慢死去的時候，他仍然默默地念著他妻子的名字，輕輕地喚著他的「小雙桂」，默默地念著那首〈長相思〉。

我以前雖然沒有見過他的妻子，但我想她肯定和我的桑傑卓瑪一樣是那樣的賢慧美麗。

記得我們用夾邊溝漢長城上的土在戈壁灘上填地的那些日子裏，我就和海全在一起。人們發瘋了，瘋狂地刨挖著老祖先留下的萬里長城，這時我和海全兩人就是搭檔。我們兩人將三個滿筐摞起來抬。當時基建隊採用的是接力棒式的抬法，別人將土運到我們的始點，我和海全抬上後，飛快地運到百米之外的終點，然後將放在那裏的空筐再送到始點，再抬上已裝好的滿筐到終點。每隔百米都有兩個人這樣運土，哪兩個人慢一點，後面的人就喊了起來，互相逼著，將幾里之外的長城填出一塊塊的土地來。抬了沒多少日子，場裏就活活累死了兩個人，海全也開始大口大口地吐血，但他一直堅持到了最後。原因就是他的胸口上一直貼著雙桂給他的那塊護肚帕。

我想起我和海全挖排堿溝的時候，海全的腳整日泡在水中被堿水腐蝕著。就在這時他妻子給他寄來了一雙雨鞋。我當時見了這雙雨鞋羨慕極了，海全看我這麼喜歡，就說，老楊，你喜歡就拿去穿吧。

我雖然腳已被堿水泡爛了，一站到水裏鑽心的疼痛，但我說道，不，不，我只是說說而已。事情雖小，可我看出了這個正直漢子豁亮的胸懷。

我也想起了賴世俊，想起了活潑可愛的雷燕，不知他們在哪裡？他們過得還好嗎？

我身在寺院，人卻是一個六根未淨的人，每晚一躺下來，雷燕那甜蜜蜜的笑臉就在我的眼前晃動，她像一個普灑愛的聖水的天使，自己身處在那麼艱苦的環境之中，卻一會兒幫這個大哥去打飯，一會兒又給那個大哥送去自己儉省下來的一點口糧。我能從那個魔窟裏活著出來，還不是由於有她和桑傑卓瑪以及那麼多給了我關心和溫暖的人們。

回想起我被打成右派之後，我經歷了許許多多的磨難，可我也遇到了一個又一個的好人。好人命不好，壞人活千年。老天爺你怎麼不睜開眼睛看看，為什麼要折磨這些心地善良弱小的人兒？我時時在想著我的桑傑卓瑪，她怎麼好像一夜之間突然間從地球上蒸發了一樣，老天爺你怎麼不安排讓我和她再重新相見，讓我們兩個苦命人再到一起呢？

我雖然對佛教不甚瞭解，可我在寺院這個環境中時間一長就受到了薰陶，對生命的意義也有了一些領悟。我有時實在睡不著，就到寺院中一眼泉中觀賞映在水中的月亮。這泉水也真怪，平時似無水，只有到月亮升上來時才往上冒，我們也就在此時往灶房打水，也就在此時可以看到水中一輪光潔如玉盤的月亮。水從泉眼中流出時，綠油油的水草，水汪汪地覆蓋著泉眼，水不溢不盈，舀而復滿，源源不絕，月亮倒映在泉水中，分外的清明。這泉水神奇，喝一口從內心感到了它的甘、香、柔、美、清淨，熱天喝清涼爽口，冬天喝則溫熱暖心。

我在此泉水的滋潤下，在綿綿密密的念佛聲中，我乾皺的皮膚開始變得光滑如玉，又黑又瘦的面孔也漸漸地豐腴而顯出了亮澤，仿佛枯竭的脈搏又充滿了生命的血液。從此以後，我每日念阿彌陀佛聖號，每日喝這清淩淩的泉水，心中就產生一種參悟。

老子說，「君子有造命之學，命由我立，福自己求。禍福無門，唯人自招。」天、地、人是所謂的三才，所以人是天地的代表者。天不說話，地也無言，我何必天天埋怨自己的命運。我能遇到那麼多好人，能與我的桑傑卓瑪相愛，這比任何物質利益都強。病從口入，禍從口出。就是因為我這張嘴，才招來了一個連一個的大禍，然而，這一個個的禍患不是又遇到那麼多好人逢凶化吉了嗎？

這一想我心中豁然開亮了。留得青山在，不怕沒柴燒。我要在這裏熬下去，天無絕人之路，總有一天被顛倒了的世界會重新被顛倒過來。好在歷史是人民寫的，是非曲直總會有個說法，我的桑傑卓瑪也總有一天會回到我的懷抱中來。

第二十九章

賴世俊聽說雷燕要回來，趕快從別人手裏借了半斤肉票，買了半斤又肥又嫩的羊肉，炒成臊子，準備用羊肉臊子麵招待自己心愛的女人。

自從文化大革命開始以後，雷燕被造反派關進了牛棚，他也被街道隔三差五拉去鬥爭批判，兩個人已有半年多沒在一起吃飯了。前天，他用豬肉孝敬了丈母娘，家裏僅有的一點肉票也用完了，但他聽說了這個令他興奮不已的消息之後，他從別人那裏借了肉票，來歡迎他的雷燕回到家裏。

可他做好飯一直等到晚上八點還不見雷燕的影子，他往去雷燕單位的這條路上迎了三次，怎麼還不見她回來呢？是不是今天不來了？他正這麼想著，忽然他聽見了那熟悉的腳步聲，聞見了雷燕身上那獨有的馨香。

他猛地跑了出去，只見雷燕朝他走了過來，他一下抱起那個人兒走進家門，在那淚汪汪的臉上舔吐著、親吻著，興奮地渾身顫抖。

你還沒吃飯吧？他想雷燕肯定還沒有吃飯，趕快給她下了高高的一碗臊子麵。羊肉的香味彌漫在空間，可她只是吃了幾口就放下了筷子。她這次出來已經做好了被抓進大牢的危險，她要給中央寫信，要給周總理寫信，她要說明毛主席發動文化大革命是錯誤的，她要揭發林彪江青這些禍國殃民的大盜，要為彭德懷這位人民愛戴的革命將軍伸張正義。

她下午三點就走出了廠門，她去看了自己中學時最崇敬的張厚先老師。張老師是她高中時的班主任，從初中到高中時都是她的語文老師。

她一見張老師就說，張老師你說一下這場文化大革命對不對？張老師並沒有回答她的問題，而是將門輕輕關上，凝視著遠方山上的一株青松。

過了大約十幾分鐘，他轉過頭來，朝雷燕說道，是非曲直自有歷史評說，你一個弱女子就不要管那麼多事了。

不，張老師你教導我們要做一個正直無私的人，做一個敢於維護真理的人，你就不能說一句實話嗎？雷燕固執地說道。

實話，實話，說實話的人遭得罪還不夠嘛。你說實話吃了那麼多苦頭，再不要管那麼多事了。張老師說著把門一甩就走了出去。

她從張老師出去的背影看到，張老師老了，但他的腰板挺得還那麼直，他是為了她才發這麼大脾氣的。可她從張老師的語氣中知道，張老師與她的看法相同，所以，她回來的路上越發堅信自己是正確的。

賴世俊說，你再吃上點吧？

她笑了笑，端起碗幾口把它吃了下去。

老賴，我還要給中央寫信。她對賴世俊說道。

賴世俊望著她的臉說道，我相信你做得對，把我的名字也簽上。

雷燕聽到這話激動地大哭了起來，她眼前的賴大哥雖然文化程度不高，可他有正義感，尤其在這個時刻能說出這種話來，說明她沒有看錯人，她結識了一個真正的男子漢。可她不願意拖累任何人，自己做得事情由自己承擔，哪怕上刀山下火海，她無怨無悔。

她靠在了賴世俊的懷裏。

她說，賴大哥，把我抱緊點。

賴世俊就將她緊緊地摟在懷裏。

她聽到賴大哥胸腔裏的那顆心跳得那麼厲害，一下一下敲擊著她的心弦；她也聞到了從他身上散發出的那股男人的油汗香味，使她感到是那樣的溫馨。

在夾邊溝的時候，她瞧不起他，她聽了他的過去，她就感到噁心。可是，以後找楊鵬時與他接觸多了，她才慢慢發現這是一個正直豪爽的男人。

這晚，蘭州的夜靜得沒有一點聲音，風兒不刮了，樹葉不響了，天上一彎月牙兒斜瞅著熱鬧了一天的城市。雷燕在賴世俊熟睡之後，悄悄爬了起來，她展開紙筆將這段時間裏的所見所聞與自己的所思所想一股腦兒全寫了出來。她說，敬愛的毛主席，在當今中國老百姓的眼裏，林彪是個奸臣，江青是個野心家，她讓毛主席千萬千萬要提防這兩個小人，而彭德懷則是光明磊落的馬克思主義者，應該為彭德懷徹底平反。彭大將軍敢為人民鼓與呼，人民愛戴彭老總。現在到處都在批判劉少奇、鄧小平的「三自一包」，可就是這個自留地、自負盈虧、自由市場和包產到戶讓中國人民碗裏的飯食稠了一點，挽救了很多人的生命。她談到反右運動，談到了當前的文化大革命，她說反右運動是極左路線的開始，文化大革命是極左路線的高峰，沒有反右運動就不會有虛報浮誇的大躍進和文化大革命。她說，毛主席我愛戴您，我也相信您，所以我才敢給您寫信。我認為這場文化大革命是錯誤的，它革了民主和法制的命，革了經濟的命，最重要的是革了文化的命，革了思想的命。它混淆了是非，使唯心主義猖獗、形而上學氾濫，造成了極大的思想混亂。它使那麼多無辜的革命幹部、知識份子遭受了前所未有的磨難，使黨和國家失去了難以估量的政治和經濟損失。它不僅毒害了整整一代人，而且也會影響以後的幾代人。寫完給毛主席和黨中央的兩封信後，天已開始發白，她悄悄地上了床，又鑽進了賴世俊的懷裏。

在雷燕寫信的時候，賴世俊並沒有睡著，他偷偷地望著妻子美麗端莊的面孔，她瘦了，三十多歲的人眼角已有了魚尾紋，可那俏皮的小嘴始終是那樣笑著。他雖然認為妻子的看法和說法不錯，可是這場文化大革命本來就是毛主席親自發動領導的。另外，他想這世界有什麼公理，那麼多壞人整日裏耀武揚威，隨意整人害人，假若她再這麼往上寫，萬一這寫得東西落到壞人的手裏，這又成了罪證，她又要受這幫人的整治。他眯著眼睛這麼想著，多少次想起來勸她再不要向上寫什麼信了。可他又怕傷了她的心，因為他知道她想做的事情任何人都是阻擋不住的。

就這麼一直猶豫到第二天起了床，一早起來洗了臉，吃了飯後他說道，雷燕你寫的信別發了。

為什麼？雷燕以陌生的眼光望著他。

我想，這樣做他們又會整你，我再不能看著他們來整你了。

那麼你說怎樣做他們才不會整我們呢。

我們這些人不找事，事情都要往你頭上來，你再寫什麼材料，只會引火焚身。

我們這些人怎麼了？

沒有怎麼樣，但我們是別人眼中的階級敵人，這樣做只有壞處，沒有好處。

人們都像你這樣，這國家何日才能脫離苦難，人民多會才能從蹂躪中擺脫出來。

雷燕接著說道，那麼你覺得應該怎樣？

我覺得你應該首先想一想你自己。

雷燕覺得很傷心，本想著這件事可以得到賴大哥的支持，沒想到才一個晚上，他也改變了主意。

這些日子來，她經常一個人默默地誦讀屈原賦：路漫漫其修遠兮，吾將上下而求索。其實她此時不是上下求索，而是左右求索，她看到那些頭頂桂冠的野心家們，為了自己的利益，不惜將年輕娃娃們煽動起來去達到自己的政治目的，而這些娃娃們則瘋狂地打呀，砸呀，燒呀，搶呀，盲目地去崇拜某一個領袖，驚天動地的萬歲聲比任何一個封建王朝都要有過之而無不及。她想，必須給毛主席和黨中央寫信，再這樣下去，我們的國家，我們的人民，將會遭受更大的災難。

喇嘛們舉行體育對抗賽非常激烈，甚至以打架鬥毆，發生流血事件而告終。參加對抗賽的運動員，主要是我們這些陀陀喇嘛。所謂陀陀喇嘛，是指勇武好鬥，不習經典的武僧。

這些體育對抗賽，以各寺院為單位。如果某一寺院的陀陀們，自認為已有勝過對方的實力，便派人給另一寺院送信提出挑戰。對方如果回應，各方便派出二三名代表，在某處公共林卜或神廟談判，議定比賽時間、地點、項目，共同推選出仲裁人員。仲裁人員大都是各寺院的施主和當地縣、公社的官員。他們喜愛體育活動，並且在喇嘛中有相當高的威望。

對抗賽大都在山下曠野裏舉行。運動場地是簡陋的，最主要的運動器械是高坡上安一塊長木板，類似高臺跳水的台架，坡下鋪滿沙子。各對抗的喇嘛團體，在曠原一側搭起帳篷，供上陀陀喇嘛的護法神普巴多吉。普巴多吉意為金剛杵，是一隻巨大的鐵製杵子。杵頭大似人頭，杵身有手臂那麼長。運動員們向它高聲祈禱，用額頭輪流頂禮冰冷的杵身。他們相信，這樣會增加神奇的力量。

運動員的頭飾、服裝都是頗具特色的。腦袋頂剃得光溜溜的，留著兩邊的頭髮捲搭在耳朵上。臉部用酥油和煙末調製的油膏塗得烏黑，有的還用這種油膏塗抹鬢角和鬍子，據說這是對護法神的模仿。他們身穿黃色僧褂，下繫短短的僧裙，僧裙上掛滿穗子。手臂綁紅帶，捆住筋脈，藏話叫「紮當」，便於運氣。脖子上繫紅綢帶，這是經過活佛加持的護身帶「松達」。他們相信有了這根護身帶，比賽就有勝利的把握。

對抗賽的項目不多，主要是跳高、跳遠、投擲石頭。這是藏傳佛教中修練成的大成就者「諸倒」不可缺少的功夫。投擲石頭的方式有三種，即前投「絳多」，後投「糾多」，和三個手指投擲「蒙多」。每種方式又有兩種投法，即從頭上投擲和從胯下投擲。跳遠，是從木板上往下跳，每個運動員跳四次，正身兩次，反身兩次，由仲裁者測定距離，不但要量遠近，還要量高低。

喇嘛們的對抗賽競爭非常激烈，整個運動會始終處在極為亢奮和激昂的情緒下進行。因為比賽者在離開寺廟時，都曾發誓過，一定要勝利而歸。所以，一般的代表隊，都是贏得輸不得。贏了受到英雄般的接待，輸了不但要受全寺僧眾的嘲笑，甚至還要挨皮鞭，受懲罰。再加上判斷勝負的辦法，往往不大明確，容易讓輸方不服氣，引起爭執。大部分比賽，都出現非常反常的情況。勝負剛剛宣佈，勝利者不是上臺領獎，接受哈達和獎品，而是卷起行李用具逃之夭夭；失敗者不是垂頭喪氣，而是揮舞刀槍棍棒，還有長長的鐵鑰匙，向勝利者大打出手。

我所在寺院雖在喜馬拉雅山一個僻背的山谷中，然而，文化大革命的烈火已在周圍燃起，好多寺院受到了衝擊，一些喇嘛也出了寺院去務農放牧。

當我所在寺院要與跟前幾家寺院進行比賽的消息傳來，寺院中就在我們這些陀陀喇嘛中選拔人選。

由於我原先在部隊裏就爬摸滾打慣了，雖在夾邊溝時停了一段時間，然而到了這裏吃得好、睡得好，身體一好，精力過剩，我就每天早晚又鍛煉了起來，鍛煉完畢就進行心靈的懺悔。我知道為了活命，我在夾邊溝罪孽太重了，這些身、口、意、行為上所造的惡事，時時折磨著我的心。我們的女活佛，讓我們從下面四種行為上成就自己的慚恥正覺。一是說好話來懺悔：無論對什麼人，什麼事，都抱著慈悲喜舍的心情，以好話去讚美，這就是懺悔。經上說：「甘露及毒藥，皆在人舌中。」為人好口齒，既能助長他人善根，又能增益自己德行。二是捐善款來懺悔：多行佈施，多做功德，既能驅伏貪愛，又可以惠施眾生，也是一種懺悔。三是勤勞服務來懺悔：發心為大家服務，來懺悔自己的罪業。四是成就他人來懺悔：多為別人著想，多成就他人好事。另外，她還告訴我們五種從心理上懺悔的方法：一是常常誦念懺悔偈：「往昔所造諸惡業，皆由無識貪嗔癡；從身語意之所生，一切我今皆懺悔。」用懺悔偈來消除深重的罪業，獲得內心清淨的生命。二是勸請：比如說話得罪了人，做事冒犯了人，應該主動地去請他指教。三是隨喜：別人喜歡，我們也喜歡；別人高興，我們也高興。四是回向：我們自己做的功德，不敢自己獨享，回向給大家共同享受，回自向他，就是心念上的好懺悔。五是發願：在寺院裏早晚做功課，常念四弘誓願。這些懺悔就是為了永拔生死根本，不再有貪嗔愚癡苦惱的禍患。她告訴我們，罪業如霜雪，本無自性，不過是一時的沾染滯縛而已，如果用般若智慧的陽光去觀照它，自然就能夠融化。

我聽了女活佛的教誨，心中的壓力減輕了，我開始鍛煉自己的身體。有一次，寺院裏一位陀陀喇嘛拉我去摔交，我本不想讓人們知道我曾在部隊裏學過摔交，可幾個陀陀喇嘛硬將我推上了賽場，我與那個陀陀喇嘛在場裏左跳跳，右扯扯，然後，我突然從右面一個大背，左面一個纏腿，踢、拿、扯、纏一下摔倒了七八個身強力壯的陀陀喇嘛，這一下我名聲大震了。剛進寺院時，喇嘛們根本瞧不起我，可不上一年，喇嘛們都對我佩服的五體投地。

然而，此事卻讓我左右為難了。這次比賽寺院裏頭一個選上的就是我，也就是我要在縣上、公社一些有威望的領導眼前登場亮相了。雖然，喜馬拉雅山的陽光已使我曬得和這裏的喇嘛們一樣黑，可我若比賽得勝，這些領導肯定要與我談話。如果我假裝失敗，在這幫陀陀們的手裏，他們都不會放過我的。

怎麼辦呢？別的喇嘛一個個抓緊訓練，我卻躺在床上不知如何是好。思來想去，我就和一個與我要好的陀陀都穿了同樣的衣裳，臉上用鍋灰抹得如黑碳一般。

跳高、跳遠是我的強項，扔石頭時我發揮出了平時無法達到的水平，我勝利了！我們的寺院力挫群雄拔了頭梢，我卻洗了臉，悄悄回了寺院，讓那位陀陀喇嘛代我去領獎。這位陀陀喇嘛被抬上了講臺，與眾多領導坐在了一起。

然而，此事沒有這麼簡單，由於我的這次取勝，引起了縣上的注意，他們準備讓我代表縣上到拉薩去參加西藏自治區革命委員會的體育比賽。對這一個連一個的榮譽，確實給寺院帶來了無尚的榮耀，卻將我一步步推向了危險的境地。我本想在這裏隱姓埋名躲過這場運動的政治風頭，待時機好轉再去找我的桑傑卓瑪，沒想到這場比賽卻使我無法再這樣安心待下去了。

第三十章

傅玄是在一個週末去找雷燕的。那天，他一早打掃完街道，到街道辦事處報了到，然後就匆匆忙忙從草場街步行去往安寧區的十里店。

到了七里河橋，正碰上了紅聯和革聯擺成陣勢在打石頭戰。革聯在橋的東頭，戴著一色的安全帽，聽說這是以支持革聯的哈爾濱軍工大的大學生為主的方陣；紅聯散亂地佈滿了橋的西邊，用彈弓向東面射擊。只聽哨子一吹，東面的石頭鋪天蓋地向西面落下。一輛汽車不知什麼時候停在了橋的中央，已被石頭砸得遍體鱗傷。

傅玄是在鬥爭會上聽到消息跑出來的，他預感雷燕要出大事情了。他知道雷燕的父母在西北師院，他無論如何要找到雷燕，勸一勸她，這樣，他心裏的石頭才能落著下來。

他沒從橋上過，而是轉了個大圈子到了西北師範學院。

他打聽到了雷燕父母家的住址。

他按照住址去敲門，裏面沒有聲音。可他不死心就這樣匆忙離去，就坐在樓梯上。

大約過了半個時辰，只見門裏走出一位白頭白髮的老人，他趕快迎了上去。他說，大伯，請問這是雷燕父母的家嗎？

你是誰？

我是雷燕的朋友。

老人把他讓進了門，給他倒了一杯水。

他說，你是雷燕的父親吧？

老人點了點頭。

他看見老人的眼圈紅了，身體打起了擺擺，半天不提雷燕的事。

他心裏「撲騰」地跳了一下，越發感到雷燕出事了。他說，大伯，雷燕她？老人搖著頭，淚水奪眶而出。

別提她了，她走了——。

她走了？

老人握緊拳頭在桌子上猛擊一拳，顫抖的嘴唇裏擠出一句悲憤的聲音，她讓那幫畜生們給殺了。

此時，他才看到這屋子已經有好長時間沒有打掃了，桌子上佈滿了灰塵，牆上貼著雷燕和她父母的一張合影。他從相片的時間上看出，這是雷燕剛從夾邊溝回來後照的。她長得眉清目秀，一雙毛茸茸的大眼睛微微地朝他笑著。

老人告訴他，雷燕這孩子倔，認準一個理誰也擋不住她。她給黨中央、毛主席和周總理寫信，說江青是個潑婦，她怎麼能夠代表黨和您老人家呢？說林彪是個奸臣，說彭德懷是真正的共產黨人。中央把信轉了回來，她就被公安局抓了去。

他仔細地聽著老人的陳述。

就因為這封信，這孩子被以現行反革命的罪名抓進了監獄，受盡了那幫畜生們的嚴刑拷打，我每次到監獄看她都勸她，可她至死不改口。被那幫畜生們打得身上青一塊，紫一塊，可她還給中央寫信，當林彪被選定為接班人，而江青在中央文革口口聲聲代表黨中央毛主席後，她又讓我為她發了信，說毛主席你可不能讓這個女人蒙住了眼睛。就因為這封信她被打斷了腿，後來又被槍斃了！這是那些畜生們向我索要槍斃她的五分錢的子彈費時，我才知道的。

說完此話，老人抱住他大哭了起來。

我好糊塗啊！林彪那個奸賊摔死了，可江青那是皇帝的夫人，那可是皇后呀，我怎麼能夠幫雷燕發信呢？我的孩子被這幫畜生割斷喉管給殺害了。

老人說到這裏抹了一下自己的眼睛，繼續說道，是我害死了她，我怎麼能發那封信呢？

傅玄真不敢相信雷燕那柔弱的血肉之軀，怎麼能抵擋住專制者們罪惡的子彈；他更不能相信這些口口聲聲為人民服務的公僕，還會去收槍殺了雷燕的子彈費。

傅玄此時不知怎樣去勸說眼前這位白髮蒼蒼的老人。他望著老人悲痛的眼睛說道，雷伯伯這不怪你。

老人說，這孩子從小就是這個強脾氣。她媽媽在她走後，一病不起，前幾天也走了。

傅玄緊緊抓住老人的手說道，雷伯伯你可要保重啊！

老人站了起來，突然問道，你是楊鵬吧？

他說，我不是楊鵬，我叫傅玄，楊鵬是我們的朋友。

你也是從夾邊溝出來的？

他點了點頭。

老人撫摸了一下他的臉，猛地把他抱在懷裏，「哇哇」地哭了起來，孩子呀，孩子呀，我的好孩子呀，哇哇哇——。

老人的眼睛裏滾滾而下的淚水流到了他的臉上。

他不由自主地也大哭了起來。

他倆就這樣整整大哭了將近半個時辰。

老人突然推開他說，你等等。

老人拿出了二十元錢硬塞到了他的手裏，並給了他十斤糧票。

他沒有推辭。

他想，這是老人的一點心意。一個在精神和物質上飽經風霜的老人，得不到他的一點幫助，他還要受老人的接濟。

老人一直把他送到了門外，悄悄對他說，趕快回去，不然他們把你也要抓了去。

這時，他從一堵牆上又看到了觸目驚心的標語：橫掃一切牛鬼蛇神！把無產階級文化大革命進行到底！

他笑了笑，一下挺直了自己的腰板，不就是個死嘛。雷燕這麼一個弱小的女子，就那麼一封敢說真話堅持真理的信，使她獻出了年輕而寶貴的生命，他一個堂堂的鬚眉男子，還怕什麼。

他走了。他帶著滿腹的委屈，心中的悲憤和無奈，匆匆離開了老人。他想為什麼要搞階級鬥爭？為什麼要分什麼左派和右派？為什麼要人為地挑起人與人之間這麼大的仇恨，這到底是為了什麼？

事情的發展果然如我所料，我被縣上選中去參加自治區革委會組織的比賽。在這火藥味很濃的年代，雖然我絞盡腦汁隱瞞我的身份，還是被階級鬥爭觀念很強的人們發現了。

我被冠以披著宗教外衣，潛藏在寺院中的反革命特務殺人犯抓了起來。

我從西藏被押送到了蘭州西果園看守所，這時，正是反擊右傾翻案風的時候。

我透過窗戶玻璃看到了生我養我的蘭州。我笑了。多少個日日夜夜裏我東躲西藏，惶惶然如喪家之犬，而今天我雖然腳鐐手銬加身，但我心裏一下輕鬆多了。我無遮無掩坦坦蕩蕩如實地說出了我從夾邊溝逃出，以及這十多年來怎樣在社會上流浪的坎坎坷坷。

審問我的是一個三十多歲的小夥子。這位小夥子姓張，叫張啟明，一米七八的個頭，濃眉大眼，說話不緊不慢。

我在夾邊溝受慣了管教的呵斥和打罵，本想此人與那些管教們相比肯定有過之而無不及，沒想到這人脾氣很好，有時候還能為我這個死刑犯考慮。我對此反倒起了疑心，因為我從反右運動以後已經不相信任何人了，我想，這裏面會不會有詐。

你叫什麼名字？

楊鵬。我望著那張娃娃臉說道。

是不是大鵬鳥的鵬？

是。

你是怎麼從明水河逃出來的？

我就詳細說起了我從明水逃出的經過。

張啟明打斷了我的話，說道，這些就不用說了，你主要說說那個管教是怎樣死的。

我想了想說道。我一進站，只見那個管教正朝我走來，我轉身撒腿就跑，跑出車站四百多米，在一道水溝裏我被絆了一下，那管教衝上來撲到了我的身上。我當時想，這下子活不了了，被這傢伙抓回去非讓槍斃了不可。於是，我就和他在沙土上打起了滾，一會兒他把我壓到身下，一會兒我又翻了上來。我本不想把他怎麼樣，可他用手不斷抽著槍，嘴裏吼著要打死我。我就奪過他的手銬將他銬了起來，又用他的褲腰帶把他的兩條腿給紮了。

你對他再沒有怎樣？

用他的襪子還塞了他的嘴。

我說完什麼也不想說了。

張啟明說，你先喝點水吧。

我就端起缸子一口氣喝乾了缸子裏的涼開水。我覺得口很乾，燒得我渾身直冒汗。

你知道那個管教會被凍死嗎？

當時沒想到他會死，後來才知道的。

你是怎麼知道的？

聽夾邊溝出來的犯人說的。

這就是你一直在潛逃的原因？

是的。

當時你真不知道他會凍死？

我要知道他會死了，我就不會銬他。

好了，你下去把你逃跑出來這十幾年的情況詳細回憶著寫出來。

可以。

第一次審問之後，一直隔了兩個星期又重複起了這一套，每次提審都是這個娃娃臉張啟明。西果園看守所裏關的大多是些老刑事犯，像我這樣的反革命右派殺人犯還真是不多。我知道對於我這樣一個死刑犯，這樣的日子已經不多了，於是我就抓緊時間把在夾邊溝那段如噩夢般的經歷用筆寫在紙上。

我一個用別人的皮囊苟延殘喘的人，時時有一種負罪感，我覺得夾邊溝兩千多亡靈時時盯著我，我不能讓那段往事就這麼悄悄過去，若那樣他們在另外一個世界也不會饒恕我的。

和我關在一起的是一個叫岳祥雲的犯人。這人整日裏瘋瘋癲癲，見了人就直打哆嗦，嘴裏喃喃地說道，我不是故意的，我不是故意的。後來我才知道，岳祥雲因為家庭成分是地主，所以他自參加工作以來事事謹慎、處處小心。然而，有一天他早早就到了辦公室，他每天早上都是七點就到辦公室的，他打掃完辦公室，提來開水，就用雞毛撣子輕輕地去掃落在一尊毛主席石膏像上的浮塵，他每天都是抱著一種虔誠的心情去這樣撣的。他撣一下說一句，毛主席您老人家，我雖然家庭出身不好，可我從小就沒有見過我那榨勞動人民血汗的地主爺爺，我是熱愛您老人家的。我知道我的血管裏有地主階級的血液，但我向您老人家保證，我衷心地祝願您老人家萬壽無疆！萬壽無疆！

這時，他突然發現桌子有點不穩，於是他找了一個小木片來，把桌子腿搬起，要將小木片墊到桌子腿下面。突然，他聽到「嘩啦」一聲，只見毛主席石膏像滑落到了地上，碎了！他驚呆了，嚇得臉色發白，木木地站在地上，頭腦裏一片空白。

過了一會，他猛然撲到地上，用雙臂擁著那一堆碎石膏像說道，我不是故意的，我不是故意的。

這時，房子裏已站滿了人，人們都驚得目瞪口呆，毛主席他老人家怎麼會碎了呢？

房子裏片刻的寂靜之後，突然一個人大吼一聲：

打倒現行反革命分子岳祥雲！

人們才從驚詫中回過神來，憤怒地把岳祥雲團團圍住，幾個年輕人脫下鞋，用鞋底瘋狂地在岳祥雲的臉上身上搧了起來。

岳祥雲沒有躲，他已經被嚇呆了，嘴裏喃喃地說道，我不是故意的，我不是故意的。

那天岳祥雲被送進了公安局，其後他就被以反革命罪判了十五年徒刑，關進了大牢。

管我案子的張啟明對我非常同情，可是法院裏有個造反起家的副院長卻說，殺人償命，天經地義。審判庭上四面是大海怒濤般的眼睛，我一個反革命殺人犯被五花大綁著，呆呆地站在那裏，張啟明宣讀完我的罪行之後，向我看了一眼，問我有什麼話說。

我說，我沒有殺人。

你沒有殺人，那個管教是怎麼死的。副院長說。

我不知道。

我說了這話之後，我覺得我的周圍一雙雙憤怒的眼睛盯著我，他們咬牙切齒，恨不得將我這個反革命殺人犯碎屍萬段。但我看到張啟明一直用眼睛鼓勵著我。

有一天，我正在睡覺，突然，兩個公安進來把我叫起，我一下緊張的不知所措。雖然我早有隨時被拉出去槍斃的思想準備，但我在那一瞬間還是緊張的渾身發抖。

我被押到了蘭州市中級人民法院，法院宣判一審判決，以反革命故意殺人罪判處我死刑，剝奪政治權利終身。

我聽到這個判決並沒有驚慌，我只是想，我再也見不上我的桑傑卓瑪了。

然而，張啟明在休庭時卻悄悄告訴我，老楊，你繼續上訴，這件事我管定了，只要最後的槍不響，我會為你這個案子爭取的。我始終認為你是個好人，你是被冤枉的。我聽到他的話，淚如泉湧，在經歷了夾邊溝的生死磨難之後，我對一切已經無所畏懼了，但我看到在這個世界上還有正義和良心，還有人與人之間最親密的關愛。

我的案子果然被拖了一個月，而就是這一個月，把我從死亡拉回到了現實。

那是一個明媚的早上，張啟明匆匆把我叫去提審。他告訴我，「四人幫」被打倒了，對你的案子可能還要調查取證後才能重新判決，你不要著急，耐心等待。我長長地舒了一口氣。雖然我不清楚「四人幫」到底幹了些什麼，但我已經感到了冰封大地後的春天氣息。

沒想到這一耐心讓我在看守所裏整整待了兩年，兩年來，我一直戴著腳鐐手銬關在死牢裏，直到一九七八年八月二十八日，我才被無罪釋放了出來。

走出看守所，我望著碧藍碧藍的天空，看到一輪太陽如同一個金色的繡球掛在天上，我從車站坐上長途公共汽車直接去了民樂縣農林局。二十多年過去了，很難看到幾隻信任的眼睛，難於聽到幾句真誠的話語。

到了農林局，落實政策辦公室的一位領導叫劉曉東，他說，你就是楊鵬啊？就是。我說道。本想給你早點落實政策，一瞭解你還和殺人案扯在一起，就擱了下來。他和氣地對我說道。

我拿出了看守所給我做的結論。

他拿上掃了一眼，然後問道，老楊，今年多大年紀了？

六十二。

他朝我詳細打量了一眼，說道，先回家等幾天，你的處理決定研究好了我們通知你。

我說道，曉東同志，我哪裡有家啊。

他想了想說道，也是，也是，這多少年在外流浪，哪裡還有什麼家呢？這樣吧，你就先住在招待所。

我笑了笑，握住他的手說道，曉東同志謝謝你了。

他說道，不謝不謝，這都是我們應該做的，讓你一個老同志受罪了。

他拍著我的膀子一直把我送出門外，我感到心裏熱呼呼的。

我住在招待所心裏感慨萬分，在我一生中精力最旺盛的時候被打成了右派分子，一晃眼就是二十年，也就是我最好的黃金年華是在顛沛流離中度過的，而今我已是六十多歲的人了，才盼來了今天。我想，如果沒有胡耀邦這些老一輩的革命家，我還能有今天嗎？如果沒有國家撥亂反正的政策，千千萬萬含冤受屈的人們還有今天嗎？所以說，沒有法制的封建人治制度不變，中國還會出現這樣的日子，中國人民還會遭受更大的災難。

過了兩天我的處理就下來了。劉曉東交給了我一封「關於摘掉楊鵬右派分子帽子的通知」和「楊鵬右派問題的改正結論」。

通知上寫著，根據中共中央《78》11號文件「關於全部摘掉右派分子帽子」的精神，經局委常委會議於一九七八年九月二日研究決定：摘掉楊鵬右派分子帽子。請宣佈。下面落款是：中共甘肅省民樂縣農林局委摘掉右派分子帽子工作辦公室，一九七八年九月二日。

而中共甘肅省民樂縣農林局黨組文件「楊鵬同志右派問題的改正結論」中寫道：楊鵬，男，漢族，六十二歲，甘肅省蘭州市人，大學文化程度，家庭出身地主，本人成分職員，一九三四年參加中國共產黨，曾任華東地下黨支部委員，皋蘭縣地下黨副書記，中國人民解放軍獨立團團長，青海省興海縣縣長，甘肅省民樂縣農林局局長等職。一九五八年八月十五日經中共民樂縣委整風領導小組批准劃為右派分子，給予「下放勞教，監督改造」的處分，一九五八年由甘肅省民樂縣農林局押送甘肅夾邊溝勞教農場，一九七八年九月二日摘掉右派分子帽子，因已到離退休年齡，按離休處理。

根據中共中央〔1978〕55號文件精神，以及楊鵬本人的申訴，我們對楊鵬被定為右派分子的問題進行了復查。

然後從三個方面對我的問題做了交待。一、對主要言論的查證情況；二、對其餘言論的分析；三、結論及處理意見。

在結論及處理意見中這樣寫道：楊鵬同志由於放鬆思想改造，平時政治學習不夠，在反右前和鳴放中說了些政治性的錯話，經揭發批判，本人作過多次檢討，有了一定的認識。用中共中央一九五七年關於劃分右派分子的標準衡量，批判錯誤是應該的，但不應劃為右派分子。遵照黨的「有反必肅，有錯必糾」的方針和實事求是的原則，經局黨組一九七八年九月二日研究：楊鵬同志右派問題予以改正，恢復工資級別。撤銷農林局整風辦公室一九五八年八月十五日關於《右派分子楊鵬的政治結論》，按中央組織部的有關規定清理檔案。

我拿著這份帶著尾巴的處理決定，眼淚像決了堤的河水「嘩嘩嘩」地流了出來。

我抱著劉曉東說道，曉東啊，這決定來得太遲太遲了。我想，黨啊，你能不能少犯點錯誤，這一錯使我們的祖國飽受了多少創傷，使千千萬萬人家遭了這麼大的磨難。我們為破壞法制、壓制民主付出了沉重的代價，尚堪告慰的是我們終於由此認識到歷史上的錯誤並且加以改正。

我將那遲來的決定撕得粉碎默默走了出去。這多少年的風霜雨雪，難道我就希望的是這麼一個帶著尾巴的結果？我們這些所謂的「右派分子」到底有什麼錯？怎麼又是什麼改正，而不是平反呢？

多麼沉重的翅膀，在歷史的長河中，揚起浪花一顯。滾滾的江河洶湧澎湃，沉重的翅膀負載著奔騰的河流，那依然如昔的故事，永遠是我們心靈抹殺不了的悲哀。

我從單位出來，默默地走著。記得女活佛說過，人有生、老、病、死、怨憎會、愛別離、求不得、五取蘊八苦，世間存在的一切都是苦痛。苦痛使我不能詩意地棲居，面對生命，我何去何從？

活著的人活下來了，而誰又對死去的人評個是非公道？文化大革命可以徹底否定，反右運動為什麼不能夠徹底否定呢？為什麼還要留下這麼一條割不斷的尾巴？

一系列的疑問攪得我心炸肺痛。

我想，這到底是為什麼？全國那麼多右派，以及他們的子女，所遭受的痛苦和磨難，就這麼一句輕描淡寫的話就完了。我邊走邊想，這不是我一個人的苦痛和悲哀，而是整個中華民族的苦痛與悲哀。反右運動對知識份子精神上的摧殘更甚於對他們肉體上的折磨，它是我們中華民族精神上的一次浩劫，它不僅僅影響一兩代人，而將會長期滲透到我國政治、經濟、教育、文化等多個領域。我真想大哭一場，讓心中的苦痛隨那汩汩的眼淚徹底傾倒在這無邊無際的宇宙之中，隨那傾盆而下的大雨潤於茫茫的大地草原。

第三十一章

這是一九八〇年十二月的下午，我去了青海湖後返回到蘭州，下了車我從汽車站出來，天空濃雲密佈，被污染了的空氣讓群山聚集在蘭州上空盤旋著，沒法散開。突然，我看到一幫人在車站門上圍成了一個圓圈，我好奇地走了過去。

我側著身體擠進人群，看見地上躺著一個蓬頭垢面、衣裳襤褸的叫花子，這人花白的鬍鬚，臉上像塗了一層黑黑的油漆，緊閉雙目躺在冰冷的水泥地板上。

我看了一眼，本想離開，因為我從夾邊溝出來後不願意再看到這種淒慘的情景。然而，當我剛要轉身離去時，躺著的叫花子突然伸出一雙烏黑的大手抓住了我的褲腿。

我感到很是驚奇，慢慢地蹲了下去，輕輕地撫摩著那蓬亂花白的頭髮，我定睛往那雙眼睛看了片刻之後，我驚得大叫一聲，韓胖子。

韓起龍偏著頭躺著，拉住我的手「嗚嗚嗚」地哭了，這哭似山洪爆發，驚天地，泣鬼神，他好似要將這幾十年的風風雨雨向我訴說。

我看韓起龍又昏了過去，一摸他的頭燙得似冒著火。我趕快叫來一輛架子車，讓那拉架子車的把韓起龍送到了醫院裏。

醫生為韓起龍掛了吊針，大約有四個多小時韓起龍才醒了過來。

我說，你怎麼成了這樣？你為什麼不去找單位平反？

對於我說的話，他好像全然不知，他不明白我說的話，只是用一雙癡呆的眼睛望著我。

我從水房打來水，給他全身擦洗了澡，又叫來理髮師給他理了髮。我告訴他中央已經給右派改正了。他聽到這一切只是一個勁地在搖頭。

我知道他已經與這世界完全隔絕，我再沒向他解釋什麼。

這段時間我在醫院一直陪著他，每天給他念報紙，我知道對於韓起龍不僅是身體有病，更重要的是他心靈上的創傷更應該好好恢復。

就這樣他在醫院躺了一個月後，我直接領他到他原先所在中學找了現在的校長。

那位校長很熱情，叫來了學校落實政策辦公室的主任。他們說，我們也四處打聽韓老師的消息，準備給他改正，這就好，這就好，人來了一切問題就可以解決了。我朝韓起龍望了一眼，他此時也顯得很激動，可他不能說話，關鍵時候只能歪歪扭扭寫幾個字，用筆代嘴了。

我和韓起龍從學校出來後，他領我去了華林坪他住過的洞穴。這個洞穴在一個溝坎上，門上堆滿了瓶瓶罐罐和各種廢舊東西。看來他是一直在揀拾垃圾生活著了。

我想，「四人幫」打倒了這麼多年，他怎麼一直不知道，難道他真的絕望與世隔絕了嗎？我望了望天，天灰得還是看不見太陽，但從韓起龍的腳步聲裏我聽到了一種鏗鏘有力的聲音。

但是，這一次我又想錯了。我幫韓起龍將落實政策的一件件事辦得很順利，他原先所在中學也準備為他安排一些力所能及的工作。可就在這樣一個陽光明媚的中午，我興沖沖地拿著給他落實政策的材料回到家裏一看，他怎麼不見了？正在我納悶的時候，突然看見他留給我的一張字條。我拿過來一看，上面歪歪扭扭地寫道，老楊我走了，我去找那些與我共患難的「叫花了」弟兄們去了，我捨不得他們！在他們那裏我無拘無束，看不到白眼和歧視。是他們給了我歡樂，給了我自由，給了我第二次生命。我感謝你對我的幫助，我也感謝組織上對我的處理，但這一切來得太晚了。自從我到夾邊溝以後，我妻子和我離了婚，親戚朋友都與我劃清界限，人們對我冷若冰霜，恨不得將我置於死地。文化大革命開始後，我女兒韓潔被她的同學又打又罵，罵她是勞改犯的子女，還將墨汁往她身上潑灑，她一氣之下喝了敵敵畏，自殺了。我現在一貧如洗，什麼也沒有了，但我擔心又會出現那可怕的沒完沒了的政治運動！我知道我已經沒有幾天好活的了，我本想落實政策後讓我的朋友們與我一同享幾天福，可他們覺得外面的世界更精彩。我捨不得他們，我更不能忘恩負義，我只有找他們去了。再不要找我，你們是找不到我的。

一九九一年十一月，我又一次失望地從青海湖畔回來。我心緒煩悶，孤獨徬徨，心想，我和桑傑卓瑪兩個苦命人，都是被一種強大的力量由人變成了鬼，而後又由鬼變成了人，可老天怎麼如此殘酷，為什麼就不讓我們兩個有情人再相見呢？我的眼前不斷地浮現著我的媽媽、桑傑卓瑪，還有雷燕，她們是那樣的美麗，那樣的無私，那樣的善良，可她們就像一片雲，若即若離，讓我生活在痛苦的幻想之中。人們說，女人是水做的。我此時深深地感到，她們的情就像青海湖水一樣深，她們的心就像青海湖水一樣透明，是她們在我最困難的時候給了我力量，給了我生活的勇氣。我想到了我的難友，想到了中國一代優秀的知識份子，他們就像大漠裏的駱駝，堅韌跋涉，勇往直前，為了中華民族的解放和富強，仰天長嘯，忍辱負重，然而，命運卻對他們如此的不公。我在那寒冬來臨之際，又約水利專家高級工程師傅玄和落實政策後給了退休工資在家休養的賴世俊，我們一起去了明水河和夾邊溝。

當我們到達三十年前我們生存的明水灘，只見戈壁灘亂墳崗上荒草淒淒，望不到邊的棄耕地泛著白花花的鹽鹼，成片的灌木枯萎死亡，冷颼颼的風掠過乾枯的沙棗樹梢，發出淒厲的嘯聲。我們頂著風往前走去，東西兩溝的洞穴還赫然在目，只是溝邊上和草灘上的草比我們在時高了許多。過了一會兒，一堆堆深灰色的烏雲，低低地壓著大地向西面奔跑，天上開始飄著一朵朵的雪花，風瑟瑟地吹著，到處是一片淒涼。

我們去了黃沙梁子後面的墳地，這裡東一件爛衣服西一隻破鞋，到處是被家人起了屍體的坑穴。

我跪在馬豐的墳前。我說，我的好兄弟，我已經去了上海，見了你的媽媽，她老人家是那麼的慈祥，就好像我媽媽一樣。她老人家見了我，抱住我一個勁地哭，這是一個母親對自己孩子流露出來最真摯的愛。我沒有告訴她老人家實情，只是把你給你媽媽的信和帶的東西交給了她老人家。

我不知道他聽見了沒有，可我的心在顫抖。我的好兄弟呀，我只有把那段歷史寫出來，才能慰藉我那卑劣的靈魂。

我們三人坐在當年賴世俊守墳的那間小屋所在的地方，只見一隻烏鴉飛過之後，朝我們這兒過來了幾個人。我想，這又是幾個來上墳的人。

原來這幾個人是海全的家人，當我從他們的談話中得知眼前這位兩鬢斑白的女人，就是我一直仰慕的那位溫柔賢慧的雙桂時，我又驚又喜。我走上前去說道，你就是雙桂吧？

雙桂點了點頭。

我們與雙桂和她的孩子們跪在了海全的墳前，點了香，燒了紙，只見雙桂拿出了海全留下的遺物，那塊繡著鴛鴦和白居易〈長相思〉詩的護肚帕。

她哽咽著輕輕讀著這首詩，只見雙桂爬在黃沙漫捲的墳地上抱頭大哭，我們三個人也與她一起痛不欲生。此傷心觸動了我的悲哀，我仰望蒼天大吼一聲，啊——，我的桑傑卓瑪——。

蒼天好似聽到了我的哀鳴，天與地整個兒被雪花連成了一片。

只見雙桂一臉嚴肅，面對跪在地上的幾個孫女說道，娃娃們聽著，你們以後要找就找個莊稼人，千萬不要嫁念書人了！

我聽到此話大吃一驚，她怎麼會說出這樣的話來，難道那段歷史還會重演？我想，失去監督制約的權力就像那洪水猛獸，是最可怕的。中國的政治體制改革，能不能從體制上去監督制約最高統治者的錯誤和罪行？能不能對殘害人生命者和極左路線的始作俑者繩之以法，而不是只以所謂的路線錯誤而一句話了之？中國呼喚民主和自由，人民呼喚民主和自由，中國人民多麼渴望有一個法制健全自由民主的強大祖國來保障人民的基本權利。

我拿出這幾年我瞭解整理的《夾邊溝勞教農場非正常死亡右派名錄》，端端正正地供在一個小沙堆前。這上面我一筆一劃地記著兩千多名右派的簡歷：

……

劉作成，男，陝西省西安市人，生於一九一三年。一九三八年畢業於北京大學歷史系。一九三九年在陝南任國立西北聯合大學歷史系副教授，同年參加中國共產黨。一九四九年至一九五七年任西北師範學院歷史系教授。一九五七年被劃為右派分子，一九五七年十一月押送夾邊溝勞教農場勞動教養，卒於一九五九年四月。

史發祥，江蘇省南京市人，中國民主同盟成員，生於一九〇八年。早年就讀於日本早稻田大學數學專業。一九五六年回國後任蘭州大學數學系教授。一九五七年被劃為右派分子，一九五八年押送夾邊溝勞教農場勞動教養，卒於一九五九年八月。

肖揚，男，河北省石家莊人，中國共產黨員，生於一九二二年。一九四八年畢業於上海復旦大學新聞系，一九五五年至一九五七年任定西縣宣傳部長。一九五七年被劃為右派分子，一九五八年押送夾邊溝勞教農場勞動教養，卒於一九六〇年十月。

高泉，男，浙江省石溪人，生於一九三八年。一九五五年考入蘭州大學英語專業，一九五七年被劃為右派分子。一九五八年押送夾邊溝勞教農場勞動教養，卒於一九六〇年十月。

薛榮，男，甘肅省蘭州市人，生於一九二五年。一九四七年參加中國人民解放軍，同年加入中國共產黨。一九五〇年參加抗美援朝，一九五二年回國後被保送內蒙古大學沙漠治理專業學習。一九五五年到蘇聯莫斯科大學留學沙漠治理專業，獲副博士學位。一九五六年在中國沙漠研究所工作。一九五七年被劃為右派分子，一九五八年押送夾邊溝勞教農場勞動教養，卒於一九六〇年十一月。

馬豐，男，江蘇省上海市人，九三學社社員，生於一九三〇年。一九五六年畢業於北京中央美術學院美術系，同年支援大西北到蘭州市文化局工作。一九五七年被劃為右派分子，一九五八年押送夾邊溝勞教農場勞動教養，卒於一九六〇年十一月。

海全，男，甘肅省積石山縣人，生於一九二二年。一九四八年畢業於國立社會教育學院教育系，獲教育學學士。一九四九年參加革命，曾任永登中學教務主任，一九五八年押送夾邊溝勞教農場勞動教養，卒於一九六〇年十一月。

張彪，男，湖南省長沙市人，生於一九三五年。一九五六年考入蘭州大學中文系，一九五九年八月拔白旗後於一九六〇年九月被押送夾邊溝勞教農場勞動教養，卒於一九六〇年十月。

……

我默默地緬懷著一個個掩埋在這塊土地上的難友，心想全國九百六十萬平方公里的土地上不知有多少冤魂在四處遊蕩，不知有多少家庭家破人亡。我不知道眼前河西戈壁和滾滾沙漠千年萬年前這裏曾經發生的一切，但我知道艮古荒原上這條乾涸的河，在洪水季節奔騰著混濁而又激越的泥流。過去的歷史已經過去，無言地訴說著在河床上走過的這段悲愴的故事。

第二天我們去了夾邊溝。在夾邊溝我們去了當年我們挖的排堿溝，看到當年我們栽的沙棗樹已長成了一片密密的樹林，這裏已成了沙漠中的一個長城林場。

彤雲密佈，大雪紛飛，戈壁灘上的雪被風捲著，像要埋蔽這裏的一切。當年我們種的一排排白楊樹號叫著，風雪鋪天蓋地遮蒙下來。我知道夾邊溝當年從來沒有下過這麼大的雪。雪越來越猛，風似乎不停地在改變方向，暗黑的天空同雪海打成了一片。一切都看不見了，然而，到處是冤鬼的哀嚎，我們還能聽見埋在地下難友們的竊竊私語。

下午雪小了一點，我們去了毛家山墳地，皚皚的大雪已覆蓋了數十里的沙坡，我匍匐在地上用頭頂著冰冷的被雪水融濕了的沙土，我脫下棉襖把熱身子貼在地上，我好似感受到了地下難友們的血在我的心臟和血管裏湧動。

我不知為何輕輕念起了蘇東坡的〈江城子・乙卯正月二十四日夜記夢〉，難道我的系傑卓瑪？她——。我不由得心中猛然一驚：

十年生死兩茫茫，不思量，自難忘！千里孤墳，無處話淒涼。縱使相逢應不識，塵滿面，鬢如霜。夜來幽夢忽還鄉，小軒窗，正梳妝。相顧無言，唯有淚千行。料得年年腸斷處：明月夜，短松岡。

語言文學類　PG1068　目擊中國10

風雪夾邊溝

作　　者／趙　旭
責任編輯／廖妘甄
圖文排版／楊家齊
封面設計／秦禎翊

發 行 人／宋政坤
法律顧問／毛國樑　律師
出版發行／秀威資訊科技股份有限公司
114台北市內湖區瑞光路76巷65號1樓
電話：+886-2-2796-3638　傳真：+886-2-2796-1377
http://www.showwe.com.tw
劃撥帳號／19563868　戶名：秀威資訊科技股份有限公司
讀者服務信箱：service@showwe.com.tw
展售門市／國家書店（松江門市）
104台北市中山區松江路209號1樓
電話：+886-2-2518-0207　傳真：+886-2-2518-0778
網路訂購／秀威網路書店：http://www.bodbooks.com.tw
國家網路書店：http://www.govbooks.com.tw

2013年10月　BOD一版
定價：440元

國家圖書館出版品預行編目

風雪夾邊溝 / 趙旭著. -- 一版. -- 臺北市 : 秀威資訊科技, 2013.10

面； 公分. -- (目擊中國 ; 10)

BOD版

ISBN 978-986-326-193-3(平裝)

857.7　　102019378

讀者回函卡

感謝您購買本書，為提升服務品質，請填妥以下資料，將讀者回函卡直接寄回或傳真本公司，收到您的寶貴意見後，我們會收藏記錄及檢討，謝謝！

如您需要了解本公司最新出版書目、購書優惠或企劃活動，歡迎您上網查詢或下載相關資料：http:// www.showwe.com.tw

您購買的書名：＿＿＿＿＿＿＿＿＿＿＿＿＿＿＿＿＿＿＿＿

出生日期：＿＿＿＿年＿＿＿＿月＿＿＿＿日

學歷：□高中（含）以下　□大專　□研究所（含）以上

職業：□製造業　□金融業　□資訊業　□軍警　□傳播業　□自由業

□服務業　□公務員　□教職　□學生　□家管　□其它＿＿＿

購書地點：□網路書店　□實體書店　□書展　□郵購　□贈閱　□其他

您從何得知本書的消息？

□網路書店　□實體書店　□網路搜尋　□電子報　□書訊　□雜誌

□傳播媒體　□親友推薦　□網站推薦　□部落格　□其他＿＿＿＿＿

您對本書的評價：（請填代號　1.非常滿意　2.滿意　3.尚可　4.再改進）

封面設計＿＿　版面編排＿＿　內容＿＿　文／譯筆＿＿　價格＿＿

讀完書後您覺得：

□很有收穫　□有收穫　□收穫不多　□沒收穫

對我們的建議：＿＿＿＿＿＿＿＿＿＿＿＿＿＿＿＿＿＿＿＿

＿＿＿＿＿＿＿＿＿＿＿＿＿＿＿＿＿＿＿＿＿＿＿＿＿＿

＿＿＿＿＿＿＿＿＿＿＿＿＿＿＿＿＿＿＿＿＿＿＿＿＿＿

＿＿＿＿＿＿＿＿＿＿＿＿＿＿＿＿＿＿＿＿＿＿＿＿＿＿

請貼
郵票

11466
台北市內湖區瑞光路 76 巷 65 號 1 樓
秀威資訊科技股份有限公司 收
BOD 數位出版事業部

（請沿線對折寄回，謝謝！）

姓　　名：＿＿＿＿＿＿＿＿ 年齡：＿＿＿＿ 性別：□女　□男

郵遞區號：□□□□□

地　　址：＿＿＿＿＿＿＿＿＿＿＿＿＿＿＿＿

聯絡電話：（日）＿＿＿＿＿＿＿＿（夜）＿＿＿＿＿＿＿＿

E-mail：＿＿＿＿＿＿＿＿＿＿＿＿＿＿＿＿